总有一个人，温暖你远方

米娅 —— 著

哈尔滨出版社

图书在版编目（CIP）数据

总有一个人，温暖你远方 / 米娅著. — 哈尔滨：
哈尔滨出版社，2021.4
 ISBN 978-7-5484-4833-4

Ⅰ.①总… Ⅱ.①米… Ⅲ.①故事 - 作品集 - 中国 - 当代 Ⅳ.①I247.81

中国版本图书馆CIP数据核字（2021）第041253号

书　　名：总有一个人，温暖你远方
　　　　　ZONGYOU YIGE REN，WENNUAN NI YUANFANG

作　　者：米　娅　著
责任编辑：赵宏佳　孙　迪
责任审校：李　战
封面设计：Vxiao

出版发行：哈尔滨出版社（Harbin Publishing House）
社　　址：哈尔滨市香坊区泰山路82-9号　　邮编：150090
经　　销：全国新华书店
印　　刷：北京温林源印刷有限公司
网　　址：www.hrbcbs.com　　www.mifengniao.com
E-mail：hrbcbs@yeah.net
编辑版权热线：（0451）87900271　87900272
销售热线：（0451）87900202　87900203

开　　本：880mm×1230mm　　1/32　　印张：9.5　　字数：200千字
版　　次：2021年4月第1版
印　　次：2021年4月第1次印刷
书　　号：ISBN 978-7-5484-4833-4
定　　价：58.00元

凡购本社图书发现印装错误，请与本社印制部联系调换。
服务热线：（0451）87900278

Contents
目录

- 我的奇怪朋友 / 001
- 孤独里的尽情相对 / 019
- 烟火 / 045
- 每个人心里的那团火 / 063
- 情感因戒断综合征 / 081
- 不会讲话的男朋友 / 101
- 爱情尽头的补梦人 / 127
- 罗维尼爱情 / 147
- 匠心奇趣 / 167
- 窥视 / 189
- 狗到乖时方恨老 / 215
- 一念红尘 / 237
- 你是我半世未拆的礼物 / 261
- 岛 / 285

我的奇怪朋友

1.

大学毕业后的一年,是我人生中最为青黄不接的一年。我没找工作也不想回国,打着哲学系毕业生的旗号大肆出入各种开放式座谈会跟免费的鸡尾酒会,偶尔去德国朋友的戏剧工作室帮忙,试图用各种无关痛痒的琐事将空空如也的生活填满。

我的德国朋友叫"Von",是我研一那年暑假在德语兴趣班认识的。当时他兼职做助教,而我是一名课后总是问题多多的学生。那时候的我也是百无聊赖,看着身边的朋友跟同学接二连三地找到了理想男友跟符合心意的工作,我快要被淹没在他们光鲜的影子中了。

Von的母亲是莱比锡大剧院的演员,父亲是柏林爱乐乐团的大提琴手。他大我五……六……七……八岁,大学期间在汉堡主修历史跟戏剧,后来因为探望捷克女友,常常驻扎布拉格。两年以后,他干脆在这里成立了一间表演工作室,工作室搞得相当体面,有形象有内核,主要是帮一群处处不得志而沉浸在云里雾里的戏剧爱好

我的奇怪朋友

者寻找灵感跟表达方式。

不幸的是，没过太久，女友就跟他的一名学生好上了。Von并未进行过分哀求，把学费全款退还给学生，顺便将他俩双双驱逐出了自己的生活。

Von是个难得有趣的日耳曼男人。课堂上的他生龙活虎，屡屡以火山般的爆发力示人，而课后的他则更擅长坐在人群之中默默不语，每每大家将目光投向他的脸，强烈的羞涩便会使他看上去像是喝醉了酒，脸红得蔓延到脖子根，最简单的句子都会讲得结结巴巴。

有时候，Von会约我去教室给大家讲些有的没的，我自是认真，挑自己最擅长的"弗洛伊德"跟"雅各拉冈"来讲。我常常穿黑色烟管长裤跟宽松的白色衬衫，跷着二郎腿坐在窗边的高脚椅上，点根烟，又浓又翘的假睫毛凭空增添了几分高深莫测的神秘感。

还有的时候，一大群人席地而坐，我跟大家分享"米兰·昆德拉"，讲到"性跟政治是他的秘密武器"这句的时候总会被此起彼伏的亲吻声包围。每每遭受如此围攻，我就跟入圈外的Von面面相觑，他笑着朝这边耸耸肩，我恶作剧式地吹去一个大大的飞吻，紧接着，他的脸腾地一下就要燃烧起来。

Von的学生中，有一个叫Yummy的女孩，亚裔，黄皮肤，圆脸盘，窄窄的眼睛总是眯成一条细缝。兴许是为了使自己看上去更为拉风一些，她画两条粗到能过坦克的眼线，颧骨跟鼻梁处打着亮闪闪的粉色高光。

003

Yummy——我时常在想，谁会给自己取这样一个随心随意甚至随便的名字呢？难道她觉得自己很美味吗？还是想要使自己变得更美味？我不知道，也从未过问。

2.

有些人的叛逆体现在处事上，有些人的叛逆体现在言语间，而还有一些人更愿意平铺直叙。

就比如，Yummy。

她有几双十孔马丁，换着穿；夏日里搭高腰短裤跟设计感很强的T恤；冬日里是Skinny Jeans（紧身牛仔裤）和加条绒厚夹克，过长的袖子高高挽起。她涂MAC（魅可）的Marrakesh色（棕红脏橘色），喷芦丹氏的La Fille de Berlin（柏林少女），背二手植鞣邮差包跟质地良好的环保袋，一只印着莎士比亚，一只印着夏洛蒂·勃朗特。

我跟她一点儿都不一样。我很乖很听话，偶尔一本正经到有些生硬却也无伤大雅的地步。我穿熨平的白色衬衫跟牛津鞋，背中规中矩的背包，画淡妆，将眉毛勾勒成讨喜的弯月亮。当然，面对那些性格各异的戏剧爱好者，我也有怒发冲冠的时候，然而Von的一个眼神便能令我瞬间安静下来。

Von的教室里有一整面墙的镜子，他说是为了让学生们在表演的时候能够更加细致地观察到自己的形体跟表情。

课间，大家都去一楼室外抽烟，我偶尔会站在镜子前面观察自己。不一会儿Yummy来了。她与我并肩而立，静静地笑笑不说话。我说我们不一样，她却笑嘻嘻地反驳说，我们都是女孩子，又都是亚裔，究竟有什么不一样呢？我说你不懂，我们的本质可是天差地别的，我们在一起就像是……像是旧T恤旧裤衩配锃亮的新布洛克皮鞋，总之就是那种不协调的混搭。

她听罢，捂着嘴咯咯笑，说，混搭有什么不好？人类本身就是上帝最高级的混搭作品啊！即便如此不协调，可还是抹不去Yummy是我好友的事实。我喜欢她的乖张，喜欢她乖张之下的分寸感，喜欢她犀利的眼神，也喜欢她卖乖时噘起的嘴唇。

Yummy安静的时候像极了画家爱德华·霍伯画像里的人物：永远恬静而心事重重。不说霍伯笔下那些拿着香烟，盯着窗外，眉头紧锁的角色，就连画中那些坐在剧院第一排读着演出手册的观众，都显得面容严肃神思专注。

无论她发呆望向窗外还是认真听我说话，都像是有思索不完的问题和无法吐露的心声。

有一段时间，Von因为家里的事回德国五个星期，怕旅途中将钥匙弄丢，便把钥匙交由我保管。我偶尔去教室，倒酒、点烟，独自面对一墙镜子发呆。有时候Yummy在楼下徘徊，我看见了就会将她叫上来。

想必Yummy对Von是有好感的吧，不然她也不会屡屡跟我提起他，更不会写那些古板又深情的情书给他。那些庄严感极强的遣词造句，跟她酷酷的形象一点都不相符。

我毫不掩饰地问她："你爱上他了吗？"

她冲我坏坏一笑："爱上他的难道不是你吗？"

即便她不承认，可后来发生的一件事还是确定了我的猜想——

六月，Von回到布拉格。一堂晚间课程上，大家练习旋转，不是随地乱转，而是那种姿态极其优雅的，一不小心就要晕倒在爱人怀里式的旋转。我跟着大家练习，转到第六圈时，只觉得眼前一亮，脚下一软，我的身体毫不自持地下坠，然而下一秒，我跌倒在一个宽阔的怀抱中。

睁眼看，是Von。

他紧紧将我揽住，用胳膊跟胸膛建起一个临时的安全岛。我看向他的眼睛，突然就意乱情迷起来，正想用他之前教授过的姿势挂住他的脖子，然而Yummy竟毫无预兆地出现在我的视野边缘。她冲我做出一个很凶的表情，欲将我一把拉开，我腾地一下站直了身子，分秒间跟Von隔开了八丈远。

然后，Von以那种万分不解的眼神看着我的脸。这时候，学生们似乎觉察到了什么，纷纷朝这边靠拢。我四下去寻找Yummy的踪迹，可惜她早已退出人群。

3.

经历了这件事，Von开始主动约我出去。

他之前也常常约我，可我们都是混在一大群朋友当中。有时他也拉我去参加Facebook上陌生人组织的娱乐项目。我们去攀岩，去短途，去森林采蘑菇，去野外搭帐篷，去跟着一群嬉皮打扮的人在草坪上没头没脑地High。

可是这一次好像有点不一样。他约我看电影，是汽车影院，在市郊山顶的一大片空地上。

傍晚的时候，他开着一辆十几年前的旧款宝马来接我。车的表面被冰雹砸出了大大小小的沟壑。这辆车明明残破不堪，他却偏要说看上去很特别有味道。

我们在沿途的加油站买了红酒，很便宜的那种。后来我们坐上车顶，轮流对着瓶口喝酒。那天晚上放映的是一部挺小众的影片，西班牙的《作家》。剧情推进慢，没什么刺激的情节，可每一个场景都值得思考，影片精神也值得推敲。我唉声叹气地看完，被迫拷问起自己的灵魂来。

影片结束的时候，Von突然靠了过来。为了缓解尴尬，我抡起酒瓶就要往嘴上堵，举到头顶才发现瓶子已经空了。Von没说话，轻轻一拨，瓶子立马从我指尖滑落。

"据说，你喜欢我。"

"不是我。"

他坏坏地笑："那……是Yummy吗？"

我不说话，用力撇过头。

然而下一秒，他执意吻了我。

第二天一早，我们见面了，谁也不提头一天晚上的事。趁课间，Von端着一杯Espresso（浓缩咖啡）在我身边站住。

接下来的十多分钟,他跟我说起萨特跟他的存在主义,说起他昨晚一口气读完了萨冈,以及其中淡淡的先锋小资的味道。后来他又说班里的一个意大利女孩放弃表演了,只因为她的豺狼男友竟然放下一身狂妄准备浪子回头……

我总是满怀兴趣地听着他的每一句话,而他却总是不动声色,甚至面对我那充满迷恋的眼神还能够稳坐如钟。

4.

后来,我以潜心创作为名搬去Vysocanska(布拉格地铁站)半山腰上的老房子。说是半山腰,距离市中心也不过是二十多分钟的车程。

在很长的一段时间里,房子里什么声音都没有,只有厨房窗外一大片算不上太辉煌的夜景。偶尔会有飞机自头顶掠过,和山下的灯火遥相辉映。

白天,我专注于读书跟写作,空闲时候会摆弄摆弄家具,或者买来油漆将某块墙壁粉刷成自己喜欢的颜色。要是实在感到百无聊赖,就去被主人半废弃的仓库里找几块木板,一番敲打,将它们做成板凳或者简陋的花架。

莫名的孤独感总是让我觉得世界越来越远,究竟是自己迷失了自由,还是太过自由?时而懦懦如犬,时而戾气满身,愤怒总是无从发泄,理想向来妄若空谈,哀己不争,怒己不幸。

我习惯躲在生活的角落里，渐渐成了一个像猫那样的窥视者。低声说话，小心翼翼地呼吸，畏首畏尾地生活，生怕自己一个不经意的举动会搞得身后飓风四起。

直到不久后的一天，Yummy出现在了我的家门口。

她两手空空，带着一副悲天悯人式的笑容侧身挤进门缝，那表情好像在说："先别急着拒绝，看看，是上帝派我来拯救你的！"

整栋楼里都是租客，隔壁是个奇怪的塞尔维亚老太太。我跟她的关系并不怎么好，却还屡屡端着一脸讨好的笑，为她双手奉上花费整个下午亲手做的黄油蛋糕。

Yummy可就不一样了。她向来随心所欲，更不可能觍着脸去刻意讨好谁。晚上，她在屋里大声放起让冬天更冷的后摇，然后偷偷连接楼上一家的Wi-Fi。偶尔连不上，就穿着一双靴子在屋里走来走去，发出"哐哐哐"的动静。我躲在屋里翻旧书，从里面找一些句子读给她听。

读着读着，她突然就变得不耐烦起来，"咣咣"地敲着高脚杯，没等我反应便"嘭"地一下将一瓶起泡酒的木塞冲向天花板。

喝到兴头上，我们开始醉醺醺地说话。我说我多喜欢Von啊，只可惜他看上去对你更感兴趣！

Yummy扬扬眉毛，故意抛来一个挑衅的笑。

我信誓旦旦地说："我要跟你公平竞争啊！"转过身却又哀求着让她教我吸魂大法。

Yummy眨了眨眼睛，双眸头一次散发着智者般的光芒。她说："你从来就不需要成为我呀！当你承认你自己的时候，就是最好的时候！"

她说着便不自矜地放声大笑起来。那张放肆的脸上无半点伪装，看上去快乐极了。

高强度的酒精显然放大了我的沮丧。话说，悲伤者无论做什么都会悲伤，莎士比亚突然降临在你家窗外要给你亲笔特签，你会悲伤；你亲姐结婚的鞭炮声都能让你悲伤如狗，痛哭流涕两天两夜，假装把自己灌得烂醉——不过就喝了两瓶果味啤酒。

有时候，我觉得Yummy可真像一首后摇啊！前半部分颓丧，对这世界的态度漫不经心到如同一摊烂泥，可后半部分很燃，燃得直入人心！

直到有一天，Von拿着一束鲜花前来造访。很可惜，邀请他的不是我。奇怪的是Yummy并不在家，于是我代替她跟Von聊天。我突然觉得他比我想象的有趣太多。

聊到尽兴，我们决定放下茶杯开瓶红酒。就在我将维瓦尔第换成Amy Winhouse（艾米·怀恩豪斯）的时候，Von突然问我："Yummy，她……最近还好吗？"

我感到胸口一闷，红酒也不想喝了。

忽而记起去年夏天的那个晚上。我跟他从Národní Třída（民族大道）附近的小酒馆走出来，穿过民族大街，经过布拉格广场跟查理大桥，又一路从小城区走到布拉格城堡，沿途的树影虫鸣、洒水车经过的痕迹、逐渐沉淀的天空，我们就一直走啊走，一点都感觉不到疲惫，时间流逝得很快，却又像是怎么都走不完，路过老城广场天文钟的时候，我似乎看懂了永恒。

而如今……怎么说呢？如今……可能是我再也找不到那样舒适的鞋了。

5.

9月初，我决定去度假。说是度假，实际上是逃避。总之，我提议去Ibiza（伊维萨岛）待一周。总之，Yummy欣然接受了我的提议。

作为一名半资深派对动物外加电音爱好者，Yummy发誓要带我跑遍岛上的各大地上地下夜店，而我，对于Ibiza这个派对圣地早已久仰大名，望眼欲穿。

启程之前，Yummy面对电脑给我进行了一番攻略式讲解。比如，那里有最早最有名的夜店，夏天每天都有不同的主题，十月一过，所有派对戛然而止，岛上一片风平浪静。

再比如，要寻找最早Ibiza的嬉皮风，一定要去周二的Flower Power（权利归花儿），那天需要嬉皮风的装扮。不要穿拖鞋之类的去，有的时候短裤也不可以。每家夜店都有超级大牌DJ助阵，Armin Van Buuren（阿明·凡·布伦），Ferry Corsten（费里·科斯腾），David Guetta（大卫·库塔），Richie Hawtin（里奇·豪汀），等等。

从下飞机的那一刻起，抬眼所能见到的一切都不断刺激着我的肾上腺素。机场大厅里的每一根柱子，每一面墙，户外广告牌、灯箱、路灯、指路牌、大巴，甚至直升机，所有能覆盖广告的地方全被覆上了派对信息，更不用说随处张贴的海报。

于是，以一个绵延无边的懒觉作为开场，我俩开启了Party Animal（派对狂）的日子——

早上十一点去Boat Party（游艇派对）喝香槟、晒太阳，跟着音乐摇摆，和陌生人谈天说地。下午四点上岸，在沙滩上晒一会儿，再转场去Pre-Party（预热派对），晚上七点Pub Party（酒吧派对）开场。而Party最High的时候都是后半夜了，所以我们总是后半夜出门。

可是初来乍到的我们显然经验全无。我们去了大名鼎鼎的Pacha（帕查酒店），当天Party主题叫作Welcome to My House（欢迎到我家来），整场头牌是一个名叫Martin Solveig（马丁·索尔维格）的法国DJ。我们十一点多赶到，一看节目表就傻眼了，原来这位大牌大概要四点多才会登场，我是真的熬不到那个时候，也就随意High了几小时便返回酒店。

事实上，在最开始的那两天，我根本不懂该如何卸下亚洲女性那种特有的过于死板的矜持。

当Yummy在人群中表演金蛇狂舞的时候，我就端着一杯Sangría（桑格利亚汽酒）蔫了吧唧地缩在卫生间门口那张被人坐旧了的布艺沙发里，杯中的酒水像是怎么喝都喝不完。

我看着那些明目张胆表达爱意的情侣，不知怎么，满脑子浮现的全都是Von的脸。

连蹦了五六曲，Yummy终于回到了我面前。她一屁股落入沙发，伸手搭上我的肩。我们跷起脚，对着面前的声色犬马发呆。

"想想初来布拉格的那几年，我觉得悲伤很酷，听催泪的情歌，写决绝的字句，生怕自己看起来没情绪。现在想来，当时真是多虑，人生的疾苦都会在未来的路上埋伏好等你出现，一样都不会少，一样都躲不掉。"

Yummy咯咯一笑，似乎看穿了我的心意："你是指……Von？"

我不否认，却也没点头。

"纠结情感背后的模式就是你不幸触动了不安的内心的开关。"

"切。"

"有时候爱到极限反倒迟迟不愿拿出来分享，那来源于一种奇怪的保护欲。怕有人将它当作过眼云烟，怕有人看轻它的存在。"

"切！切！切！你知道吗，你一本正经的样子真的无聊极了。"

我眨眨眼，吃掉牙签上的一颗橄榄。

"有时候，我觉得我是另一个人，或者说我渴望变成她。"说到这儿，我觉得有点痛苦。

"谁？"Yummy叼着一根吸管，漫不经心的目光越过我的左肩落向舞池中央。

"当然是——"我张张嘴，最后关头将"你"字咽了回去。

怎料我的猛然收口反倒让Yummy兴奋起来了。她伸手指了指自己。"是我吗？你想变成我的对吧？"她手舞足蹈地得意了好一会儿，突然安静下来，"可你知道吗，其实你在他眼中的样子，比我好看太多。"

……

兴许是受到Yummy的感染，大半周过去，我彻彻底底进入了放松状态。我素面朝天地出入各种派对，在酒精的作用下试图跟所有人敞开心扉。我接受希腊男孩的邀舞，接受他半开玩笑的调情。临走了，还跟邻座年轻的法国小伙儿分享了一杯Dirty Martini（马提尼酒）。

我突然觉得女性是这世间多么奇特的存在啊，轻轻一摇，魅力燃烧；随便一骚，世界倾倒。

在那之后的某个落入舞池的瞬间，在宇宙球流光溢彩的光影中，我似乎清楚地看见Yummy笑着、跳着朝后方飞去，离我越来越远……越来越远……

强烈的眩晕中，我仿佛听见Yummy的声音自我心底发出——

"去找他，不顾一切地找他！站在他的面前告诉他，你喜欢他。就算我们公平竞争，就算结局以心碎收场，至少应该跨出这一步，失望总好过遗憾终生！"

就这样，我丢下Yummy，提前半周回到了布拉格。

6.

凌晨三点半，我走下机场大巴。站在瓦茨拉夫大街正中，昏黄的灯光将被黑暗吞噬的道路拓宽，稀薄的黑暗被有轨电车的飞驰声劈开。我决定直奔Von的工作室。即便门窗紧闭，但我想我可以在底楼的公共沙发上蜷缩到天亮，或者在一旁的二十四小时酒吧凑合一晚，也都是好的。

没错，我要第一时间出现在他的面前，诉说我的心意，争取一切可能在他的生命中落脚。

我不敢回家，我怕发自内心的那股冲动被路途耗尽，怕原本就少到可怜的勇气被这座城市的熟悉感所击垮。

就这样，我拖着行李绕过主街，沿最窄，最黑，最不起眼的那条小巷一直往里走。我不是掩人耳目，只因这是最近的一条路。

短短八分钟过去，我站在了那条巴洛克风格的街道上。抬眼望，竟意外地发现戏剧工作室的灯还亮着。我犹豫良久，好不容易摁下那方写着Drama（戏剧）的按钮。随着一阵吱吱啦啦的应门声，我眼前一黑，双腿跟着软了下来。

……

7.

穿堂而过的夜风将我唤醒，勉强睁开眼，四壁是再熟悉不过的明亮的赤红，是Von的戏剧教室。而令我备感意外的是，就在此时此刻，在深不可测的梦境的外围，Von半覆在我的身上，像是盖着一层白月光。

"醒了？"他说道，"天快亮了。"一阵好闻的薄荷的气息直冲鼻腔。

我深陷于旅途的劳顿中不能自拔，闭眼瞬间却猛地意识到自己此番前来的目的。

于是，我猛地一下张开双眼，正欲开口，却被Von抢占了先机——

"告诉我，现在在我眼前的是你自己，还是Yummy？"他静静看着我的脸。

Yummy？这个词自他好看的齿间缓缓淌出的一刻，我喉头一松，瞬间泄下气来。

Von温柔地笑着，将我打横抱起来，行至镜子前面又将我轻轻放下。然后他指着镜面，用那种性感无边的语调重复道："现在你能不能试着告诉我，你是Yummy，还是你自己？"

我看着镜子中的自己——粗壮的眼线，闪着高光的颧骨，Mom款牛仔短裤配十孔马丁。暗红色的亚光唇膏被吃得参差不齐，俨然一张血盆大口。

我转而望向他的脸，用那种不明所以的表情。

"这世界上本没有Yummy，你渴望得多了，也就成了Yummy。"

"你究竟在说些什么？"老实来讲，面对这样的Von，我有些望而却步。

他并不急着回答，起身走向工作台，没一会儿又神秘兮兮地回到原地。他的手上多了一只纸盒，盒子里貌似还装着些什么。

他的目光在我脸上短暂停顿，接着盘腿坐下。没等我询问他便径自抽出几张信笺，打开，一一念给我听——

"我所有的狂热，遇上火焰会变成飘向远方的烟，遇上你之后会变成深不见底的海。——Yummy"

"真正喜欢一个人，反倒是小心翼翼的。勇气薄弱，不敢轻易触碰，生怕一不小心冒犯了你的心。——Yummy"

……

"是情书吗？怎么，这是没有请求的拒绝？"

"别着急，再听听这一封。"

"你跟我说你的心情，可我不想靠你太近。就像那天在伏尔塔瓦河上游，你跟我说你有些冷，我有一万个理由去拥抱你，但我忍住了。我知道，我们不会有结果，与其今后受伤，形同陌路，不如根本不开始好，对吧？单身是煎熬，但总好过耽误一个不相爱的人，对吧？"

我垂下脑袋不说话，因为这封信正是不久之前我从Ibiza岛的酒店里寄出去的。

Von没说话，从纸箱里掏出几只玻璃瓶——摆在我面前的地面上，"治疗早该告一段落了。"他说着，轻轻扳过我的双肩——

"你幻想的世界也该结束了。现在，就是现在，你必须清清楚楚地意识到：这世界上根本就没有什么Yummy，那个Yummy不过是你想象中的自己。"他热切地说着，伸手摸了摸我的额头，"可是很显然，你已经好起来了。"

一席话落，Von将我揉入怀抱。他的胸膛真是广袤啊，我像是被海水静静包裹着，却又无拘无束。

"当你学会平视自己的时候，就是你与自己握手言和的时候，也是与这世界并肩向前的时候。"

……

8.

我终于明白,在这世界上的每一个人,都冥冥之中背负着另一个自己。而有人拿它做弓箭,有人拿它做盔甲。

它能毁灭,亦能拯救。

生命的绚丽在于一世,死亡的绚丽在于一瞬。两种我们都想要,于是我们让肉体存活,让精神一点一点被剥夺。因此,有时候我们锱铢必较,有时候我们漫无目的,有时候我们拘谨,有时候我们癫狂……

孤独里的尽情相对

1.

当我决定写下这段往事的时候,布拉格的冬天眼看就要来临。就在这样一个大雨滂沱的黄昏,我坐在车里,等待一个漫长的红灯,抬头是道路两旁清冷的悬铃木,低头是阴郁的水洼以及满街数不尽的落叶。而我,望着正前方频频闪烁的转向灯,被生生困成了一座孤岛。

这座城市的深秋,灰暗、无助,仿佛不患上一场季节性抑郁症,都配不上它即将凋零的克日什托夫式的胶片感的凄凉。因此,三年前的九月,我决定去安达卢西亚,去直布罗陀,看一看世界的尽头。

2.

落地马德里,凌晨两点半。没有过分停留,我乘夜车直奔西班牙的最南面——安达卢西亚,西班牙荷尔蒙最浓重的地方,毕加索的故乡,塞万提斯的埋骨地,海明威的私奔之城。

橘树林、白色小镇、巨石散落的山区，这里有一个曲折蜿蜒的名字——托雷莫利诺斯。

就是这样一片地貌奇特的小城，背后靠山，胸前坐拥着地中海。城市北边是沙漠，南边是广袤的蔚蓝，开车十分钟出城，展现在眼前的是寸草不生的赤裸岩石以及南部特有的干燥的沙丘。

早在二世纪八十年代，便有人发现了这座与北非隔海相望的阳光小镇，很快被发展成为名流聚集的度假海滩。而我与桑德罗的遇见，就是在这片海滩最南端的灯塔背后。

那是我刚刚抵达的早晨，赶在灼人烈日还未堂而皇之射向地面之前，我在海边Tapas（西班牙小吃）馆吃了顿节奏极慢的早餐，之后沿着长长的石堤散步。彼时，海滩上早已遍布休闲的人群，带孩子的母亲沿滩弯腰拾贝壳，也有年轻人抱着冲浪板呼朋唤友。当我走到沙滩尽头的灯塔处时，耳边传来一曲随浪花翻滚的Flamenco（弗拉门戈）吉他曲……

我停下来，倚靠灯塔席地而坐。一曲终了，一个西班牙男人出现在眼前。他的轮廓分明，眉宇不凡，穿浅色亚麻长裤跟敞口的黑色衬衫，海风挑逗着衣领，麦色结实的胸膛若隐若现。他眨眨眼，抛给我一个安达卢西亚式的微笑，习惯性地用"Hola"问好。我红着脸说了句"嗨"，将手中的苹果递给了他。

后来，我们一路闲聊，不知不觉中，距离海滩越来越远。他问清我的来路，带我看了几处名胜。他挽起裤脚跟我逐浪奔跑，我的裙子被海水打湿，他笑着上前，帮我在腰间系紧裙摆。正午最晒的时候，我随他钻进一间Tapas馆，酒保递来两杯辛辣的龙舌兰，他要我模仿他的样子用力拍打桌面然后仰头干掉酒。

后来的后来,他不知从哪里找来了木棍,在沙滩上写下自己的名字——"桑德罗……桑德罗"。舌尖一卷,轻轻划过上颚,我将龙舌兰置于唇齿间反复玩弄。接着,他要我将自己的名字写在旁边。他的英文并不好,句末习惯微微上挑,好像无论如何都摆脱不了浓重的西班牙式的话尾音。

当我们光着脚,沿着漫长的海岸线行走七公里,狼吞虎咽地分享完一整只土耳其鸡肉卷跟一大杯冰激凌后,决定登上灯塔附近的人造岩石看这座城市一天的落幕。

桑德罗一路走在前面,而我紧跟其后。他的背影有点孤独,像是夕阳中被冲上海岸的贝壳。他有着异常爱憎分明的眉目,这让他看起来像是受了一些苦。没过多久,他疯狂地吻了我,迸发出难以置信的激情,甚至咬破了我的嘴唇。我放肆回馈,如沐甘霖。

赶在最后一抹晚霞褪去之前,他用命令的口吻说道:"跟我回家!"看着那张棱角分明的脸,我毫不犹豫地点头。

就这样,我以风驰之势,毫不任何思考地陷入了恋爱,桑德罗无疑带给了我生命当中最快乐的时光。

3.

Torremolinos(托雷莫利诺斯)的海边有白色的小火车,成片的露天阳伞跟凉篷,各种美式快餐厅,各种现代化的旅游设施,还有各种穿着比基尼、面带微笑、善于袒胸露乳的漂亮女人。

而桑德罗的住所，在车程二十分钟的城外。他载我回家，那里有与海边棕林全然不同的建筑——卡萨布兰卡式的房顶，成群躲在屋檐下午睡的猫咪，还有大扇大扇阿拉伯风格的雕窗。

这片地区大大小小的角落，种着我中国家乡随处可见的夹竹桃，沿街还有在故乡从来没有见到过的橘子树。

桑德罗，白天是个沉默的油漆工，晚上摇身变成Flamenco吉他手。他住在一座白色的摩尔人式的建筑里，房前有大片花园，种着棕榈、龙骨，还有成片的仙人掌以及枝繁叶茂的橘子树。他把房子刷成太阳的颜色，用渐变的马赛克瓷砖将整个儿浴室铺满。他还在院子东边的角落里种了很多木本植物，即便在冬天也会开出美丽的花。

初来乍到那天，我们喝了酒，彻夜坐在客厅的地板上拥抱，像是要向彼此从头细说自己的人生。放上一张他的Flamenco，闭上眼睛，好像被一只大手盖在额头，伤感又迷离。

这是我第二次听桑德罗的弹奏，哪想竟是来自一台老式留声机。泛着油光的木质纹路跟这座建筑相比，像是一台年久失修的传家宝。

我惊讶于他的平静，以及平静背后波涛汹涌的感情。

后半夜，桑德罗跟我坦白自己的过往。在我看来这件事意义重大，仿佛回顾过去是为了从一个人的手上接过他的未来——他说多年之前，自己从塞维利亚的大学毕业后，获得了一笔不小的家族遗产。他没有盲目投资或买下钟情已久的小汽车，而是毫不犹豫地选择了环游欧洲。在西班牙与北非隔海相望的地方,他在一座小岛上停下了脚步。岛上的生活原始异常,从沙滩上望过去,白色的房子建在山顶,像一只只等待迁徙的鸟。

岛上聚集了大量流离失所的落魄艺术家,他们在一起开派对,煮劣质的茶叶跟咖啡。海边有家小小的酒馆,他们将那里当作公共的家。

后来,他住进了一个吉卜赛女人的房子里,她的丈夫是一位雕塑家,半年之前醉酒出海,再也没有回来。三年过去,桑德罗觉得这样的生活已经足够,于是只身一人回到了马德里。

桑德罗是一个天生的诗人,一个彻头彻尾的浪漫主义者。他敏感多疑易伤感,有着丰富的情感跟"彼得潘"式的人生观。这是他的优势,却也是灵魂的裂痕。

在返回马德里的途中,他绕道科尔多瓦,被一名跳Flamenco的舞者吸引,一心追随,接着在那里住下来,一住便住到了三十岁。

"你不喜欢过分停留,你喜欢说再见时的快感!"

桑德罗开口反驳:"不,我对离别那个字眼心存恐慌,因此在一段旅途的末尾从不会过分留恋,而是以最快的速度投奔下一个停靠点。"

那天晚上,我与他做了一个约定,要用至少半年的时间留在彼此的身边。接下来的日子里,我们度过了快乐的时光。在西班牙的最南边,在安达卢西亚的腹地,在地中海怀抱的深处,我们在沙漠与海洋之间徘徊,在腥潮与躁动之间辗转难眠。

外人面前的桑德罗永远都是那副庄严的不快乐的模样,难以被取悦的眼睛像是两口无可救药的深井。兴许正是这种难以消融的孤独，令他的青春看上去比任何人都要漫长。

他会时不时开着一辆二手小货车到镇中心的Bazar（集市）购物，推开家门的时候从背后变出一捧鲜花或是一整条风干的火腿。当他第一次背着吉他，伸直胳膊，将火腿递给我的时候，我便无可救药地爱上了眼前的这个男人。

我会在看电影的时候，突然疯狂地想念他。然后立马从电影院里跑出来，追着巴士，赶着尘土，迫不及待地回到家。那时候，桑德罗兴许正好坐在门前的花园里擦拭他的吉他，我们钻进屋子，热风将门带上。他会拥我坐在老旧却干净的地毯上，试音调弦，接着弹上一首轻快的Flamenco夜曲。

4.

我们几乎每天都会开车去海边，在灯塔的背后铺上厚厚的亚麻毯子并排躺下来。面前是地中海，斜对面那片遥不可及的陆地便是摩洛哥。我们吹着海风，桑德罗将耳机递给我，里面唱着Nova Menco（西班牙吉他五重奏乐团）的*Let's Jazz Flamenco*（*我们来跳弗拉门戈爵士舞吧*）。我跷着脚，看不远处的城市在海面随波浪跳动。我学他的样子，将喝空的啤酒瓶贴在眼睛上。我看到夕阳变成淡淡的墨绿色，看到一架喷气式飞机自头顶呼啸而过。

有那么一个瞬间，我想要永永远远地留下来，留在托雷莫利诺斯，留在桑德罗的心里。

桑德罗去浅海潜水的时候，会提前租下一对躺椅及一把大大的遮阳伞，气温过高时还会从背后卖Tapas的海滩小店提来一整箱冰镇橘子汽水。我坐在不远处的沙滩上，看他的身影逐渐消失于海面，涂抹助晒霜，将当日晨报盖在脸上，接下来的几小时，随阳光的角度调整躺椅的位置。

天色渐晚，我们被涌动的潮腥与黑暗包裹，在黏稠而粗粝的海风中，俨然两座紧紧拥抱的孤岛。

还有的时候，桑德罗会带我夜钓。他在海边升起小堆篝火，再拼起一架小小的帐篷，将两张木制折叠躺椅并排放好。他去浅滩支海竿的时候，我便披着毯子光脚在岸上走来走去，打着手电捡贝壳，或者塞着耳机沿海逐浪。

我也会披着毛毯躲进帐篷，偷偷连上附近酒馆的公共Wi-Fi，上空间看国内朋友们的状态。那是一个距离我遥远且截然不同的世界。他们在家乡过着朝九晚五的生活，发了工资就去买Only（丹麦服装品牌）的裙子或者心仪已久的高跟鞋。偶尔和男朋友吃上一顿不怎么正宗的烛光晚餐，接着去看一部毫无逻辑可言的低笑点喜剧片。结束一天的约会回到家，用衣服、鞋子、男友的照片将空间塞满，然后在末尾写上一句——"我真的好想结婚"。

每当我在梦一样陌生的异国他乡的生活里停留太久，便也想要看一看平凡踏实的生活。它们甜腻，粉色，平凡得如同国产电视剧那样画面简单禁不起推敲。而我，一面对此报以嗤之以鼻的微笑，一面守着桑德罗的背影以及这座空旷而巨大的城市，用一时的好奇与冒险换取午夜时分的孤独以及些许突如其来的忧愁。

沿岸的渔夫酒馆，贩卖各式色彩明亮、口味浓烈的朗姆酒跟龙舌兰。有一次我趁桑德罗专心夜钓，跑去距离最近的一家连叫了两杯Mojito（莫吉托），回来海滩的时候整个人飘飘欲仙，高呼他的名字迎着海风奋力奔跑，我的双脚被碎裂的贝壳划伤却全然不知，一不留神还差点栽进海里。眼看就要落水的刹那，桑德罗不知从哪里冒了出来，将我拦腰截住，接着他有些愤怒地将我扛上肩膀，疾走一小段路，进了帐篷，再像照顾孩子那样安顿我躺在海藻堆成的枕头上。

有天晚上，他从附近的茴香酒馆演出完回家，当时已经后半夜，他没带钥匙，又怕吵醒我，便顺着结实的花藤踩着栏杆爬上了二楼的窗户。我躺在床上，睡不着，眯着双眼看月光上墙，听见黑暗中的蠢蠢欲动，潜入厨房，顺手操起了灶台上的平底锅。

我屏息凝神躲在窗帘后，刚刚举起胳膊，下一秒发现是桑德罗，而他正用那种惊恐又好笑的表情望着我。他来不及进屋，迫不及待探进身子吻了我。彼时我睡眼蒙眬，头发凌乱，正穿着他宽大的白衬衫，浅浅的窗棂瞬间幻化成罗密欧与朱丽叶的秘密窗台。

桑德罗的房间里有一张斑驳的旋转椅。它的功能很多，用餐的时候摆在桌前，写信的时候置于窗边，睡觉的时候拿它做衣架，而更多的时候，我喜欢坐在上面朝着一个方向转很多圈。我承认，我享受那种眩晕的感觉，其实制造这种眩晕的方式很多——酒精，做爱，甚至可以是真正意义上的爱。可那把椅子给我的快感是抽完血之后瞬间的眩晕与虚空。

5.

住在桑德罗隔壁的是一位法国老太太瑞贝卡，双鬓斑白，已然年过半百。据桑德罗所说，她是位名副其实的落魄贵族，这一点从她的穿着便很容易分辨——枯瘦嶙峋，双肩高耸，看起来像是一副高贵华丽的衣架。可她那修剪完美的及肩短发，橘子色口红以及鲜亮的红色指甲油，无一不昭示着曾经的丰沛与繁荣。她穿白底的波点雪纺衬衫，鱼嘴细带凉鞋，双腿笔直而修长。

瑞贝卡喜欢坐在海边酒馆的半圆形露台上，放眼望向漫长的海岸线，也偶尔低头看来来往往的游人。她用象牙过滤嘴抽细细的女士香烟，大清早就叫上一杯苦艾酒或者Sangría，一坐就是整个上午。她善于用鼻尖看人，用下巴与其交谈。她锋利的神色告诉人们，自己仿佛早已习惯了时间的流逝，熟悉了它的残酷以及人类永恒的孤独。

桑德罗说，瑞贝卡的丈夫早年做旅游业白手起家，到了享受天伦之乐的年纪却跟比自己年轻二十岁的帕尔玛情人远走他乡。瑞贝卡一度伤心欲绝，离开法国，一路来到这里，买下了这座海边的白色房子，将财产的大部分用来重新装修，将院子用各种植被填满。她嫌屋内不够明亮，干脆将四面墙壁砸掉，装上了亮闪闪的落地玻璃窗。

瑞贝卡的房间里有很多小小的棕色玻璃瓶，储存药片的那种。可那里面盛放的并非药片，而是她的指甲，她说，从非常年轻的时候开始，便喜欢收集自己的指甲，并为此上瘾。她会将剪下来的指甲封存，看着它们一点点堆高。每一年结束的时候，会在瓶子上标上年份以及当时的年龄，仿佛这样便能抵抗衰老，仿佛这便是时间的另一种刻度。

一个夜晚，桑德罗赶去参加一场弗朗明戈演出。我收拾完饭桌，关上灯，敲响瑞贝卡的房门。我们在摇曳的烛光中聊过了漫长的一夜，直到天边泛起淡淡的鱼肚白。我问她，一个人这么多年来，是否常常感到孤独？她回答说孤独是个好东西，每天，一个人安安静静，按时按点做所有的事情——起床、吃饭、走遍镇上所有小路，打扮得花枝招展去购物，或者穿比基尼套波点连衣裙去海边散步……每当对着镜子观察自己的变化，日复一日，皱纹层层叠叠却并不显得突兀。慢慢地，生命开始遵循这样的节奏，所有的事情井然有序地从四面八方涌来，眼中的世界以一种与外界截然不同的方式存在着。渐渐地，你开始读懂自己，甚至越发清晰地听见自己灵魂深处传来的微弱的声音……

6.

因为过于强烈的日照干扰到睡眠，我决定将床从窗边移到墙角。挪开床前木箱的时候，我发现落入逼仄的角落的一本日记，将它捡起来，拍掉上面的灰尘。我没有将它还给桑德罗，而是偷偷藏了起来。白天他出门去工作的时候我会坐在桌前，用英西词典一字一字地对照翻译，再将散乱的词语连接成句，可更多的时候，我依旧无法读懂它们。

直到有一天，我完整翻译出稿纸第一页的时候，发现那竟然是桑德罗的梦境记录。他有记录梦境的习惯，兴许是因为生活过于苦涩；也或许是因为海一样漫无边际的孤独。背井离乡的那两年，他将本子放在枕边，假如半夜突然醒来，趁梦境还鲜活，便将它迅速记录下来。那里面有奇特的江河湖海，还有一些反复游离的画面。

桑德罗喜欢美食，也喜欢下厨。他下厨往往专注且带着某种情绪，而并非切、炒之间仅仅按照步骤而做，心里却想着别的事情。就比如，他会在开心的时候多放一勺辣椒，不开心的时候撒上好几把盐。每当他固执地将最后一朵西兰花盛到我碗里的时候，他会冲我微笑，露出一口白牙，整个儿屋子瞬间光芒万丈起来。

一个人会慢慢找到属于自己的生活方式，且对此上瘾；而两个人会适应彼此的生活方式，且乐此不疲。

渐渐地，我从一饭一蔬之间，学会了揣测桑德罗的情绪。

瑞贝卡有辆橘红色的新式敞篷越野，她喜欢开它去沿海公路兜风，有时候也会开去尘土飞扬的乡间果园，装上满满一后备厢的橘子。回来之后，桑德罗会帮她的小车接风洗尘，她则分出大半橘子作为回馈。有次出门前，盛装打扮的瑞贝卡敲响了我们的房门，我当时正在清理一只旧货市场上淘来的摩尔风格花瓶，她问我们愿不愿意一起往科尔多瓦的方向开，去兜风，顺道晒晒日光。桑德罗伸手指了指身后不远处的越野，她愉快地点了点头。

直到在一处荒无人烟的乡间加油站停下，我们才知道她是前来跟人约会的，过路的车辆很少，路边搭着写满阿拉伯文的水果摊。

瑞贝卡的情人要比她年轻十来岁，骑一辆拉风的黑色哈雷摩托。她远远看见了他，立马冲上前，头盔都来不及摘，便拥抱亲吻。她踮起脚，将手臂绕过他粗壮的颈部，猎猎风沙掀起她亮红色的裙脚。

瑞贝卡戴上头盔，抬腿跨上摩托。她快乐地将车钥匙甩给桑德罗，说了句"C'est la vie（这就是生活）"，便飓风一样离开。

在他们的背影中，桑德罗用力亲吻了我。我们沿着高速路一路向北，当地电台里播着吉卜赛人绝望而古老的歌谣。路经几座日光小镇，惊动围栏上的鸟群，夹杂着腥咸与沙粒的风用力拍打着脸庞，红色的土壤呼啸而过。

可没过多久，瑞贝卡跟拉丁情人之间的露水深情以分手告终。

那段时间她总是独自开车出门，傍晚回来的时候带上一瓶Tio-pepe（缇欧佩佩菲诺雪莉酒），坐在院子东侧花丛深处的一张白色长椅上，等我们睡去，她会熬上一整夜，游离于对往事的种种回顾。我们清晨去叫她吃早餐时，酒瓶已经空了。

7.

有天清晨，当我睁开眼睛，桑德罗已经穿好衣服了。他将窗帘全部拉开，眯着眼对我说："今天去格拉纳达好吗？我在那里有几场演出，刚好带你去看阿尔罕布拉宫。"他接着绕过床，将一只餐盘放到了我的大腿上。我点点头，抓起一瓣橘子放进嘴里，而他递给我的早餐在我们做爱时变凉。

他给予我的快乐，如同浪花涌起的泡沫，我愿意只身潜入，就这样一路漂着游着，直到看见香蕉林跟风车一般的棕榈树……

到达格拉纳达的第一件事，桑德罗送了我一只摩洛哥手工制作的背包。皮子味浓重，空间很大，好像能装进整个宇宙。每当我想摸出一瓶香水，摸出的却是随行杯；想摸出眼镜套，摸出的却是钱包……

Hostel（青年旅社）在阿尔拜辛区的边缘，仰头便是阿尔罕布拉。

瑞贝卡曾跟我提起过，她最喜欢格拉纳达，这里有很多大大小小的教堂跟清真寺，穿黑袍的牧师端着咖啡杯穿梭于窄小的街道，也存在着很多场隐秘或公开的弥撒。年迈的老人们什么都不做，都在等待着上帝的救赎，可是很多年过去，从青春走向迟暮，却没有一个人被拯救。

说这话的时候，瑞贝卡正喝着红酒，读着一本杜拉斯的书。她轻轻敲着水晶酒杯，异常坚定地告诉我，真正能够拯救自我于逼仄尘世的，不过是一杯酒，一阵风，以及午夜一场响亮的Flamenco。

我跟桑德罗安顿下来，被安排在公共浴室旁边的双人间。房间很小，两张床铺以及一个极其简易的衣柜，幸运的是，角落里竟然有着一扇面对阿尔罕布拉宫的狭窄露台。床铺也并没有想象中舒适，稍微转身便会发出夸张的响声。十二点过后，楼上房间的床一阵巨响，接着是隔壁房间的床，最后，我们也不由自主地模仿起来……

桑德罗每天都有演出，从早到晚，不曾闲暇。他马不停蹄地工作，当我表达出自己的孤独与不满，他便安慰我说，赚了钱就去买下那天经过广场古董店时看中的那块镶了祖母绿的金色怀表。

我一个人兜兜转转无所事事,过分闲暇之余,干脆在Hostel的前台定制了私人导游去参观阿尔罕布拉宫。

很快,我见到了我的私导——费拉罗,一个拥有阿拉伯血统的西班牙裔德国男人,他有着深棕色的卷发以及苍鹰般的眼神。

他似乎有着一种引人下坠的力量,仪表堂堂的躯体之后,藏着一个黑暗却诱人的旋涡。当他跟我讲述这片土地的兴亡历史的时候,我的注意力落在他健硕洁白的唇齿;当他指给我阿拉伯浴室的时候,我的注意力落在他深邃的眉目上。

一直逛到轩尼洛里菲花园,他弯腰,采了一把柠檬种子放入我掌中。他说,它们看上去普通,其实很有用,可以用来驱赶蚊虫。我将那几粒种子装在镂空的生命之花银色吊坠中,在后来很长的一段时间里,将它挂在胸前,一直到种子被挣扎与谎言风干。

那天上午我出门太急,忘了将眼镜塞进包里,看人的时候模糊迷离,含情脉脉。而费拉罗似乎接受了我似传非传的某种暗示,讲解结束,他带我去阿尔拜辛区某家异常隐秘的摩尔人餐馆吃了Tapas。吃完饭,接着请我去喝一杯,我假装低头看表,犹豫着答应了下来。

那种感觉很奇妙,似乎恐惧着某事的发生,却又期盼着它的到来。临别的时候,费拉罗将一张纸条塞入我手中,那上面写着他的住址,他说如果有需要,让我随时去打扰。

就这样,我开始左右徘徊,成了一只摇摇欲坠的钟摆。

桑德罗繁忙如故,频繁的演出跟彩排令他难以招架,常常回到房间饭都来不及吃便倒头睡去。我依仗他的宠溺跟冷落胡作非为，在身为导游的费拉罗的引领下，逛遍了这座小城的私人景点，看遍日出日落。

我们会大清早在阿尔拜辛的山顶开香槟，在日落时的阿尔罕布拉宫眺望塔对着茫茫暮色放声尖叫，会在大中午，在炎炎烈日之下步行穿过整个儿城市，只为去新区一间雪莉酒馆听一场Bossa Nova（波萨诺瓦）的现场演出……

费拉罗与桑德罗有着截然不同的性格。桑德罗总是倾尽激情甚至忘乎所以，而费拉罗的血液里多少残存着日耳曼基因，他情感表达的分寸感极强，热烈却克制，饱满却压抑。我们坐在街角，边喝薄荷茶边聊起旅行的意义。他若有所思地说道："喜欢旅行的人，不仅仅是出于对未知生活的好奇，他们的血液里多少流淌着'逃避'的因子。在长年驻扎的城市，一切过于惨烈而直白，当生活将它最原本的面目摆在你的面前，当你不得不去面对人生种种'丑陋'的真相，错愕、挣扎……终了，徒留长年累月积攒下的倦怠以及生命给予的压迫跟钝痛。"

然而旅行的感觉就不同，一路随风，陌生的城市，一半是自以为是的"真相"，一半是触不可及的幻想。就算现实糟糕透顶，也可以躲进自己无垠的想象里，一切美好如约而至……说完这番话，他动作温柔地帮我续上茶水。兴许是阳光太好，也兴许是安达卢西亚的天高地阔，这崭新的一切令我忘乎所以，热血沸腾。

九月中旬，我的生日。生日前夕，三个刚好在附近城市旅行的朋友说要赶来为我庆祝。而桑德罗也承诺至少要为我做一顿像样的烛光晚餐，再弹上一首Flamenco式的生日歌。然而生日当天，没有一个朋友赶来不说，就连桑德罗也很不凑巧地接受了一场订婚派对的现场演奏。

晚上十点半，整座城市的夜生活才刚刚开始。而我所在的Hostel底楼，一群自称"行者"的美国年轻人在公共厨房开派对，四个来自加泰罗尼亚的姑娘打扮得金光闪闪准备去夜场。而我则怀揣某种不良的情绪穿衣打扮，决定去对街的酒馆喝一杯。哪知刚刚走出几步，便发现一个熟悉的人影出现在巷子的尽头，是费拉罗。

他非常意外地走上前，用好听的西语说着"生日快乐"！我问他是如何得知我生日的，他说是在做游客个人登记的时候。他解释自己只是闲来散步，想着来这边看看，阿尔拜辛这么小，指不定就能遇到，如果遇上的话……说着，他从身后掏出一小捧新鲜的小蔷薇跟一张生日卡。

我将卡片从头读到尾，再从尾读到头，接着踮脚拥抱了他。我提议去喝杯鸡尾酒，他却推荐我去山上某家摩洛哥茶店喝薄荷茶。

茶店的人很多，却大多不是游客。费拉罗看起来跟老板很熟，一声"Hola"，老板便将二楼阳台上的桌子腾给了我们。

不久之后，我们在狭窄的走廊尽头，在拥挤的露台边缘亲吻了彼此。那个吻充溢着浓烈的薄荷香，还有安达卢西亚特有的阳光的炙热。

后来，费拉罗送我回家，在巷子口分别的时候，他温柔地拥抱了我。他在我的耳边吹风，轻轻说着我是他见过的最特别的女孩。长得好看的男人，连夸起人来都优越感十足。

他问我到底有多喜欢格拉纳达？我揣测到这话背后的意图，突然间忐忑，趴在他的肩膀上沉默良久，拿"不知道"作为最终的搪塞。

我回到Hostel，跟前台的小镇姑娘打了招呼。她用西语说了几句我全然听不懂的话。我耸耸肩，表示自己不明白，接着上楼，却发现桑德罗正坐在台阶尽头。他皱着眉，高高在上，像是一位君王。我挥手说了"嗨"，他却不回答，紧闭的嘴唇昭示着喷薄欲出的怒火。

我推开房门，他突然就变得烦躁起来了，用含糊不清的英语问我，刚刚那个男人是谁？我胆战心惊，假装不知道他在说些什么，并脱掉外套，示意自己需要洗澡，却一把被他摁到了墙角。我的脑袋被撞得生疼，他却一遍又一遍咬牙切齿地盘问着。

对于他的苦苦逼问，我只能撒谎说那是刚刚认识的朋友，顺路送我回来。桑德罗显然不相信，却又毫无凭证。他在房间内来来回回走动，像是一只手足无措的野兽。

接下来的几天，桑德罗对我的怀疑呈螺旋式上升。他会在某天中午突然出现在Hostel的门前；会趁我写作的空当翻看我电脑中的聊天记录；会在我夜跑的时候尾随我至某个小巷的拐角；甚至在两场演出的间隙，他一路小跑回家，窥探我的行踪，看一切安然无恙再返回演出现场。

他对我的"关怀备至"像是腰间一条好看的丝带，渐渐将我捆牢，直到喘不过气来。我甚至错误地认为，他的爱是消耗，是独占跟勒索！

我的叛逆又来了。它们曾经出现在我的十七岁，当我抛下生命中的全部，只身一人踏出国门的时候。而就在此时此刻，我的叛逆告诉我："去结束这段关系，离开那所白色的房子，留在这里，留在这座饱含吉卜赛与摩尔文化的山城！在这里，不需要酒精，不需要烈风，只要那个黑头发的男人，你便能得到眩晕般的自由！"

我去找费拉罗，故意约他在阿尔拜辛区最显眼的一间鸡尾酒馆。果然，桑德罗尾随而至。

在拜占庭式的露台之上，在费拉罗第二次俯首亲吻我的时候，桑德罗不知从哪个角落冲出来，上前揍了他。

即便如此，费拉罗依旧奋力将我藏在身后，有那么一个瞬间，我信心满满地以为他至少是在乎我的。可最终，我无疑还是被身强力壮的桑德罗掠走。他将我一路拖拽回旅馆房间，短短十分钟的路程如同十小时那样漫长。在众人不解的眼神中，在年轻女孩受惊的尖叫声中，我觉得自己失去了重量，如同一颗轻浮而丑陋的沙砾，甚至不知道下一刻将会飘向哪里。

毫无疑问，我们大吵一架。桑德罗一方面因为我的所作所为愤懑不堪，一方面因为耽误了演出而满心懊恼。他用语气强烈的西语冲我嘶吼，我根本不知道他到底在说些什么，只是凭借汹涌如潮的冲动将满床行李扫向地面，又砸碎了桌上天使形状的玻璃装饰。我们对这段关系感到绝望，对彼此感到绝望，绝望到就连相互攻击都如同身处两个宇宙。

面对桑德罗的没完没了，我唯一能够想到的便是摔上门，落荒而逃。

我从阿尔拜辛的后山绕上去，凭借字条上潦草的字迹试图找到费拉罗的住所。当我徘徊在一栋紫罗兰色的房子之外,道路尽头走来一位热情的老太太。她问我是否需要帮助,我将费拉罗的名字写给她看。她冲我热烈地笑,接着指了指左边的那栋小楼,与此同时用口音极重的英语说道——"原来你要找加西亚的丈夫!"

九月初的格拉纳达炎热异常,而此时此刻的我却感到冰冷彻骨。我突然觉得疲软,甚至连抱头痛哭一场的力气都没有。我无心顾及老人异样的目光,用力转身,头也不回地沿着反方向的路走。我不知道自己在哪里,也不知道要去向何处。我不想再见到他,更无法面对桑德罗。

就这样,我沿着阿尔拜辛的小径上山下山,小路蜿蜒到新城,我在天主教堂正对面的长椅上坐了很久很久,直到夜幕降临,才想到要回去。可当我拖着满身泥泞回到Hostel,却意外地发现桑德罗的行李全都不见了。他离开了吗?对,他一定是对一切失望至极,丢下我彻底离开了。

我发疯一般,跑上凌晨两点的街道,跑到停车场,可那个原本停靠着小货车的位置,此时此刻空无一物。这一切的一切发生在瞬息之间,欲望与打击接踵而至,迅速到让我思考反应的时间都没有。

8.

接下来的几天,我整日将自己关在狭窄的房间里,窗外的欢乐与我无关,人间的疾苦我更是无心过问。我被困在了格拉纳达。

我在凌晨四点的窗台上发消息给桑德罗,说一些"我想你了""能不能原谅我"之类的话。

这种感觉与回忆交织,像是一场浓得散不去的雾,阴冷、孤独,又被遥远的温暖沁透心扉。

然而,没有任何回应。

某天早晨,费拉罗来Hostel找我。他问是不是桑德罗对我做了什么过分的举动?为什么这么多天都没有见到我?我一脸坦诚地将一切说了出来。他祈求我的原谅,问我有怎样的要求,只要不太过分的他会通通答应下来。

我没有继续纠缠下去,而选择将我们之间的关系就此打住。我用那种出人意料的平静说道:"送我回托雷莫利诺斯,送我回海边。"

费拉罗有些意外,却没有做过分的挽留,兴许他根本就没想过是否要挽留。

9.

离开的那天早上大概是五点,天还没亮。费拉罗开车送我,早上十点他还预约了一批游客讲解。他需要在四小时之内往返,时间不算太紧却也并不宽裕。当费拉罗坐进车内调试导航的时候,我无意中抬头,一大条宽阔的星带撞入双目。突然之间,心中某个角落塌陷,我想桑德罗,迫不及待地想要见到他!

就在此时，车内公路广播响起，那是一场神圣而低沉的清晨弥撒。

汽车飞驶在山间公路上，头顶是璀璨的星辰，四周是蠢蠢欲动的黑暗。我摇下车窗，迎面而来的不仅是沙漠热烈的风，还有山坳深处一座座街灯温暖的小城。

终于，从黑夜到黎明，穿过沙漠与仙人掌，一路无言的我们来到了海边。看到棕榈树林的刹那，我的心底甚至感到一阵欢呼雀跃。而当我告别费拉罗，拖着行李，站在那栋久违了的白色房子面前，我满身狼藉，靴子上布满了灰尘。

桑德罗看起来正好要去工作，穿着油漆斑驳的工装外套从屋里走出来，他的余光扫到我，先是原地一愣，接着冲到我面前，说了一大堆我听不懂的话，从表情判断，他应该是在表达蓄势已久的失望与恐惧。

少顷，他在我的面前静默，用锋利的眼神与紧紧咬合的唇齿表达着不满，下一秒，却狠狠地拥抱了我。他用夹杂着西语词汇的英语说着："你——我以为你永远都不会回来了，永远都不会回来……"接着，他如同野人对待收网的困兽那样将我扛上肩，用力踢开白色房子的大门。

我任凭桑德罗用臂膀将我的双腿捆牢，我的身体下垂，大脑充血，整个世界看上去有一种头晕目眩的美。

而当我一丝不挂躺在他宽阔的臂弯里，以为他会生涩地说一些婉转悦耳的情话，哪知他突然起身，跳下床，几步走到书房。再次出现在床边的时候，他摊开手掌，上面静静躺着那块镶了祖母绿的古董怀表。

接着,是一句姗姗来迟的——"生日快乐"。

……

10.

然而,万事皆有起承转合。半年之后,我们告别。可恨故事的结局早已在开端写好——我打道回布拉格,桑德罗留在Torremolinos。

我得回归现实,回归我的城市,回归一场场纷扰的"冷面酒会",遵循所谓"文明人"的生存规则。我得背入门款名牌包包,戴二手店买来的肖邦手表,在遥远的异国他乡,安全感匮乏的地方,用硬撑来的体面维护自己岌岌可危的自尊。

因此,在对无拘无束的恐惧中,我结束了与安达卢西亚之间的一切。

讽刺的是,当初怀揣满满对自由的渴望而来,此时竟是在对自由的恐惧中离开。

这一次,桑德罗没有苦苦求我留下来,兴许他根本不知道该如何将这个来自遥远东方的黑头发、黄皮肤女孩融入自己漫长的后半生。

是啊,一个人在青春里可以纵情行乐,挥霍无度,总是容易得到原谅。可一旦成熟,便会被束缚进各式规范,并难以获得赦免。

11.

临别那天早上,我们起了个大早。一路从郁葱的黑暗走向明亮的日出,看东方混沌的霞光渐渐汇聚成整个儿黎明。车开了六个多小时,到达马德里,我拖着简单的行李,被晕晕乎乎地塞进飞机。

三万英尺的高空,我闭上眼睛反思之前的种种:在布拉格,我为自己构筑了一个完整封闭的小世界。可当我来到西班牙,我敞开世界的门,让那些好看的男人们走进来……

经过短暂的旅程,飞机降落在瓦茨拉夫哈维尔机场。我大梦初醒,环视周遭与安达卢西亚截然不同的风光,竟有一种恍如隔世的错觉。

而当我无意间低下头,竟意外地发现强烈的日光早已将我的双臂晒黑,看小腿上留下的深色的痕迹,突然陷入了一场隐秘的窃喜。多幸运,我将安达卢西亚的阳光穿在了身上,而我又是多么希望这些浅浅的"伤痕"永远不会褪去,多希望自己能够永远留在桑德罗的影子里……

12.

也是在很久以后,我渐渐明白了安达卢西亚的意义——

在长年驻扎的城市,我要时刻保持体面,保持表面的风平浪静,要妆容精致,要西装革履,即使高跟鞋磨破双脚也得挺胸抬头大步向前走，即使昂贵的手袋里装着塑料餐盒跟残羹剩饭，也必须维持肤浅的高傲。

而当我脱离挣扎已久的城市，走进一片全然陌生的日光海岸，一切都是崭新而短暂的。我可以素面朝天，大家彼此间都是路人，自然而然摒弃掉一些过盛的体面。我可以在格拉纳达深夜的街道上醉得丢盔弃甲，也可以因为某人滑稽的举动，走着走着便放声大笑。我不用为了一件昂贵的大衣节衣缩食，不用在意任何人不屑的目光。我可以在马拉加拎着制作粗糙的帆布袋，蹬着人字拖去海边，叫上一杯橄榄跟便宜的橘子汽水，再租下一大顶太阳伞，可以跟好看的男人搭讪，没有人在乎你是正人君子还是衣冠禽兽。

去过那种随意到一贫如洗的生活。对啊，也许一贫如洗，才是生活的最本真的面目。

13.

在我写下这些文字的时候，布拉格的深夜还未来得及睡去，而安达卢西亚的黎明还未苏醒。一瞬间，我仿佛突然明白了自己与桑德罗之间隔山望水的距离——

有的人过早地看清世事，在人生的真相与不怀好意面前迅速缴械；而有的人，哪怕天不够蓝，海不够宽，世界仍是他的乐园，他永远学不会如何成长，宁愿孤独终生。

烟火

1.

再见昭和,是在电玩城顶楼一家新开业的自助式独立KTV的玻璃间。这是我们冷战之后的第二十八天。我不遗余力地吼完一首邓紫棋的《泡沫》,推门瞬间,一对清影在余光边缘一晃而过。

我抬起头,被一道晴天霹雳当场击中。

这一刻,我才清清楚楚地意识到:我以为的冷战原来是被甩,而我认定会厮守终身的那个人,却在我毫不知情的情况下,转眼爱上了别人,而这个别人,正是我从小玩到大的闺密。

彼时,她正秉持半脸尴尬、半脸胆怯,于他身侧左右闪躲着,那样子看上去人畜无害,弱不禁风。震惊之余,她甚至跟我打起招呼来:"好巧,怎么你……你也来了。"

若是换作一小时之前,我想必会上前狠狠搂住她,跟着一顿痛哭流涕,眼妆哭花也无所谓。我会拉她狂奔至底楼,再一头扎进她的那辆粉色小MINI(宝马汽车品牌)里分享一袋泡椒鸡翅或者一大桶冰激凌。

然而此刻，这悲壮而美好的幻想荡然无存。我瞬间便捕捉到匿于表象背后的丑陋事实——尴尬遮蔽了趾高气扬，胆怯掩饰了不怀好意，她的每一个表情对我来讲，都无疑为深深的挑衅。

事实上，在与昭和长达两个多星期的冷战里，我都一直挤在闺密的小公寓里跟她同吃同住，同仇敌忾。我声声抱怨着跟昭和行事风格、性格，乃至人格上的各种不合，数落他的各种劣势，数落他的各种配不上我。

我也曾扪心自问，跟这样一个平凡无奇的男人分开，又有什么好遗憾的？可当我亲眼见到他环住另一个女人的手臂自人群中央缓缓穿过，她霎时掉价成了金光闪闪的人渣，而他瞬间升级成为稀世珍宝。

2.

要知道，在此之前很长的日子里，我们并非如此。我所到之处向来热火朝天，欣欣向荣，开心的时候惊天动地，难过的时候歇斯底里。而昭和，他习惯以沉默缓冲掉我的一切横冲直撞。

昭和向来不善言辞，还记得在一起的第一百天，他写给我一封情书：

"我是一个俗气熏天的人，见山是山，见海是海，见花是花，见沙便是沙。丫头，直到遇见你，沙漠开始翻涌，江潮开始澎湃。你无须开口，我的天地万物便通通奔向你。

"这世界险恶，让你看开的人很多，让你开心的人却很少。如

047

果爱是一朵花，那么你将是我唯一的花种。"

可是我呢？我以青春尚早为由，不遗余力地滥用着他的宠爱，挥霍着他的宽容。

打搬到一起的那天开始，我便径自将他的公寓做了一番不小的调整。我将浴缸换掉，将墙壁粉刷成自己喜欢的色调，将家具换成北欧简约风格，将杂乱的阳台清理出来，做成了阳光玻璃房。

空闲的时候，我跟昭和坐在阳台上，沏一壶茶，任凭阳光爬上脸，总是不知不觉便聊起天荒地老来。

后来昭和送了我一台便携式音响，巴掌大小，我将它支在花架上，听张国荣、听张学友、听陈绮贞，直到听到张悬的一首"艳火"，他按下暂停，然后开始单曲循环。

他说："这大概就是我这辈子最期许的爱情与陪伴。我始终相信，那些惊为彼此生命中艳火的人，即便经历粉身碎骨的扑火性媾和，然后各自化为灰烬坠落，并诅咒此生永无交集，但他们还是会通过不同的轨道被羁绊在一起。毕竟，生命中遇到的大多数人都是寻欢，毕竟，那人是艳火啊！"

彼时彼刻，我对此并不深以为然，仰着脑袋，恨不得将白眼儿翻上天。我轻轻笑他，世间怎么可能会有如此奋不顾身的爱情呢？不过是愚痴愚醉罢了。

哪料没过多久，他就变成了我生命中日思夜想的那个人。

话说二十出头的那几年，我誓言要爱上很多人，要爱到肝脑涂地。要他们拿着带刺的玫瑰亲吻我的裙摆，而我则毫不吝啬地贡献出自己高高耸立的胸膛。在漫长的青春里，我对"你捅我一刀，我还你一刀；你流血，我微笑"式的游戏乐此不疲。

事实上，昭和也比我好不到哪里去。在他的世界里，向来野花遍地，妖风四起。正因如此，我才奢求更多！我要爱，要被爱，要更多的爱与被爱。即便知道终会彼此崩盘，一路爱恨纠缠到山穷水尽。

他说自己成熟挺早。早到上中学那会儿就喜欢上了隔壁班的一个女孩，喜欢到成天到晚，满脑子都重复着同一幅场景——炎炎夏日，他和她闷在地下室，颜料的油彩味儿夹杂着她的劣质香水味儿，她弹吉他的时候，他就吻她，吻到日光倾斜，吻到喘不过气。

我却从来不懂得尊重他的过往，反倒热衷于一番没头没脑的指手画脚。看上去是对袭袭妖风的不以为然，其实不过是心怀嫉妒。我嫉妒被他所爱过的一切——扎马尾辫的女孩，穿高跟鞋的女人，他的堂妹，他的表姐，走在路上擦肩而过有幸被他多看了一眼的女生，甚至连他常常挂在嘴边的一只母柯基都不肯放过。

有天晚餐过后，我们窝在沙发里看新闻，突然耳边传来一条跟"亡命之徒"相关的快讯。

迟疑之余，昭和的目光猛地亮了起来。他若有所思地晃动手中的白兰地，懒洋洋地抖着腿。他说更年轻一些的时候，自己稍稍沉默便魅力四射，面儿上严峻冷静，其实特别喜欢"亡命之徒"这个词。

我说他闷骚，随之抛去一个装满"Why"的困惑眼神。

他咧嘴笑，解释说自己看到的不是刀尖舔血，不是腥风血雨，而是奋不顾身、拼尽全力。无论在工作上，还是在人生的任意阶段，而最为动人的，恐怕还是当一个人投入爱情时激情洋溢的状态。

在一起的那段时间里，我也曾一度坠入人生低谷。职场总是有纷争有战火，因为人类总是欲望蓬勃。欲望不止，战争不歇。

而身在其中的我无疑为一个名副其实的怂包，不敢跟同事争个你死我活，却执意对亲密的人耀武扬威。我为此一而再，再而三地无理取闹，他却屡屡将我圈入怀中，告诉我这或许才是人生的本质，并非付诸努力就一定能成功，或许努力的意义仅仅在于给平庸的生活多一点底气。

他说他从未想过给我浇灌心灵鸡汤，不想无时无刻不催我奋进。他唯一的期望是我此生平安喜乐，只希望有幸陪我走到故事的最后。他说得认真，我听得当真。怎想他只是一时之间真情涌动，而我却误以为这是永恒不变的海誓山盟。

3.

你追我赶是爱情，缠绵悱恻是爱情，含恨放手是爱情，唯有千难万险走到一起，反倒不再是爱情。因此你看那些都市爱情剧，当男女主角转遍千山万水走到一起，也就迎来全剧终。

有的人可同甘不可共苦，越来越多的人则是可共苦不可同甘。就好比生活很容易引人落入俗套，若想要从俗套中挣脱，则需要付出巨大的代价。

彼时，我的状态就像是被困在Hotel California（加州旅馆）里，一个让人安逸到绝望的舒适区，我身心愉悦却踌躇而行，日复一日快要被生活的残酷淡淡稀释。

昭和习惯一手遮天,为我创造一处水波不惊的温暖港湾,渐渐地,我却开始嫌弃他是艘破船。

他蓄起胡须的时候我嫌他邋里邋遢,他听命剃掉我又说他缺乏男人最起码的粗犷跟担当;他健身我嫌他过于注重自我,他狼吞虎咽我又嫌他大腹便便;他操持家务我嫌他不务正业,他撒手不管我又怪他不够爱我。

作天作地仿佛成了生活中的必修课,一日多次随三餐服用,渐渐修成了习惯。好在每每这种时候,昭和总对我笑得温柔,凭借一身伟岸将我圈入怀中。他说姑娘应该是美好地存在着:爱哭,爱笑,小任性,小偏执,爱做梦,却也会为梦想而积极地生活。所以,美好的姑娘不应该掉进无底的深渊,不应该被平淡压抑的生活吞噬掉。

然而他对我的宠溺跟放任,终于化作了一把绵柔而锋利的匕首,趁我不备之时,一个反手深深插进了我的胸口。

就在我对这段关系备感倦怠的时候,就在我因为一句"永远陪伴"放松警惕、肆意妄为的时候,我那位朝气蓬勃的闺密秉持对异性的深刻理解以及面对全世界满满的善意,在我们漏洞百出的关系中占得了属于自己的一席之地。

这事最初起源于一次稀松平常的争吵,那天我们因为对职业规划产生分歧而大动干戈,闹得满城风雨。后来我甚至为了驯服他而使出欲擒故纵的愚蠢伎俩,提着箱子搬了出去。

断掉联系后的一周,昭和背着我偷约闺密见面,本意是想请她劝说我退后一步两人重归于好,哪料却意外得到了她的万千体恤。

闺密好比一颗包装甜美、口感绵柔的糖衣炮弹，凭借对我感情世界的了解，准确无误地投射进昭和的内心。没出一个月，我终于撑不下去，拖着箱子主动求和。没想到昭和反倒犹豫起来了。他房门半掩，却始终没有要放我进屋的意思。他说自己需要更多的时间好好反思我们之间的关系，还说要认真检讨自己的人格、性格、风格。

我以为他是真的需要时间反省，可他转身合上门的瞬间，我却无意看见了摆在墙脚的闺密的毛绒拖鞋。

所有的隐瞒和谎言，最终导致了我们反目成仇。

最开始，我对这场背叛坐视不管，反倒是吃好喝好，高昂着头颅，以某种气壮山河的优越感向那对亲密的浑蛋发出无声挑战。我骗自己一切都好，看不见的就相当于从未发生的。然而突然有一天，我从一场噩梦中惊醒，像是冥冥中被人打通了任督二脉。

我不愿在这部糟糕的荒诞剧里粉饰太平，带着浑身的刺，一味摇尾讨好，一味祈求拥抱。特别是在看到闺密一脸幸福的时候，我带着虚情假意的笑，内心却早已地动山摇。因此，我势必要将这段感情挽回，哪怕刀山火海，哪怕费尽十八般武艺。

就算不为了我们，也要为了我自己。

4.

我约昭和吃饭，看似谈判，实为妥协。我想求他复合，却又不愿完全放低姿态。

而令我有些意外的是，他不仅没拒绝，反倒很容易便答应下来。这让我误以为自己有机可乘，看来他并未完全弃我于不顾，而是给我的挽留留下了活口。

我故意将见面地点约在之前常去的一家餐厅，意在让眼前的一碗、一盘、一刀、一叉充满故事，唤起他从前的记忆。

果然，昭和单枪匹马准时前来。一上来，我俩谁都不愿先开口。他不动筷子，而我不断夹菜，将口腔塞满，不敢停下。

那句俗语说得好像也没什么错——有的人曾无话不说，到最后却无话可说。酒过三巡，我们彼此都有些松懈。我将高脚杯用力置于桌面，缓缓开口——

"你记不记得，在西安的那一晚，你开车带我去看古城墙，风很大很冷，我们就在城墙脚下的那条小路上裹紧衣服小跑起来。你轻声哼着那首《关于我爱你》，我那会儿只觉得你唱歌真好听。

"后来你唱到'我爱你'的时候，我就顺口接道：'爱着你，就像老鼠爱大米'，你假装生气，假装要打我，我尖叫着，却被你伸手一把抱住。而如今，我们没有了来日方长，只剩下天各一方。"

我的哀求，他显然没听懂，或者根本没打算听懂。

他双唇紧闭，不看我，只是将目光投向窗外斑斓的夜色。

"有时候，我们并非善变，而是健忘。忘记曾经的好、快乐，因此才会只看到眼前，以为眼前的才是全世界。你说对吗？"

我意有所指，他却显然不以为然。

"这是珍惜当下呀，好像也没什么不对的。"

或许是他的语气过于平稳，又或者是表情过于漫不经心，合情合理的一句话，却被我听出事不关己的冷漠来。我像是遭到一万点锤击，最后的期待顷刻之间轰然倒塌。

那天傍晚，昭和送我回家。车子开上华灯初上的城市公路，四周车辆星星点点，两侧是流动的霓虹，远处道路的尽头，是缓缓下沉的夜幕。抬头瞬间，兴许是回光返照，眼前的世界呈现了一片丧尽天良的美。

终于，我们之间的关系呈现一种抽离尘世的疏离，气势磅礴得好像阴霾，好像是为京城装点的浓墨重彩的雾，让一切模糊不清，却又威严无比。

5.

我曾从自信到自大，以为能够轻而易举将局面挽回，哪料主动上前却撞了一鼻子灰。

在被甩后挺长的一段时间里，我佯装自己过得很好。添置新衣，换了发型，结识形形色色的江湖朋友，甚至下血本将欧莱雅换成了一整套兰蔻。

我从来就不愿以弱者的形象示众。即便遭遇幸运驱逐，即便遭受男友劈腿，我却总是昂首挺胸昭告天下——我从来不是被害人，从来都是我先伤害别人！

我看昭和摆出一副宁死不回头的阵势，也只能转身找闺密谈判。

为了营造出势在必得的阵势,一上来,我先是不动声色地灌下满满一杯冰水,接着冷嘲热讽地奉上一席彬彬有礼的下马威——"你以为最难拥有的是他的未来?其实你错了,事实上最难赢得的,恰恰是他的过去。"

闺密并未出言反驳,全程低着头,像个做错事的孩子一般,无论我多么出言不逊,无论我的措辞多么恶毒,她都用一句"对不起"作为万全之策。

这是她的武器,以不变应万变,以温柔化解坚硬,随时随地摇身一变,成为绕指柔。

记得上大学那会儿,在闺密被朋克男劈腿的一段日子里,我是她唯一的依靠,她向我倾诉所有,我则带着一种设身处地的伤感,毫不吝啬地拯救她于水深火热中。

"Eason(陈奕迅)不是唱过嘛,若无其事原来才是最狠的报复。"

闺密将脑袋摇成了拨浪鼓:"我凭什么若无其事,忍气吞声?让对方以为他爱着你,却离开你才是最狠的报复!我要在他心上种下一棵温暖的小草,年年春风吹又生,让他永远除不尽,让他痛苦一生,我要在他心中生根发芽,永垂不朽!"

哪想不过短短几年,这话就应验在了我的身上。

临走之前,闺密端起桌上的Mojito,仰头,一饮而尽——

"我是一个女人,一个有点奇怪的女人。我总是爱上男人的猥琐、畏怯、孩子气、疲惫、黏滞,爱上他没翻好的一边衣领、偶尔拖沓的步态、纵情时的歇斯底里,像年华市场里挤在角落里的被繁荣世事遗忘的流浪汉。

"可你知道吗,你跟我不同。你只喜欢他光鲜亮丽的一面,你喜欢的不是人,而是橱窗里的人偶。都到了这个地步,你也应该醒醒了。你需要做的不是挽回,而是弄清楚昭和为什么毫不犹豫地离开你,投奔我。"

她此番言语字字珠玑,掷地有声,一字一句剐在我的心头。

直到这一刻我才反应过来,原来闺密并非什么人畜无害的小清新,原来危急关头,她才是那个深藏不露的狠角色。

6.

看来积郁真的可以成疾,我终于莫名其妙地病倒了。五花八门的药吃了一个月,左氧氟沙星过期了,阿莫西林过期了,就连最后一板阿司匹林也过期了。最终,我只好一杯接一杯地喝着热水,试图借此暖身暖心。

《重庆森林》里有句台词:"沙丁鱼会过期,罐头会过期,连保鲜纸都会过期!"

既然聚散终有时,更不用说什么稍纵即逝的爱情。

除夕那天,我失落得要命,以头痛为由推掉所有应酬,独自一人窝在家里。我打开屋内所有光源,又将电视音量开到震天响,我并非为所欲为,不过是希望形单影只的自己看上去并非凄凉透顶。

我在厨房煮面的时候,忍不住,给他发了条消息。寥寥数字,是再平常不过的祝福语。我以为他起码会回复一句拒人千里的"谢谢",哪料等来等去,却什么都没等到。

我站在厨房的窗户边,透过百叶窗狭窄的缝隙望着窗外。可恨万家灯火,唯我阑珊。面对这场亲密的背叛,我突然感到非常孤独。那种孤独,是戒指上的宝石触碰水晶杯般的空洞声响,是离群飞鸟独自划过夜空留下的展翅声。

晚上十一点四十分,门铃响了起来。我带着一脸好死不死的倒霉相"哗"地一下拉开门,潮湿的冷风抢先撞进来。而当我的目光在门外的影子上落定,巨大的惊喜从天而降。

是昭和。他一身西装革履,身后拉着一只样式考究的旅行箱,淡淡的眉目略显疲惫。

然而他的从天而降并未获得我一个感激的笑,自尊迫使我横眉冷对,面目平平地问他:"你怎么来了?"

他丝毫不在乎我的一脸傲然,温柔笑着:"来出差,顺路看看你。"说着,将一束尤加利递给了我。

纵然知道他撒了谎,我却执意没有戳穿。要知道,我的公寓位于城郊,既不挨着机场也不靠着车站,交通不便,根本不可能顺路。

我本打算在这个辞旧迎新的时刻体会孤独至死的乐趣,没准备红酒也没准备蜡烛,甚至没有一支小小的烟花棒。然而昭和仿佛并未因此感到沮丧,反倒兴致盎然地重新取过外套,接着将自己的羊绒围巾裹上我的肩:"走吧,我知道一个好地方!"

我不由得深深呼吸,上面有着我所熟悉的淡淡的薄荷跟烟草混合的气息。

没等我反应过来,他便拉着我爬上顶楼。楼顶平台宽阔,三面环湖。随着一阵阵震耳欲聋的声响,烟花在水面绽放,明亮的火光将四周的黑暗照亮。

午夜十二点,当整座城市爆竹声四起的时候,他浅浅一笑,没等我探测出那个表情的温度,便垂头吻了我。

一直到很久很久以后,我都还清清楚楚地记得,那个吻是绛紫色的,如烟花一般夺目而短暂,其间还夹杂着浓烈的晚风跟新年火药的味道。

而那场烟火,无疑是我这辈子见过的最美最动人的花火。以至于在很多很多年以后,当我漂洋过海,行走在塞维利亚老城的街头;当背后骤然绽放的烟花点燃整个儿夜空,我不禁停下来,昂首望,不知不觉便热泪盈眶。

一场盛大过后,所有辉煌戛然而止。

我知道,我们就要分别,悲情的热潮在心内汹涌成涛,突如其来的伤感眼看就要将我击垮。然而,它又并不足以将我击垮。

类似的感受也曾屡屡发生,盼望了几个月的圣诞,却在平安夜前一晚担心起它的到来。盼望它张灯结彩时的繁荣,却恐惧它偃旗息鼓时的清冷。

我送昭和下楼,拖拖拉拉,故意放慢脚步。然而令我备感意外的是,他并不急着走,当我心不在焉地推开公寓的房门,他甚至抢先一步挤进房间。我们相顾无言,我们思绪万千。我们躲在狭窄的厨房里分享完最后一杯泡面跟最后一小袋鱼皮花生,接着他拉开冰箱，用剩下的小半瓶威士忌漱了口。

漱着漱着，他便说起了胡话。我故意模仿他的样子，提起瓶子仰头大灌一口，二话不说硬吞下去。我的嗓子很辣，胸腔燥热。于是，我借着汹汹酒意将嘴唇用力堵在他的耳边。

"为什么？为什么来找我？怎么，是因为被她赶出家门，现在无处可去，所以才到我这儿寻求一时的安稳吗？"

他摇摇头，昂首环视四周，终了，目光在我的眉目间落定。他说："丫头你知道吗？你从来就不够好，有时甚至是糟糕！可你就像是恶习，就算不去爱，却怎么也放不下。"

我生生忍住即将落下的眼泪，咬牙切齿地反唇相讥："这世界，骗子太多，傻子明显有些不够用了。"

他不解释，也不生气，只是别过脸，丢给我一个无力回天的苦笑。他说人生是一场永恒的挣扎，苦难总归是大于幸福的。他说自己有些痛苦，却也知道这是自己不够善良又不够恶毒的结果。

后来，他像从前那样将我打横抱起来，踉跄两步，凭借摇摇欲坠的意识将我轻放到床上。

我仰面朝天，被他伟岸的身影紧紧包裹住。在某个突如其来的瞬间，当我看向他的眼睛，才发现那一刻的他真诚无比，明眸深深却唯独刻着我的倒影。

然而，那影子实在虚极了，仿佛稍不留意便会涣散掉。

半夜，我从睡梦中惊醒，伸手抚摸他的身体。他的颈椎突兀而锋利，宽阔的肩胛骨像是一处绝世的悬崖峭壁。

我在心里默默念着"留下来……留下来……"一遍又一遍，久久地，根本舍不得停下。

是啊，也许我们从来就不需要任何深刻的人生道理，只需要赶在夏日结束之前，让自己变得勇敢一些，更彻底一些，不卑不亢地去抵御这世间的一切恶意。

……

当我再次睁开眼睛，昭和已经离开了。被窝深处余温尚存，枕边还残留着剃须水的气息。我将那只枕头紧紧搂进怀中，顷刻之间，眼泪跟着掉了下来。

也是后来我才知道，那是他跟闺密冷战的第三天。他们本来说好一起过新年，可当她发现他兜里藏着的火车票，一切就都变了。她并未当场揭穿，却横眉冷对，伺机等待，直到他的谎言跟她的猜测撞了个人仰马翻……

我也曾为此窃喜，以为他们之间的感情会因此断送。哪料真正被断送的，是我自己。

那事以后，昭和他再也没有出现在我的生命里；我将他最喜欢的那首歌保存成了来电响铃，明知道它永远都不会再响起来。

7.

转眼迎来二十六岁生日。生日当天，我请同事们吃了重庆小火锅。晚餐过后，大家相邀去商场顶楼的电玩城打电动。

路过墙角那排独立KTV的时候，我不由放慢脚步，站在半米之外的圆桌旁发了个漫长的呆，接着便鬼使神差地走进距离最近的那间玻璃房，将硬币一枚一枚投进去。

我唱刘若英，唱陈绮贞，唱张悬，唱陈奕迅，唱到那首《艳火》的时候，眼泪终于决堤，汇聚成了江河湖海。

原来时间再慢也终究敌不过离别，原来再坚定的誓言也终究敌不过行至情路尽头的曲终人散。

我按下单曲循环，一遍又一遍吼着——

"于是你不停散落，我不停拾获，我们在遥远的路上白天黑夜为彼此是艳火。如果你在前方回头，而我亦回头，我们就错过……"

余光中，一个再熟悉不过的身影缓缓推开玻璃门，他在我身后静立，不久，那极富磁性的嗓音再度响起："需要伴唱吗？"

我放下话筒，微笑着回头，眼中闪过一道稍纵即逝的光。我装聋作哑，径直走出去，擦肩而过的瞬间却突然红了眼眶。

我乘电梯下楼，走上夜晚的马路，只身穿梭于流动的纸醉金迷，任凭狂风吹乱头发。

当昭和再一次完好无损地出现在我的面前，我终于明白，原来内心的不甘早已取代了曾经的热爱，所谓的爱与被爱早就在对彼此的撕扯之中消磨殆尽。

我们对完整的渴望，只能从残缺的裂口处一点一点长出来。我告诉自己要热爱那些曾压住胸口的东西，是它们在靡靡之时，将我一声声唤醒。我站在马路中央，淋着雨，街灯盏盏亮起，像一条条破碎的鱼。看前路层层迷雾，看身后人影幢幢，最能击中人心的，还是生活里那些看似毫不起眼的瞬间。

不知不觉间，我又想起多年前那个晚上的场景——天空不分阴晴，是大雨倾盆前的宁静。你骑着单车从我身边经过，却又在前方不远处停了下来。你回头看我，风的力度刚刚好，微微拨乱我鬓角的碎发，撩起你的嘴角。

你脸颊泛红，说："我载你一程啊！"

我沉默着跳上后座。

而今时间过去多年，我剪短了头发，那份记忆却依旧清晰，只是那个你，早已无处寻觅。

8.

这城市车水马龙，爱情沙场，我们也曾兵戎相见，怎料时至今日，各自点将点兵。

可即便如此，又能怎样呢？人总是要无条件地去爱一个人，才会知道那种快乐、心酸跟痛苦。不是没有委屈和抱怨，也曾嫌弃和讨厌。只是面对那个人的时候，总也不愿意他受苦为难。最后的"我爱你"，就像是一句"再见"。

我回到家，将一大束新鲜的尤加利抱进厨房，将它们从牛皮纸袋中解放出来，将残枝凋叶剪去。

我抬头，看向镜中的自己，再回首，天色已黄昏……

每个人心里的那团火

1.

如果不是跟朋友们小聚，我差点就忘了当初我究竟是如何想方设法挤进你的生命的。

回到欧洲的第三天，JJ打电话给我。他神秘兮兮地说，有老友从国内出差路过这里，一起小聚。我话不多问，迷迷糊糊钻进后座，等到再次推开车门，你出现在了我的面前。你穿着黑色大衣，脸上的表情看上去崭新无比。

你笑着跟我说"好久不见"，伸出右手的瞬间我才反应过来，我们之间的一切真的已经翻过了好多页。

2.

那一年冬天，我素面朝天走下飞机。或许是天太冷，又或许是离家太远，我的面容苍白，裹在灰色毛呢大衣里的身躯显得异常消瘦。我踩着双有些旧了的红色八孔马丁靴,脖子上绕着条淡黄色的羊毛围巾,头发高高扎起成马尾。

就在我立于滚动带弯道处,将两件半人高的行李拼命拉向地面的时候,你的双手就那么毫无预兆地出现在了我的视线里。你不顾我的惊异,将行李往手推车上提,超出预期的重量令你眉心高高耸起。

后来呀,你看向我的眼睛,以那种难以置信的口吻感叹道:"喔,一个女孩子怎么提得了这么重的行李!"

我向你道谢,以为你接着会向我要电话号码。怎料你一语终了,拖着自己的行李转身往出口走。

后来在过海关的时候,我也不知道自己到底是穿错了衣服,还是做错了表情,还是实属时运不济,都快要走到出口了却被工作人员拦回来盘查。留着一圈胡子的土耳其裔工作人员将我的行李开箱,翻遍,却未发现任何值钱的东西。后来,他将那"势必要查出点儿什么"的目光锁定到了奶奶送我的金镯子上,并认定它尚未申报,要求罚款。

我紧盯着他因贪婪而变得炯炯有神的目光,倔强劲儿一下子就上来了。我跟工作人员誓死僵持,死死咬定一根金丝怎么称都算不到四百三十欧元。再说了,几十年前的旧首饰,凭什么他嘴巴一张凭空定价?工作人员指着电子秤屏幕上的克数,眼神让人无法辩驳。

其实罚款事儿小,最多也不过一百欧元出头。重要的是我觉得他明明就是针对我,针对我的肤色。我沉下一口气,做好被遣返的心理准备，随之眉目一横，道："You are crazy（你是疯子）."对方要我再说一遍，我沉着冷静地重复了原句。紧接着，对方要过我的护照以做登记。我心都快跳出来了，却还一脸波澜不惊。

而出乎意料的是，你刚好也被拦下来抽查。这对我来说简直就是不幸中的万幸。你也许是从我难过的表情中看出了一二，毫不犹豫走上前，我则求救似的一把抱住你的胳膊，假装我们相识已久。

你声称自己是一名律师，工作人员一看我们不好欺负，便立马软了语气，甚至恶人先告状说我侮辱了他，并且让身后的几位工作人员做证。一时之间，我的委屈劲儿通通涌上心头。我站在角落里偷偷抹眼泪，你则替我出面跟海关交涉。

后来，基于硬性规定，我被罚款。刷卡时出了点儿问题，你执意帮我垫付并要到了一张申诉单，然后留下一句帅炸天的"基于你做事的态度，我会弄清楚事实然后写信投诉你"，便搂住我的肩膀转身离开。

好一出英雄救美！即便我并非美人。

3.

倘若一定要追溯这段感情的源头，那一定是我先追求的你。

当初从机场出来，我一颗躁气蓬勃的红心被你的铮铮背影撂翻。天上没有白掉的馅饼，我以为你会借机与我搭讪，可惜你没有。反倒是我，以改日还钱为由跟你加了微信好友。当时你不勉强,也没拒绝,我就知道有戏!后来我们通过微信偶尔聊了几句,你断断续续地跟我说起自己的工作及日常。两周以后,我们终于坐在Isar(伊萨尔河)河畔分享了一扎啤酒以及大半只烤鸡。

当时我指着你的朋友圈问:"你不说自己是律师吗?"

你抛给我一个坏坏的笑,继而解释说:"要想英雄救美总得用点儿小伎俩。"

我又问:"那你不怕海关追根到底拆穿你的谎言吗?"

你说:"怕呀,可恐惧有时反倒会让人变得胆大。"

对啊,记得那天你风度翩翩西装革履,对方为避免惹是生非不敢多问。你应该是抓到了他的心理弱势吧,说白了,这就是一个形象即正义的时代。

那次闲聊之后,我在心里对你做了小小的总结:1.反应迅速,做事重逻辑。危难关头脑海中能闪现一个小剧场。2.敢于孤注一掷,说明你是典型的投机分子。3.不完全担心投机不成难以脱身,说明你并非背景全无。

书上说,"打不打扰到对方是你分寸感的事情,越是没有被回应,你就越是应该尊重自己"。

然而被你的"初次亮相"拖入泥沼的我,哪里还顾得上什么尊不尊重!我试图以各种方式入侵到你生活的细枝末节。比如,苦苦守在街角,守株待兔似的等待跟你偶遇;比如,借口学习烘焙,做了半个月的甜品给你;比如,睡前推荐肉麻到骨子里的情歌;再比如,躺在你信箱里的一封只画着小花跟笑脸的匿名信。

对于友谊,你心门大敞;然而一旦提及爱情,你始终回避。我执意装作看不懂的样子，一遍遍地追问你为什么。你说我们不合适。我问哪里不合适，你说人生的阶段不合时宜。我说好感来了哪还管什么人生阶段，过于理智，过于面面俱到，还怎么谈感情。

你笑笑不说话，我却从你长久的沉默中预测到了答案。

成年人之间的爱情本就势如破竹。特别在我的感情观里——没有暗恋，只有明示；没有欲擒故纵，只有"该出手时就出手"。该用心的时候就用心，不要装酷。感动不可耻，矫情没有罪，你的深情就算对方拒收，也不能压抑跟欺骗自己！

而你呢，显然比我考虑得多得多。你说人潮之中各怀心思，互不打扰，如孤岛那般漂浮游荡，想要靠近又害怕被吞噬。理智的人们总是知道，在一起的快乐是短暂的。

或许是五次三番再也不好意思拒绝一个女孩的爱慕，或许是长久相处令你觉得我的确符合你的预期，又或许是你打心眼儿里喜欢我……总之没什么多余的仪式，我们很快便走到了一起。

你说在此之前，你从来没见过像我这么古灵精怪的女孩子，之后应该也不可能再遇到了。从小到大你都是模范生，因此从学校到职场，身边都围绕着小黄花似的乖乖女们。你的世界观中庸，感情观亦不温不火。你既不能理解野蛮女友里的那个"她"，也无法接受亨伯特跟洛丽塔。

当你说出这番话的时候，我正埋头挖着半只错季西瓜，龇牙咧嘴地问，那我是什么花？你伸手替我擦去嘴角的红色汁液，笑着说："你是会飞的蒲公英。"

我又问，那你觉得快乐吗？你回答说，无上快乐，快乐到每件事的每一处细节里。

而我知道，我所拥有的"无拘无束"，仅仅是因为我比你年轻。

4.

记得从国内度假回来那次，刚下飞机，你便一脸欣然地说要带我出席朋友的婚礼。我毫无准备，回家稍稍小睡便洗澡、化妆跟你奔赴婚礼现场。

毫不夸张地讲，你是到场所有男士中最耀眼的那颗星星。更巧的是，你跟新郎穿着同样款式的定制版修身西装，同样颜色的领带和皮带，同样款式的皮鞋，就连发型都一模一样。你的朋友们纷纷开起了你的玩笑，说你不像是来道喜的，反倒像是来抢亲的！我跟在他们后面起哄、傻乐，挤在一小群眉眼陌生的年轻女孩中间，不遗余力地抢着新娘抛过来的捧花。

然而也是后来，我才从朋友口中听说：原来那位新娘，真的是你当年求而不得的女孩。

整场婚礼小巧精致，完美无瑕。气球、草坪、长椅、白色桌布、玫瑰花瓣，午茶过后乘坐游船绕湖一周，最终以一顿米其林三星的晚餐作为终场。

毫不掩饰地说，那是我有生以来第一次吃米其林。我是临时来宾，因此我们的名卡被分开来放。我靠在门口，而你坐在我对面一桌。你跟好友们推杯换盏的时候，我正小口小口啜着杯盏起来并不怎么合口的红酒。你使用起餐具来轻车熟路随心所欲。而我呢？先是偷偷查看用餐礼仪，接着却眼睁睁地错将用来蘸虾的黄瓜酱汁误当凉汤一举干掉。后来在用主菜的时候，旁边一位从伦敦赶来的亚裔女孩不知哪把是鱼刀，便干脆操起了两把叉，而我则聪明反被聪明误，误用成了甜品刀。

吃完晚餐，我们拿了伴手礼，挽手从餐厅走出来。服务生将车子开到大堂正门前，我看着前前后后几辆保时捷跟玛莎拉蒂，目光最终在你那辆被夹在中间的小途观上落定。那是傍晚时分，凉风习习。那些面目优雅的男人女人跷着脚坐在露天咖啡座里，抽着雪茄，喝着香槟。众目睽睽之下，我最终决定趁你取车，先沿湖走上一段路。

在回城的高速上，我将这些讲给你听。你跟着哈哈大笑，却未生气。后来我就在想啊，兴许从你帮我将箱子拖下滚动带的时候，我就已经喜欢上你了。

和你在一起的那两年，我真是快乐到随时随地都能笑出声来。工作越发如鱼得水，生活越发得心应手。我出了两本书，我们牵手走了我此前从未走过的许多路，去了此前从未到过的城市。我们在马拉加的海边逐风踏浪，在蒙马特高地喝着Mojito，在布达佩斯的山顶上看日出，在佛罗伦萨的楼顶天台看星空。

我们也偶有争吵，却屡屡以我的一个示好跟你的一个拥抱收场。我抱怨你没空陪我晃东晃西，没空在美好的光影里浪费生命。你抬眼反问："倘若你真的那样做了，我还会爱你吗？"

我斩钉截铁地点头说："会！"你则苦笑着摇摇头。

比起"明争"，我俩好像都更习惯于"暗斗"。记得最激烈的那次冷战，我们两个多星期没见面，我高昂头颅，咬紧牙关，不主动联系，手机倒是二十四小时随时随地置于眼底，而其间也仅仅收到过你的两条问候短信。

我在内心里已经做好了曲终人散的准备，以为你会借这个机会招呼都不打就偷偷跑掉，可是两周以后，你却又突然主动约我出去。再次见面，你说过去的一周你都在柏林出差。可你的手表指针却偷偷出卖了你。我知道的是，你回了趟国；我不知道的是，你为什么回国，又为什么要欺骗我。我不敢问，在残酷现实的大草原上，我一向心甘情愿地扮演着一只鸵鸟的角色。

那段时间你大概正处于事业的转折点。原本从事机械设计的你突然想要做电信行业的咨询。而我，正好也处于创作的转型期。经历过一些事业上的颠沛流离，整日以香烟、啤酒跟剂量很足的郁郁寡欢为伍。

这种时候，你总会在一旁鼓励我。你说那些开奔驰的人都在努力换宾利，开奇瑞的人却都在想着怎样省油。想进步的人都在不断学习，安于现状的人总在拒绝成长。然而人不可能一辈子都处于高潮，因此位于低谷时的姿态就显得尤为重要。

我这个人虽说生性叛逆，可从你口中飘出的一字一句总能轻而易举深入我心。也或许我本就是一个轻佻的人啊，这一世情深，无非是献给了你。

接下来的一段时间，我们在彼此的陪伴下渐入佳境。我开始了新书的写作，而你也换了工作，认识新的同事，参与国内的一些项目。你时常带我出席工作结束后的各种聚会，将我介绍给你的上司跟朋友。当他们因为我的年龄跟职业惊叹出声的时候，你总会温柔地搂过我的肩，将嘴唇轻拂在我耳边。那一刻，我真的以为自己是一件举世无双的珍宝。

因工作需要，你时常出差，并且一走就是大半个月。即便无论飞到哪里你都会带礼物给我，可每时每刻陪伴左右才是我所渴望的。于是，我屡屡使用小手段、小心机将你留下来，有时候是假装生病，有时候哭诉自己心情糟糕，哭天抢地，还有几次是故意调慢了你的手表。有一次我甚至过分到临出门前藏起你的护照，害你赶到机场却无法正常登机。你一直在忍耐，像是吃掉并不合口的食物那样，大口吞咽着我的自私跟任性。

直到有一天，这种举措彻底激怒了你——

终于在一个黄昏，你说要跟我小别一段时间。我还清楚地记得，那是夏季的最后一天，风不同于以往那般干燥，空气中泛着泥土潮湿的气味。你说离别只是暂时，然而你的眼神却出卖了你。我似乎预感到了什么，突然就变得警觉起来了，紧追着你的眼睛，问你"暂时"究竟是多久？你抱歉地耸耸肩，语气含糊地摇着头。我的直觉告诉我，这一个转身，恐怕就会是永远了。

我故作轻松地从你的公寓走出来，手里提着前一天没来得及扔掉的啤酒罐。在电梯下降的时候，电话响了起来。你说，我有东西落在上面了，要不要回去取。说真的，我不敢上去，因为一旦上去了，就真的下不来了。当时你执意要给我送下来，我强忍住泪水，在心里默默祈祷着，只希望这段异地恋早点结束。

你说送我回去，我笑着拒绝掉。你没过分强求，只是目送我上了公交车。然而车子还没开出三站我便后悔了。晚一些的时候，我借机返回你的公寓。趁你睡着以后，我私自改签了你的航班。你醒来后，很快便得知真相，你并未冲我发火，只是淡淡地说了句："我劝你善良。"

我的幼稚跟你的成熟，最终将彼此刺得两败俱伤。

我说我们都是这样，敏感又脆弱。活不出真正的自己，亦不能好好爱别人。所做之事不是没头脑就是一时兴起，而理由总是被锁进姗姗来迟的理智里。我总是一边用刻薄恶毒的言语刺激着别人，一边又暗暗懊悔，为何就是改不掉口无遮拦的毛病？伤害了别人却也换不来自己的欢喜。总是喜怒无常，一点点侵蚀着珍贵的温暖。可是你知道吗，曾几何时，我也是无忧无虑的。可是随着年龄的增长一点点消沉、坠落，不至于陷入沼泽，却也无法飞向高处。

可即便改签又能怎样呢？你还不是走得干脆！我送你去机场，途中你未发一语。直到托运完行李，你将我拖入一片立柱的阴影里。你说："工作欲调动，归期不明。"后来你又说了些什么，我六神无主，根本就没听进去。

我虽说善于适应新环境，却本能地排斥分别。哪怕跟朋友们一起玩儿派对，我也一定是熬到最后，最晚才甘愿推门出去的那个。我并非贪杯，仅仅是留恋。可能最后一个离开，才会觉得无憾。于是那天傍晚，我站在机场外的广场上，屏息凝神地紧紧盯住手表指针，直到确认你的航班起飞，才掉下眼泪。

注意力都没法集中的时候，确定是心如死灰了。我前面的那片光明终于被你的一阵阵沉默严严实实地堵住了。我不知道挫折为什么这么大，我一点都不坚强，我想我是彻底垮掉了……

我顶着一身恍惚勉强返回家里，两眼一抹黑，脸都没洗便倒头大睡。一直睡到第二天傍晚，我从楼下中餐馆点了一份特辣的鲶鱼豆腐，用叉子大口大口地吃，我以为我会被辣到无法思考，怎料吃着吃着，眼泪还是大颗大颗地往下掉。想想觉得自己很好笑，于是放了张Bandabardò（意大利民间乐队），本以为自嘲能够减缓伤感，想不到一首 *Interessa La Danza*（可有兴趣跳舞）还没听完，便哭得歇斯底里。

审视此前种种，起初我想当英雄，想做超人，想成为那种被层层光环围绕的、很厉害的人。后来啊，后来我只想做一个普通人，养一只猫，一条狗，有一间小房子跟一个爱人。

你落地的时候，想必你的热情也跟着落地了吧！我迟迟等不到你的消息，主动去问，却被你一句口吻寡淡的"在忙"切断了下文。我不敢再打过去，直到三天以后，才说服自己冷静下来。追问你原因，你却久久给不出答案。你这是彻底将我抛在脑后了吗？还是说当真被项目折磨得昏天黑地？其实我心里也清楚，有时候问题看起来很复杂，但答案很简单——爱得越用力，越会输得一败涂地。

5.

分手姗姗来迟，好在没有缺席。

一个月后，你突然跟我说，异地恋没法儿谈，我想我们还是分开吧，你还年轻，耽误你并非我的本意。对不起。

我一眼便看出了你的认真，却还是含着泪，嬉皮笑脸地问："今天是哪国的愚人节？"

你接着便郑重了语气，说道："这根本没什么好笑的。"

经过此前一个月的暗示跟铺垫，我的怀疑或愤怒早已被消磨去大半，只剩下灵魂被掏空的乏力。

强烈的恍惚感令我毫不自持地胡搅蛮缠起来，我问你为什么足足拖了一个月才说出来？你解释说自己拖泥带水，是因为怕我伤心。我反驳说你不是怕我伤心，而是无法承受自己良心的谴责罢了。你没否认，也没辩解。在静默中僵持了足足十五分钟以后，我提起一口气，"啪"的一声将电话挂断，再一次将脑袋埋进了远离现实的沙海里。

那天晚上，时间似乎过得很慢。时间的缝隙被困惑与痛苦拉长，长到好像每一分、每一秒、每一个细节都需要用对曾经的抽丝剥茧来填满。于是我坐在书房靠窗的角落里，摆出以往我们最最熟悉的那个姿势，发着呆，喝着茶。

我突然间很想回家，很想回到小时候。

小的时候，我的梦想就是快点长大。以为长大了就可以行动自如。想做什么做什么，想吃什么吃什么，想去哪里去哪里，想跟谁在一起就跟谁在一起，旁人根本拦不住！后来，我真的就长大了。真的就想做什么做什么，想吃什么吃什么，想去哪里去哪里，想爱谁爱谁。

可是，年纪大的、身体不好的亲人一个一个去世，爱过的人一个一个离开,开了很多年花的树被无情砍倒,放学回家抄过的小路一片荒芜,喜欢吃的不再喜欢,关系好的多年没再联络过,去到陌生的地方再也不能说走就走,上班等放假,月中等发钱,好像无论怎么留恋,做出怎样的交换,也阻挡不了岁月苍老。

失去你以后,我觉得自己像是误入了升降梯,一夜之间长大了不少。想通了很多事,甚至开始痴迷于斯宾诺莎跟拉康。

拉康说过,"人的欲望就是去欲望他人欲望的东西,因为他们欲望它"。我以为这种观点来自经过科耶夫阐释的黑格尔的主奴关系辩证法。从根本上说,人的欲望就是成为他人的欲望对象,得到他人的承认。

我一遍遍扪心自问,难道这不是在说我吗?接着我却又苦笑出声,是啊,这又何尝不是在说你?在说我们身边的每一个人。

……

夏至那天,我收到了你的一封附带着几张照片的邮件。我意外极了,以为你欲与我冰释前嫌,便欣喜若狂地打开来看,却发现是你跟另一个女孩的合影。那女孩笑得又美又沉稳,美到好像在心里对其默默恶语相讥都是罪过。她脸上的表情似昭示,似挑衅。也是很久以后我才明白,她不过是表达最简单,最直接的快乐,我所看到的一切丑恶,都不过是镜子中的自己。

一瞬间,我的世界一片漆黑。

就在我托着手机站在丁字路口愣神的时候,一条消息杀了过来,你问我:"以后还能做朋友吗?"像是摆脱又像是平复良心,总之你言简意赅,简洁到连一个标点都没有。

那一刻，我看着眼前的车流，恍然间产生了完美起跳，纵身一跃的冲动。即便如此，我还是迅速回复了一个笑脸——

"好。"

你知道吗，告别终有时。我不求自己在你心里有多大的长进，不求你的认定，不求颠覆，不求稳重，不求精明，仅仅希望自己的言行看上去起码像一个成熟的大人。

很小很小的时候，我会因为剥开一个青黄色的橘子时，闻到散发的气味欢喜很久。然而长大以后，欢呼雀跃似乎变得越来越难了。可是你知道吗？当你剥开一个橘子给我，即便青到酸涩，我也照样会举手欢呼。

十月末的布拉格已然进入了深秋，你就跟变戏法似的"嘭"地一下突然出现在了我家门口。彼时彼刻的你挂着两团黑眼圈，一举一动间尽显单薄。除了斜挎在肩头的一只随身公文包，手边连一件像样的行李都没有。

你见到我的第一句话并非类似于"嘿，我好想你"或者"哎哟，好久不见"之类的刻意寒暄，而是——"好幸运，还好你没搬家。"

我嬉皮笑脸地趁势追问："那如果我真的搬走了呢？"你咧开一个无声无息的笑，说："那是命，也只能灰溜溜地回去。"

你千里迢迢地赶了一夜飞机飞过来，跟我诉说着她的种种，并惩罚着我。我看着你渐红的眼眶，笑着调侃道："怎么，被女朋友欺负了？"你立马纠正说，她不是你的女朋友，而是未婚妻。你说你们相识一周，相处三周，第四周便决定结婚。

我不可思议地笑着，问你这到底是真爱还是一时冲动？心里的苦果颗颗落地。你的表情突然就沉下来了。你看向我的眼，说，你把从前与我做过的事情同她做了一遍，最终发现历经每一个环节、每一处转折，内心都毫无波澜。于是，你决定结婚。

我对此话很是不解。你笑着解释说，波澜不惊才是生活的本质，而婚姻的本质就是生活本身。

我想我是太过愚钝。这话，我听不懂，也不愿听懂。

终于，你讲到她对你的伤害，我倒吸一口凉气，眼泪跟着就下来了。没有任何过程，想必是蓄势已久。

你问我这是怎么了，我捂着眼睛坦言道："为什么有的人就能活得举重若轻、游刃有余？为什么我却偏偏驮着过往的石碑，想卸却怎么都卸不掉？那么，现在有两条路摆在我眼前，一条是放下曾经踟蹰前行，一条是拼尽全力把你抢回来。我在犹豫，需要你帮我做出选择。"

你脸上的光芒稍纵即逝，接着轻轻垂下头。半晌沉默，你没有做出任何选择，只是语重心长地对我说道："人这一生将遇到很多不尽如人意的挫折，也许还会有力不从心的崩溃感。但面对未来，最重要的是你自己，没有人能够说清楚哪条路才是对的，可你所选择的，才是你要走的路。"

就这样，你在布拉格停留了两天半。感到疲惫就回酒店休息，想说话的时候就来我的公寓。我们之间的界限，终于变得异常清晰。于是啊，我就拉着你不停地、不停地说话，像是要将一辈子的话全部说完。

你笑我贪婪、没节制。我并不否认。你说我们还是朋友,余生一起走。

傻瓜!你以为我真的会跟你继续做朋友吗?我默默忍着眼泪,在每一个开口的瞬间,在心里大肆叫着"浑蛋"。

你的航班在凌晨三点。临行之前我煮了火锅,买了很多你爱吃的海鲜跟鱼丸,故意将自己灌得很醉。我以为睡着了,就听不见你推门而去的声音,醒来以后全当大梦一场吧!果然,你到走也没有摇醒我,而是帮我掖好被角,打电话叫了计程车独自上路。门锁撞上的刹那,我的眼泪如同趵突泉一样"噗"地一下涌了出来。

你不知道啊,我虽闭着眼却彻夜未眠。

……

6.

时间过去了这么久,那张 *Scaccianuvole*(意大利民间乐队 *Bandabardò* 的专辑)还在车上,我听着它,突然就想到了你。本来就不怎么快乐的鼓点好像随时都能够化作伤感直戳人心。我将车窗摇到底,仰头看天,黑夜尝起来像烧酒,乌云尝起来像烟草。

"……

可否共舞一曲呢亲爱的姑娘?

或用一支尼古丁消磨时光?

或陪伴于父母身边?

抑或参加一场浸润于鲜花中的婚礼?

Interessa la danza signorina?

O forse è meglio una pausa nicotina?

……"

7.

凡·高在写给他弟弟提奥的信里说:"每个人心里都有一团火,路过的人只看到烟。"

但是总有一个人,总有那么一个人能看到这团火,然后走过来温暖他的手。我在人群中寻寻觅觅,终于看到了你的火,然后快步走上前,生怕稍慢一点它就会被岁月的尘埃吞没。我带着我的热情、我的冷漠、我的狂傲、我的卑微跟温和,以及对爱情无条件的希冀,走得上气不接下气。我结结巴巴地问,你叫什么名字?

多好啊,从"你叫什么名字"开始,后来,也就有了一切。

……

情感因戒断综合征

1.

这些天晚上,我总是梦见他们。那些面孔已经从熟悉过渡成了似曾相识。我沉进梦里,那个暗得柔光一片的地方。在那里,女人们变得安静,男人们不再飘忽不定。

冥冥之中,一副熟悉的面孔对我笑得坦荡:"我啊——薇尼!记得吗?"

2.

钟薇尼姿色并不太出众,她看上去是那种很乖很软的女孩,偶尔拽着衣袖撒上两句娇,瞬间就能将世间所有邪恶击败。

认识钟薇尼的人都知道,她面对这世界的时候拘谨而腼腆。常购的衣服品牌就那么两三个,喜欢吃的菜式就那么两三种,饭店永远去那一家,也许深知未来充满变数,所以极度渴望日常无变故。

上学那会儿流行看《古惑仔》，男孩都想当陈浩南，女孩都想当小结巴。那时候的钟薇尼也不例外，她不想找王子，想找浪子，一心想变成大哥的女人。

而江凌恰恰就是浩南式的存在。喜欢画油画，梳着一个很酷很痞的阿飞头。他的穿着也追求"标新立异"，衬衫外面套着件衬衫，里面的扣子系到领口，外面的大敞开。

然而有的人纵然缺点一身，可偏偏入得你心；有的人生来完美，却被你弃如草芥。

3.

薇尼追上了心仪的男孩，几乎是毫不掩饰对他的一见钟情。

姐妹们聚餐，薇尼携家属前往。每每吃到苍蝇小馆，她会在江凌落座前一秒，当着众人的面迅速弯下身用纸巾抹板凳；每每吃到美式快餐，她永远先帮他插上吸管，顺道撕开所有食品包装袋。

当然，江凌看起来对薇尼也很好。不仅遮风挡雨，嘘寒问暖，对我们这些难姐难妹也堪称仗义，十次聚餐，八次都是吃到末尾他才匆匆赶来收底儿买单。

初次恋爱，换谁都是下手没个轻重。薇尼对江凌关怀备至，有时候像妹妹，有时候又会母爱爆棚。有次薇尼照常给他削苹果，一不小心被小刀伤了手。接下来的三天，她大拇指上的创可贴一直都没换过。阿西以为医药箱里的创可贴用完了，正要下楼去买，却被薇尼一把拦住了。

"这可是阿凌亲手给我贴上的,不换,舍不得!"

到了傍晚,摇摇手头玩儿着把瑞士军刀出现在了宿舍门口,后面跟着江凌。在钟薇尼的笑逐颜开中,她歪着身子朝身后使了个眼色,接着重新回过头来:"薇尼,我们刚在楼下碰见了。他是来给你换创可贴的。"

有次我们一伙儿人聚餐。那天下着雨,钟薇尼跟江凌闹了点不愉快。就在大家聚众扒拉着面前的甜点的时候,薇尼好像跟江凌在微信里吵了起来。薇尼脸上的表情变幻无限,屏息凝神之间似乎能听到她毛孔一张一翕的声响……

不知何时,雨突然停了。没有雨点敲击落地窗的声音,周围几桌客人也都已经买单走开。薇尼发给江凌一条微信,也不知说了什么,总之老半天没等到回复。

安静,空气里飘满了安静。但有的时候,安静比喧嚣更骇人……静候良久,摇摇拍了拍阿西的手臂,用唇语问她,这种时候大家伙儿是不是应该蜂拥而上,说些什么。

阿西轻轻挪了挪身子,将嘴唇凑到她耳边:"没关系,等到头像亮起的一刻,她所有的担心,所有的不安自然就放下了。"

两三天后的一个晚上,钟薇尼突然打电话给我们。摇摇听闻她的哭腔,二话不说直接握着她爸送的瑞士军刀冲出楼道。钟薇尼正坐在沙坑边,沮丧到恨不得将脑袋塞进盆骨。就着煞白煞白的手机电筒的光,她的眼圈很厚很红,看上去应该哭了挺久。

摇摇问她怎么了,她说下午跟江凌吵架,他突然就把她按到了沙发上开始撕扯她的T恤。摇摇听罢，狠狠沉默了一下，跺脚，"哗"地一下弹了起来："光天化日耍流氓啊！"正要抬脚，却被薇尼一把拽住了。她憋着一股泪，小心翼翼地说道："摇摇你冷静，你别去啊，是我勾引的他。别去，求你了！"

摇摇气得捶胸顿足，眉眼间迸发出那种恨铁不成钢的愤怒。

4.

不知道具体从哪天起，江凌开始频繁出入我的生活。那是临毕业前半年，我除了做毕业设计还额外接了点儿散活儿。图清净，我在校外租了个小屋。

有段时间，他总是不请自来。他说他要画一系列油画，一系列富有戏剧性的画作，表达那种模糊不清的寓意，脾气古怪的感情。我问他为什么要来找我，他说在自己打过照面儿的众多女性中，就我长得最古典，小眼塌鼻平板脸。他想画些卓尔不群的，雅而不俗的。

他愿意坐在我的身边，静静地，在我写作或浇花的时候就那样一动不动地望着我。一直坐到房间昏暗下来，我将目光转向他，他就露出笑容，仿佛因为终于引起了我的注意，而显得无比满足。我是想要注视他的，可每当我试图正视他的脸，也不知哪根筋出错，满眼都是薇尼的轮廓。我收起自己一水儿的聪明伶俐，无精打采地请他出门。有时候干脆久久不说一句话，眉头皱着，表现出焦虑而疲惫的厌恶。

说不上为什么，他总是表现得像一个旁观者，一个旅游者，他好奇我的每一段故事，用欣赏风景的眼神鼓励着我。而与此同时，我也在用同样的姿态观察钟薇尼。

一个周末，江凌又来找我，画板夹在腋下，臂弯里抱着盆长势旺盛的多肉植物。我当时正猫腰在水池前清洗前一晚吃剩下的碗筷，门铃响起的一刻，抓着把滴着洗洁精的锅铲吆喝他进屋。

整个下午，家里都只有我们俩。画了一会儿画，江凌突然把上衣脱了。我们互相打量着对方，除了死死盯住他的鼻孔，我根本不知道自己的眼睛该往哪里放。

原地僵持良久，他又莫名其妙把衣服穿了回去。他说："热，没开空调吗？"我将遥控器递到他脸上：室温十八度。

那天江凌前脚离开，我跟着就接到了钟薇尼的电话。她兴致勃勃地说自己跟阿西逛了一整天街，走到朱宏路，发现一间新开的希腊菜馆，想请大家一起去尝尝。

我握着手机走进浴室，将自己里里外外剥洗干净，还不忘化上一脸淡淡的蜜桃妆。

晚饭时却仍旧平静不下来。我意识到薇尼盯着我看，抬不起头，只好专心致志地吃着一颗海螺。过了一会儿，阿西的目光落下了，再后来就连摇摇也来了。我抬头飞快瞥了她一眼，她突然放慢了咀嚼食物的动作。很久很久，那口饭终于咽了下去，我却坐不住了，弹簧似的站起身，借口跑去厕所。

江凌跟钟薇尼之间的问题好像越来越多，而薇尼脸上的笑容越来越少。每次大家问起来，她都解释说是一些鸡毛蒜皮的小事儿，当真遇上大事儿，两人反倒会齐心协力向前看。

后来几次聚会，必经环节就是姐妹们跷着二郎腿，勾肩搭背，纷纷开始揣测江凌到底是个怎样的人。

有天阿西不知从哪儿搞来一瓶雷司令，"噗"地一下开了瓶，一面张罗着斟酒，一边大大咧咧地说："我猜他一定是情感敏锐度缺失伪装者。随着恋爱次数增多，情感敏锐度便越低。他们会渐渐失去内心的柔软，难以接受别人反馈的温暖，也很少再会去主动温暖别人。"

摇摇显然没抓住重点，斜眼一句："你好像很了解他！"

阿西赶紧摆手解释："不是了解他，是了解他们这一类人！"

摇摇军刀一晃："要我说姓江的就是个瞎狗眼渣男，我现在就去把丫的开膛破肚，让钟薇尼亲眼看看他的黑心黑肺！"

在座各位通通被摇摇的锋芒闪得虎躯一震，只有若曦叽叽喳喳地问："什么什么？什么伪装者？是个什么新品种？"

阿西摆出一副学究式的神情，摊手解释道："他交给上一任的感情，回收后擦干净表面的污渍，稍微进行一下装饰，再转手送给下一任。将与前任做过的事，假装欢呼雀跃地跟新人再做一次。可能他以前也对某个女生赴汤蹈火过，后来伤心伤神，无疾而终，次数多了，沉淀在感情中的杂质越来越多，最终长出了厚厚的角质层。"

这期间，我自始至终装作专心致志吃菜喝酒，没多插一句嘴。姐妹之间同仇敌忾也好，一时泄愤也罢，可我总觉得江凌不是这样的人。

5.

我开始被梦惊醒,一次又一次在早晨三四点醒来。梦里我好像犯了个错误,被关在一处高高的牢笼中。那地方很黑,看守说的话我一句也听不见。为什么被关在这里?我无从考查,四周一片死寂,我突然就看见了钟薇尼。她的眼中流露着悲伤,好像如何用力都无法抹去。

终于,在接下来一个被梦惊醒的清晨,我将江凌拉黑。暧昧这种关系,无论深浅,看似热情洋溢,实则铺满阴影。

我自认为掩饰得不错,而事实上钟薇尼也的确不知道我跟江凌之间的联系。直到有一天,她帮江凌收拾底稿的时候发现了一张画,她接着来找我,说画上的人看着像我又不像我,也就似像而非像吧!我绷着脸不解释,避免"此地无银三百两"。然而左避右避,却没避过薇尼对我的淡漠。

我开始下意识躲着江凌,他好像也有意躲着我。最明显的就是大家聚会,再也没见他来买过单。阿西问,薇尼两人之间是不是有了什么变故?薇尼笑着解释说,他最近忙着找工作,手头上的事儿挺多的。

有天晚上大家照常约着喝大酒。喝到微醺,薇尼说自己手机落在家里了,想借我的给江凌打个电话。我在马路牙子上坐下来,从包中掏出手机递给她。她拨通放在耳边好一会儿,又还给了我——

"关机,估计睡了。"

薇尼说完掩面痛哭。我一脸诧异地重拨回去,手机里传出:

"对不起,您所拨打的号码是空号。"

下一秒,我怔住了,突然想起两天前收到的那条消息——"我是阿凌。这是我的新号。"

后来不知怎么搞的,空号这事儿被摇摇知道了。她咬牙切齿地说要找江凌算旧账,随即托学长打听了他的行踪,得知那天晚上他正好跟一群朋友约在了一间当地挺有名的Pub(酒吧)。

晚上九点,我们打车前来。包间深处,几个面色难辨的男人正搂着几个小妞。那天我没戴眼镜,还在暗中对着一具具轮廓摸索,摇摇却早已锁定了目标。转眼,瑞士军刀已经从裤兜儿到了手头,想去阻止已经来不及了。说时迟那时快,一个男人冲过来对着她就是一个耳光,另外两个将她一举制服并夺走了她手中的刀。

灯光亮起的瞬间,所有人的目光都集中到了我们四个身上。数十人向我们围拢,薇尼吓得哭了起来,我也做好了随时被开瓢的准备。

就在这时,江凌突然站起身,向那伙儿人讲明,我们并非来寻衅滋事的。一番解释,音乐重新响起,灯光也暗了下去。坐在沙发最中央的那位大背头的脸色跟着晴朗起来了,对我们一番安抚后,爽快地说:"既然来者是友,朋友动口不动手。"接着,江凌冲这边闪出一个手势,将我们"请"出了包间。

穿过光线暗淡的走廊,一行人在卫生间门口停了下来。四面八方的镜子将每个人的表情照亮。江凌也许是铁了心要跟薇尼摊牌,原地静立了一会儿,突然走过来拉起我的手。

我良心一抖,用力一甩,没甩开,抬眼瞪向他,这一连串举动被薇尼察觉了。她的表情立马就变了,不解、严峻、憎恨……

我承认自己做贼心虚,还没等江凌开口,我便用一个火辣辣的耳光阻止了他接下来的动作。然而没等我缓过劲儿,左脸上跟着挨了一拳,我抬头,钟薇尼正绷着一汪热泪,以那种气壮山河的姿势狠狠瞪住我。

我指着江凌的鼻子骂他浑蛋,钟薇尼将我打断,行过凶的手都没来得及放下来。她说:"每个人的脾气、秉性各不相同,不能用标尺先裁量自己,再去评判其他与你尺码不符的人都是伪劣产品!"

冲动时说话能说得如此条理分明的,她是我见过的第一个人。

我不怪她。不怪她。我怪我自己。

6.

因为钟薇尼,我跟江凌彻底决裂。但我不后悔。当然,我跟她自然也没能走到山高水远。我们像是跌入了冰渊的两极,老死不相往来。

我想方设法让自己忙起来,投身于滚滚的毕业大军中。开始着手找工作,将简历投得满天飞。就在某天晚上,钟薇尼突然打电话说想来见我。她在电话里的声音有些撒娇,也有些坚决。要知道,经历此前三个多月的冷淡,我已经在心里让她离开。

晚上八点,她准时来了。她说这是自己第一次穿吊带裙,语气有点得意，又有点听天由命。相比以往的表情，这晚的她有点不太寻常。横跨过一个季节，她就这样出现在了我的眼前。而我还没有摆脱对她的冷漠的幽怨，只好把她看作过往中一个不痛不痒的记号。

薇尼站在房间中央，熟悉的脸上蔓延着小女孩式的微笑。她赤着脚在房间里晃来晃去，侧着脸问我："你还好吗？"看起来愉快得没心没肺。她生来带着一种奇异的气质，小坚果的气质，半张半合的小壳儿，虽然迷迷糊糊却也自得其乐。

我扬扬胳膊，请她坐上沙发，倒了冰茶。她看向在杯中上下翻腾的苹果片，终于陷入了一种沉坠的迷惘。直到谜一样的缄默散去，我看着她的眼睛，决定说些什么。

要知道，虚张声势的时间已经过去。

"这几个月，人生对我而言毫无意义。我也不想给谁道歉，也不想见到你。我为自己的行为感到后悔，并非在得知这是一场误会以后，而是当我扬起手臂的瞬间就已经后悔了。后来的动作，是惯性吧！我跟自己赌着，跟他赌着，现在却不得不向现实低头……"

7.

分手这种事情，斩立决最好不过，可他俩之间偏偏拖泥带水。江凌在微信里彻底失踪的那天晚上，钟薇尼坐在电脑前弄了整个通宵的PPT。共三页，开头题目，结尾感谢，只有中间一页是正文。

她心不在焉，满脑子都是江凌的脸。

三个月作为缓冲，钟薇尼一等再等，却终究没能逃过失恋姗姗来迟。

最初的一段日子里，她不时在我这里过夜。睡觉前，我们一起在附近散步。有时我们去咖啡馆，她愿意被我牵着。有一次我们似乎吵了架，她赌气走在前面，我尾随其后十几分钟。就在我转身离开的时候，她突然一把拽住了我的衣袖。

她说自己夜里睡不着，一倒在床上就不自觉地流眼泪。事实的确如此。她哭肿了双眼，那段时间总是戴个恨不得遮住全脸的墨镜出门，茶色反光镜片将自己与外界隔离。她不声不响坐在公交车后排，如同城市中的游魂。太阳眼镜遮住脸，分不清窗外是阴是晴，她却觉得安全。她看着流逝的街道，突然想，是小城市赋予的骨子里的自卑吧！到了大城市一掩再掩，却终于在某个节点一下子膨胀、破裂，如同野马脱缰。

记得刚入大学那两年，炎炎夏日，为了省钱，中午她没处去，就总是花上一元钱，在开了空调的公交车上摇摇晃晃睡上两小时。

途中，车子短暂停靠于一间影院。这令她不由想起不久之前的某个场景——

假期回家，薇尼总会跟妈妈一起去家附近的影院看电影。之前一个暑假也不例外。那天是个周五，她穿拖鞋裤衩，顶着一张懒惰的素脸。母亲却化了淡妆，还精挑细选了最好的裙子跟高跟鞋。她有些不耐烦地抱怨："妈，要不要这么夸张？咱们又不是参加酒会，咱要看的是部现实题材悲剧，你看完肯定哭，化那么精致的妆,到时候眼泪流一脸会很难看。"说着便将一包纸巾塞进她包里。

母亲愣了一下,将纸巾攥紧,转手塞进一盒粉饼……

几个月后,在一间狭小的出租屋里,钟薇尼生病了,形容枯槁,萎靡至极。她说这段时间她过得很差,找工作不顺,之前兼职的咖啡馆也已经停业了,很快被一间发廊占据。

我想回家。薇尼哭着,一头扎进我怀里。

钟薇尼明明不怎么能喝,却偏偏邀我们去借酒消愁。姐妹们看着她那震天动地却连只蚊子都拍不死的阵仗,只好硬着头皮前往。她场场必须喝到酩酊,醉到满口胡话。一次是躺在摇摇的怀里,还有一次是手舞足蹈非要爬上摇摇的背,再叽里呱啦,要摇摇放她下去。

跟那些半路被丢下车的人比,在治愈失恋这条道路上她有些矫枉过正。我们一起逛街,只要看到你侬我侬的情侣,她就说那男的肯定两面三刀;只要遇见女孩撒娇,她就说人家没有未来,也没有尊严。最严重的那次是在星巴克,靠角落的沙发里,一个学生模样的年轻男孩正给女友喂一块甜点。薇尼冷冷盯了一会儿,突然几步冲上前。她将叉子夺下,将盘中大半块奶酪蛋糕反手扣在了男孩的脑袋上。在女孩的放声尖叫中,在众人的瞠目结舌中,我一手抓着她,一手抓包落荒而逃。

再后来,她终于强迫自己看开、放下,像个正常人那样一如既往地热爱生活。就连手机壁纸都换成了修道仙人配警世名言的样式。她终于改了口,对抗失恋就好比咖啡因戒断,宁愿陷入短暂的真空或大剂量的惶恐,也必须尝试不再依赖任何人……

8.

钟薇尼开始实习了。有次我们约在她公司附近的一间咖啡店。她点了一杯咖啡,白衬衫的纽扣很有节制地开到第二颗。

她低头搅拌咖啡,突然仰头问我:"知道什么是爱无能吗?"

我摇头。

她站起来,侧身,单手撑桌:"对爱情失去一种安全感,甚至是惊恐。再也无法享受爱情的甜蜜,无法细嚼慢咽一段亲密的关系。"

"你想说什么?"我若有所思地等待她的后半句。

"这就是江凌赐予我的分手礼物。"

"你不常说情场如战场,应该越挫越勇吗?"

她垂下眼睛,睫毛在脸上留下一小片迷人的阴影:"有的人偏偏输不起。一次倒地就再也爬不起来。你还没看出来吗,我就是这种人啊!"

"你应该变得坚强!我们都应该变得坚强!"

"坚强可不是什么褒义词。人一旦学会了坚强,就会失去很多乐趣,也会失去很多美好的东西。"

……

那以后,薇尼也浅浅交往过几个男孩。然而每段关系渐入佳境的时候,她就开始了挥之不去的忧虑。一遍遍反省彼此的言行,过度揣测后就变成了惶恐。用她的话来说,那感觉就像是破三轮上的小买卖,用废手机换新菜刀,以旧换新,可根本就不是那么回事儿啊!

她说,亲爱的,你知道最难受最憋屈的感觉是什么吗?是明知自己运气不够好,不顺心的时候还得自欺欺人地说,"你看,你已经比大多数人幸运太多";明明有时想要干脆一丧到底,却偏又千般万般下不了决心。

她说有一次在路上碰到了一个背影很像他的人,一路尾随,追过两条长街。一路上她跟自己说,如果真的是他,她就开始潜心念佛,相信命数。结果看清人脸的一刻,整个人一下子就松懈了下来。

"虽然他说过的话、做过的承诺到头来连他自己都不记得,但我还是愿意相信他。你看,我还真是记吃不记打,撞了南墙都不懂得回头。"

我终于明白,一个女孩最酷的姿态,就是在她没有爱上任何人的时候。

9.

许多年过去,大家都已经步入红尘。有的人在职场冲得头破血流,有的人早早儿就结了婚,生了子。薇尼混成了部门小领导,我也已经出了好几本书。

去年五一，我、阿西、摇摇、薇尼相约到帝都。江凌来车站接我们，他穿衬衫打领带，阿飞头变成了鬓角齐整的直男头，只有眼中的桀骜不减当年。

大家相视而笑，不禁感慨时间真是个好东西。不知不觉间，所有恩怨一笑泯之，所有误会冰释前嫌。

他说自己虽说算不上混得风生水起，却也是步入正轨。他在一家私人公司做销售，业余还跟朋友在西四环合开了一间叫"乐酷玩"的文身店。他说着说着袖扣儿一解，袖子一撸，大半条花臂呈于眼前。大家惊得瞠目结舌，他却呵呵乐着说："这是假的，假的，给自家做广告用的。"

我们在王府井附近的一家酒店安顿下来。江凌白天正常上班，总在晚饭时候带我们去吃各种小吃，上海菜、新疆菜、印尼菜、泰国菜……他知道的菜馆带我们去了个遍。他说漂泊在外这些年，自己也算是练就了一身厨艺。

钟薇尼时刻盼望他的到来，并缠着他问东问西，这让我们很是郁闷。

钟薇尼对江凌到底是有所期待的，不然她不会偷偷去店里文个图案给我们看。

当时摇摇正大口吃着一只圣代，薇尼掀起袖子的瞬间，她不禁大呼小叫起来："鱿鱼啊！为什么文鱿鱼？"

薇尼纠正道："不是啊，这是八爪鱼！有没有很可爱？"

薇尼晕针，这个无人不知无人不晓。上学那会儿，有次她生病了去医务室，校医亮出针管，她僵着脸一动不动盯着人家看。怎料针管还没扎进去，钟薇尼就晕菜了。校医也是个刚毕业的年轻女孩，以为她故意捣乱，没多管，直到薇尼僵直倒地，她才一边尖叫，一边碎步后退，换摇摇箭步上前一把将她拽了起来。

我们也是后来听说的，那小医生被吓得不轻！她也是第一次遇见这种情况，以为自己弄错了，险些要人命，没多久就辞职了。

我问薇尼为什么要文身？文个小猫小狗也就罢了，文个鱿鱼又算是怎么回事儿？

薇尼一再强调那是八爪鱼，她说起当年自己跟江凌恋爱那会儿最爱吃自助，吃得最多的就是铁板八爪鱼了。

"有时候我们总会希望，在自己经历的每一个重要的时刻都有着一个永恒的、标志性的地点或事物可以一直留在记忆中。若干年后不经意路过，就会想起当年的种种。然而事实残酷，更多时候风云起于瞬间，当初不知不觉，回首后知后觉。"

她说，我不想这样。

离开北京的前一天，一群人吃完饭，喊着去逛街。我借口累了先回酒店一步。送走她们，江凌转身看向我："不如去我家坐一坐。"我拿出手机准备打给钟薇尼，却被他制止了。他说薇尼不能去，会破坏气氛。我只好将手机放回包里，跟他回家。

那是一间很有品位的高档公寓，四室两厅，宽敞舒适。他的女友是个其貌不扬的年轻女人，据说是业内小有名气的家居设计师。

我看着照片上那张温润的脸，不禁在心里轻轻叹——原来她才是杀出生活的一匹黑马啊！

江凌泡了茶，跟我聊起这些年的生活。作为一个销售行业的雇佣军，无限期地流浪在帝都。整日东奔西走，零打碎敲地干些无聊又无钱的散活儿。

我问他，你的装备呢？你的热血呢？你的理想呢？

他垂着嘴角用力笑，顺手掐灭手头的烟。他说刚毕业那会儿的确坚持画画，在日复一日的平凡中，期待灵感大爆炸。后来甚至学着用各种邪门歪道榨干自己，怎料没榨出灵感，却榨来了瓶颈期。专业人士的瓶颈期短暂，说走就走；他的瓶颈期却漫长到时至今日都还没缓过劲。被现实逼上梁山，只好改过自新，掉头投奔生活。

那时候他觉得心像个热气球，吊在半空，篮子却不堪重负，怎么都飞不起来。明明胀足了气，可低头一看，还在原地。

"以前听说漂泊啊，远方啊，都是些特美，特有意境的词汇。然而非得自己经历，才能看清种种真相。你之所以觉得漂泊美好，是因为你只看到了漂上去的，没看到沉入谷底的。

"后来我就想啊，先搁一搁，也别画画了，先去找份普通的工作。生活就像台烘干机，忙得四脚朝天都算轻。没时间思考，更没时间创作，榨得我可谓滴水不剩。我终于不得不承认自己的普通，即便胸怀大志，每天都还在机械地重复着平淡无奇的生活。我画画，试着去幻想这个疯狂世界究竟有多少荒诞的可能性，事实上，我越来越发现这个世界的疯狂与我毫无关系。我尝试与自己告别，每天一次的告别演练。告别那个行动生疏的我，告别那些优柔寡断的岁月，但这实在太难……"

临近午夜，我才回到酒店。前脚进屋，后脚薇尼敲开了房门。

"出去了？你自己？"她挤眉弄眼地问我。

我愣了愣，走去桌边端起水杯，故意以背影相对："别等了，他不会再回来了。"

薇尼没出声。直到凌晨两三点，我从梦中醒来，看了一眼闹钟，听见浴室传来哗哗的水声。

她说她不难过，只是有些失落。人生有些失落是无法诉说的，不想失望的事，抱以希望的人，最终都有可能成为令你伤感的元凶。

10.

八个月后，我收到了钟薇尼的婚礼请帖。想必能够让她不假思索纵身一跃的，就算不是江凌的翻版，也会跟他有七八分相似吧！

婚礼上，我终于见到了那个叫大奇的男人。他是一家二流大学的讲师，有着博爱的眼神跟善良的嘴唇。他讲话的时候，总是微微眯着眼睛，而薇尼喜欢伸手揪弄他的胡须，每当这时候，他便长臂一揽，顺势将她揽进怀里。

然而让我惊讶的是，他跟江凌一点都不像。如果把江凌比作兄长，那他就像父亲。

听说大奇是家人给介绍的，人品不错，只见了三面就决定嫁了。余生那么长，跟谁过好像都一样。再说比起一时兴起深爱一个人，厮守终身这件事是需要强大的心理做后盾的，更何况大多情况是，一转身就能不再爱一个人。

"日子久了，彼此佯装再好也总有显山露水的时候。曾经再怎么郎才女貌，终究都会熬成豺狼虎豹。"

我经历尚浅，不敢苟同，只好仰头将杯中酒干尽。也许吧，这便是婚姻的真相。

罢了……

罢了。

不会讲话的男朋友

1.

席奚汐端着热干面跟啤酒从队伍前端走过，一路斩断四周所有人好奇的目光。她身着复古碎花连衣裙，脚踩麂皮切尔西，红唇猫眼，裙底生风。

彼时，金楠博已经坐在窗边等待了。当她隔着桌子将餐盘递过来的时候，他一下就红了脸，动作笨拙地欲起身接过。奚汐微微笑着，眼睛弯成一个好看的彩虹。她执意将盘子放上桌，接着弯腰将滑落的单拐置于角落。金楠博是奚汐平生所见过的第一个用吸管喝啤酒的男人。就在此时，大学东侧这间最火爆的苍蝇小馆，他轻轻噏住吸管的专注神情，看起来像是个传说。

不过是某个稀松平常的周三，奚汐来大学找人，跟对方约好一道吃午饭却临时被放了鸽子。走进这间饭馆正愁没位子，一低头，正好撞见金楠博。她在半米外驻足，犹豫良久，直到他仰起头："我们好像在哪儿见过，那你……介不介意拼个桌？"

我跟席奚汐是同学，打幼儿园那会儿就是了。后来我按部就班

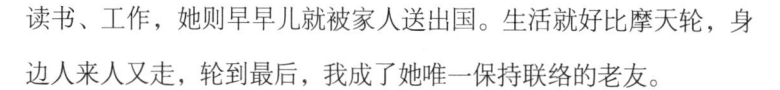

读书、工作,她则早早儿就被家人送出国。生活就好比摩天轮,身边人来人又走,轮到最后,我成了她唯一保持联络的老友。

关于跟金楠博相遇这事儿,要追溯到半个月之前——

奚汐大学毕业回国休整,家人趁机安排了门当户对的男孩相亲,她临阵脱逃约我到市中心shopping(购物)。我们俩商量着去亚贸晃一圈,到街边打车才发现人如潮涌,好不容易拦下一辆黑车,后排的三位客人陆续离座,可副驾上的那个年轻男孩却一动不动。奚汐觉得他是故意磨蹭,加上武汉冬冷夏热的气候,她一下子就上了火。没等我反应,奚汐"哐"地拉开车门,冲男孩喊了句挺难听的话,大概是道貌岸然之类的。那男孩倒是没还嘴,只是眉头微蹙,秉持几分难得的不屑一顾。

奚汐还欲说些什么,只听背后一声礼貌的轻唤。我俩不约而同回头望,只见那位知识分子模样的中年男人正将一架折叠轮椅从后备厢取出来。她莫名回头,正好对上男孩残疾的左腿。也不知被何种情绪所触动,席奚汐神色微怔,一声不吭落荒而逃。

那天,她主动要他买了单。用奚汐的话说,她看中的男人必须率先买单,因为只有这样,才有借口下次约饭。

2.

金楠博在大学家属区长大,幼儿园、小学、中学、大学,再顺风顺水读到博士,后来有机会留校,前半辈子没离开过校园的他,估计后半辈子也不会了。

席奚汐与之截然不同,她生来家境良好,条件优渥,父亲投身玉石行业更是财大气粗。奚汐高中就被送出国读书,住豪华公寓式宿舍,从预科一直住到研究生。

除了做学生,席奚汐还是个业余小说家。十八岁以后认真爱过几个人,爱得热火朝天,身心俱疲,因此誓言二十五岁以后只在自己的小说里发春,将男主人公轮番宠幸。哪料二十五岁生日刚过没几天,她便遇见了永远不符合小说男一号身份的金楠博。

就奚汐的话来讲,金楠博身上有着一股学者的清高跟傲然。在他的观念里,一个人只要有知识、有文化就一定处于世界之巅、精神顶峰。而奚汐知道,这是他从来没真正踏入过社会的缘故。

从相识的那天开始,金楠博常常问奚汐一些自认为常识的问题。比如——

你知道奶羊跟山羊的区别吗?

你知道灌木跟乔木的区别吗?

你知道黄道平面跟全球变暖之间的关系吗?

每每这种时候,奚汐只能瞠目结舌地望着他,少顷,小心翼翼地问上一句:"这些真的是常识吗?"金楠博无比诚恳地点头。她只好低眉做思忖状,过一会儿猛地仰起脸,笑嘻嘻地将话题岔开:"天气这么热,不如去吃冰激凌啊!"

当然,这种没情没调的天文地理也有将奚汐激怒的时候。就好比相识不久后那个天色暧昧的黄昏,他们坐在近郊的草坪上野炊。

金楠博手头翻阅着一本地质学杂志,奚汐指着封面突然开口:

"你知道吗,二〇〇九年北极光出现在挪威的一座岛屿上空,被影像捕捉到三十秒的曝光,同时被捕捉到的,还有来自双子座流星雨的火星流,听说它们的闪光划过了冬季的整个天空。"

当时奚汐正吃着一份炸鸡,她吮着手指眉飞色舞:"你就一点儿不向往吗?来,你想象一下,跟爱的人在极光下拥吻,简直浪漫到不像话!"

金楠博听闻,不断下垂的目光最终落向自己的膝盖。他一面轻抚左腿,一面一本正经地解释道:"极光是由磁层中高能带电粒子引起的,而流星则是彗星尘埃留下的行迹。"

奚汐登时愣住。他的回答令她眉头紧皱:"金楠博,你知不知道你这个人有时候真的好讨厌!"

"怎么讨厌?"

"你凡事都要讲道理,凡事都要讲根据。你的浪漫都被理智埋没了吗?"

"科学的世界很美。"

……

金楠博平日里话不多,可一旦谈及自己擅长的领域,便总是全力辩驳。

有次他们去东门餐厅吃饭,因为一副没洗净的碗筷,奚汐跟老板发生了点儿不愉快的事。奚汐秉持一副伶牙俐齿全力开火,而金楠博杵在一旁一声不吭。等菜端上桌,奚汐将一块辣子鸡放入他盘中,目光流转之间轻言调侃:"你是学者,可我觉得你有时过于沉默了,倒是少了学者该有的激烈言辞跟执拗论调。"

他眉目低垂:"没错,我是学者。可我的观点就是人应该多点沉默,少点夸夸其谈。你不觉得在这一点上,我将闭口不言的观点表现得强烈而坚决吗?"

奚汐不得不就此打住,深深臣服于他敏锐而周密的"胡搅蛮缠"逻辑。

"你在暗指我言语霸道、废话多?"她心有不甘,开门见山。

他则秉持一脸蒙昧:"爱讲话是女人天性,你不违背,说明心理健康,人格正常。再说,废话往往是人际关系的前几句。"他说出客观而正确的观点,在她看来却是对自己莫大的嘲讽。

她抿着一脸凛冽的笑,冷声冷调地唤服务员来买单。

3.

认识金楠博以后,奚汐便常常在校园里穿梭。在她看来,国内大学里的姑娘大多一个样——留过肩直发,戴框架式眼镜,穿款式平平的牛仔裤跟T恤,背帆布双肩包,顶着张自以为洞穿世事的稚嫩面庞,不是在自习室就是在去自习室的路上。

她也屡屡跟楠博提起,她说在欧洲可不一样,大妖小妖满天飞,好天气一定拿来约会。学校周围都是时尚潮牌跟小资咖啡店,大节小假没准儿还能正巧撞见欲望都市里的场面。

她怕他看轻自己,便见缝插针地向他强调自己的优越。他却不动声色反唇相讥:"奥修说过,优越感只不过是自卑感以倒立的姿态走路。"

奚汐听罢,"嚯"地一下仰起头:"奥修是谁?他凭什么这么说?"

金楠博跟着"嚯"地一下仰起脸,两人随即开启了一场别开生面的大眼瞪小眼。

有天半夜十一点,待金楠博看完文献,奚汐提议载他夜游校园。路过一处坡地,金楠博忽而一乐。没等奚汐开口问他便将车窗摇到底,他说这里叫绝望坡,以前坡度很大,骑自行车必须卖力蹬。这两年重修,平缓了很多。记得那时候,偶尔有外国留学生在路两边聊天喝啤酒,于是女孩子们故意放慢脚步。他们班班花的梦想是嫁入迪拜王室。

奚汐听罢,干脆将车速降到三十迈,好让路上的风景随夜风均匀有致地灌进来。

途经红棉路的时候,金楠博又伸手指向路边一家小小的店面——"那是间打印店,读书的时候大家总是往里钻,因为永远都能买到以前的试卷,你知道,考试这种事,最害怕心里没底。"

……

"还有啊,那时候我们的宏图大志可都在青年园。"

听他这么一说,奚汐不由探着脑袋向那片黑漆漆的树影里望:"为什么?研究植物栽培吗?"

"什么栽培啊?"金楠博咯咯一乐,"是在青年园里摸黑吻系花!"

一直到车子在几栋旧公寓前被叫停。金楠博仰头望:"这是紫松公寓七栋,我以前的宿舍。"

"家就在校内你还住宿舍?"她拉下手刹,有些不明所以。

金楠博不禁苦笑:"家里人要我身残志坚,也为了感受集体生活。那时候我也有过几个上下铺的兄弟,后来大家不是工作就是出国,起初几次聚会还叫我,一起吃个饭,唱个歌,看个电影什么的。后来看我腿脚不好也便作罢,渐渐地就都断了联络。"

席奚汐试图赶走他眉宇间的那团乌云,即便心内一陷却还是装出一副春光明媚的样子来。她用力拍着胸脯,道:"以后这种事儿包给我,想必你也看得出来,我这人搞研究没戏,却最擅长娱乐!"

第二个星期六,恰逢新片上映,奚汐约金楠博一起看了场电影。

散场以后,奚汐开车载金楠博回家。一不小心开错了路,转眼绕上了城市高速。刚才驶过一座立交,不知怎么了,黄豆大的雨点以瓢泼之势砸向车窗。本以为过云雨稍纵即逝,哪料越下越大,四周的车辆纷纷打上了双闪,车速不得不降到四十迈。近观右手边的大巴,像是一座缓慢移动的安全海岛。

奚汐全神贯注地开着车,金楠博则凝视她的侧脸,过了一会儿,他看得有些出神,伸手拨开挡住她眼角的一撮碎发。余光中,她微微一怔,下一秒不自觉地扬起了嘴角。没多久,他们穿过一个短短的隧道,天空就那么毫无预兆地晴朗了起来。

金楠博仿佛天生有种强烈的职业魅力,令人根本不去在乎他样貌如何,身段怎样,跟谁恋爱,言辞是否犀利,是否偶然软弱。

席奚汐喜欢他给自己修理咖啡机的样子,像机器猫一样从一堆大小不一的螺丝中挑出一颗,不合适便微微一笑:"没关系,我们再试试这个。"后来,沉溺其中的席奚汐甚至有意将新买来的小家电弄坏,让他帮忙检修。

金楠博虽说腿脚不便,却在自己的专业领域如鱼得水。他神情专注,即使轻松做出承诺,也能使手下事务任自己掌控。奚汐喜欢他甚至多于喜欢自己。她认定了他身上有一种一切尽在掌握的笃定跟热情,而自己则多一点与生俱来的悲观。

很多时候,他淡定的表情让她感到他浑身上下充满了禁欲系老牌知识分子的气息。

终于有一次,奚汐捧着一只停了秒针的闹钟找他帮忙。他忙于手头的活计,要奚汐伸手拿一下工具,扭头瞬间,却怔怔撞上她的嘴唇。目光交织,整个世界都停了下来。她以为他会像从前遇到过的那些男人一样更进一步趁火打劫,哪想他却骤然抽身。如同一场危机四伏的角逐,奚汐本能追上,轻触到他的嘴唇,下一秒却猛地低下头,像个做错事的小孩。金楠博突然注视她的眼,忍不住回吻了她。

以至于很久很久以后,席奚汐都还清楚地记得那个吻,有一股墨水跟旧书页交织的味道,很容易让人想到"沧海桑田"这个词。她知道,那是只属于他的气息。

不久后的一天,金楠博坐在窗边的蒲团上读一本植物学的书。夜风四起,奚汐从卧室拿来羊毛毯盖上他的膝盖。他忽然眸光一闪,毫无预兆地问道:"你自身条件优渥,而我不过是个瘸子,你

109

为什么想跟我在一起?"

看他这副认真的表情明明就是在试探她的真心,奚汐突然有些伤感,便没正经地讲起了玩笑话。说因为你特别啊,面目冷酷,不苟言笑,感觉全世界都亏欠你。

金楠博听闻,眉头微蹙,面露不快。

奚汐赶紧改口:"不不不,没有后半句。"

他不看她,闷闷不乐地拾起窗台上的一颗玻璃珠:"特别?如何界定这个特别?你说我渊博,说我沉稳或专注都好,可特别这个词……似乎缺乏逻辑,限定性也不够明确。"

奚汐随之起身,在他唇边落下浅浅一吻,接着单手托腮,做满眼崇拜状:"对对对,你学富五车!不像我,闹不清行星跟恒星的区别。"

这个吻令金楠博安静了下来。沉默良久,他突然静静问道:"你……就不怕我这个样子拖你大腿?"

奚汐咯咯一乐:"怎么会!我腿长,你随便拖!"她说着,将短裙轻轻撩起来,"总之呢,我很乐观,从不懂得轻易放弃。"

4.

比起如今的跳脱跟乐天主义,事实上,席奚汐曾有过一段漫长的叛逆期。

她跟父亲的关系一向不怎么好。父亲是权力的统治者,交流从来用命令式，劝说也总以警告的语气开场，以威胁的口吻结束。

因此，奚汐对除父亲以外的男性充满了渴望。她希望任意一个看上去和蔼可亲的异性能够将自己带离眼下无法逃脱的生活。因此，她很容易对异性产生过度的幻想，从小到大，从体育老师到高年级学长，一个都不曾放过。

而奚汐在欧洲生活的这些年，也的确交往过几个男友。其中一个是奥地利人，叫穆勒。穆勒家在萨尔茨堡附近的一座小镇开了间殡葬公司，家族营生，代代相传。而他们之间的恋情正是从这件事开始的。

记得那天欧洲杯开幕，奚汐坐在酒吧深处喝到尽兴。一抬头，正好撞见了这个头顶火鸡帽的男孩。觉得有趣，便有一搭没一搭地聊了起来。球赛进行到后半场，她饶有兴趣地问他："生意应该不好做吧？虽说人有生老病死，但收入应该不怎么稳定，对吗？"

男孩被她红彤彤的猴屁股脸逗笑了。他咯咯一乐，说道："稳定！特别稳定！年轻人都去了大城市，居住在附近的大多是老人，一周总有那么两三单，周边几个镇的生意也都是我家的，算是小范围内行业垄断。"

即便如此，穆勒却还是吝啬到家。比如，刚拿上驾照那会儿，他舍不得开自己新买来的二手斯柯达，使用租来的MINI练手。有一次在高速上险些没油，穆勒路过好几家加油站却都没停下。奚汐问他为何，他说等着ADAC（欧洲汽车协会）来拖车："我可是高级会员哟，享受全欧服务，一年会费好几十欧元，却从来没用过。这次可好，连油费都能省了！"

奚汐不再说话,翻着眼睛看山边挂着的一道彩虹。穆勒那日耳曼人特有的实用主义价值观,无疑令席奚汐瞠目结舌。

周五打球是穆勒的习惯,奚汐则待在大学图书馆。有次正好是某位圣人纪念日,两人约好等他十一点打完篮球,接她去肯德基买套餐。晚上十一点,穆勒准时出现在路边。发动车子的时候,他突然看向奚汐的脸:"想吃什么告诉我,等会儿我下去买,你坐在车里等我就好了。"

突如其来的温柔差点儿没让奚汐热泪盈眶!她用草莓涂奶油似的语气问他,怎么突然对自己这么体贴?

"你坐在车里打着双闪就不用买票了。你也知道,市中心停车很贵的。"他的一脸坦诚噎得她如鲠在喉。

交往期间,穆勒只送过席奚汐一件礼物。那是一条普通到不能再普通的施华洛世奇项链,哪料分手的时候还被他硬要了回去。不仅如此,后来某次奚汐无意在"脸书"上翻到他与新欢手挽手的照片,竟意外发现那女孩脖子上挂着的项链正是他跟自己要回去的那条。

无聊的时候,奚汐喜欢拿这些陈年旧事当笑话讲给金楠博听。她话说到一半没忍住,自己先仰着脑袋哈哈大笑起来,而他板着脸,自始至终没听出任何乐趣。

在金楠博心里,每当奚汐跟自己在一起,他总觉得亲密无比。然而每当想到之前的那些她,他的心绪总会陡然一落,猛然觉得比肩而坐的她是那么那么遥远而陌生,遥远到仿佛隔着整个青春期。

然而金楠博从未明白,奚汐之所以在他面前提起往事或将种种旧爱余痕屡屡揭示给他看，不过是希望他卸掉一脸清淡，对自己更在乎一些罢了。

很多个夜晚，她去公寓陪他。她穿上他的睡衣，袖子因为过长而被卷了起来。

某夜，奚汐将手头正在创作的一部小说拿给他看，那是一个以美索不达米亚为背景的穿越时空的爱情故事。金楠博戴上眼镜，拿出研究文献时那种特有的谨慎。读到第三章，突然抬头直视她的脸——"我们亚洲人，怎么可能跟埃及生命体有关？"

"网上明明有学者声称商朝就是古埃及延伸出的一部分，你不信的话，我立马查给你看！"

"那是讹传，没有史实依据的！你不该用这种胡思乱想的方式误导世人。"

她觉得他不解风情，眉目一横："文学是一种艺术，而艺术的目的是取悦于人！"

他冷哼一声，不屑一顾道："你写的也能算得上艺术？你总是那么天马行空，有空真应该多读读书！"

她翻着白眼，反唇相讥："想象力比知识更重要！"

他镇定自若巧言辩驳："知识是想象力的基础。"

金楠博俯身桌前研究文献的时候，奚汐就静静坐在靠窗的角落里用投影仪看电影。她怕影响他，便专门买了副Bose（博士）的蓝牙耳机。他书架旁的木箱里，存放着很多没拆封的DVD，那些都是亲朋好友看他不方便出门，买来给他排解忧愁用的。

奚汐将影片分类，将昆丁·塔伦蒂诺跟韦斯·安德森的挑出来。有一次，一个毫不起眼的冷幽默令她不禁"咯咯"笑出了声。没等她合上嘴，金楠博突然挂着拐冲过来，一把拽掉她脑袋上的耳机，不小心，连她头顶的几根头发一并拔起，疼得她眼泪在眼眶里打转。

她的确打扰到了他，这令他没来由地愤怒："你不学习也不让别人学习吗？你不上进也不让别人上进吗？你没文化也要别人跟你一样没文化心理才平衡吗？"

他的话着实刺痛了她。奚汐眼圈一红，平日里的小机灵荡然无存。金楠博为自己的失控感到有些后悔，站在原地手足无措。过了好一会儿，奚汐突然抬起头给他一个元气满满的笑容。她的语气甜腻却不恼人——

"既然你学识这么渊博，胸怀这么宽广，请你吃冰激凌好吗？"

金楠博心里某处柔软跟着一陷。他向来拿她峰回路转的小乐观、小温情毫无办法，也只能怀着颗愧疚的心迅速整理好情绪："最后一页，二十分钟。"

跟所有陷入恋爱的男女一样，金楠博破天荒地携奚汐请大学校友吃饭，他将她拱手奉于大家面前的时候，好似在昭示着一件稀世珍宝。

饭局末尾，几个男孩趁上厕所的当口，分别问他们是从什么时候开始恋爱的。

回到车里，他俩不由得面面相觑。

"你怎么回答？"

"半年前。比你说喜欢我早那么一个月。"

她微微怔住。

他笑着问:"你呢?"

她说:"大概四个月前吧!那天下雨,咱俩在东门点了份卤肉饭,后来我吃不完,你二话不说端过去安安静静替我吃掉。那一次,我是真的觉得自己恋爱了。"

他抿嘴笑着,拉过她的手在唇边吻了吻,接着置于自己膝头。

5.

十点要做场报告,因此奚汐跟金楠博一大早约在了星巴克。奚汐抬手冲吧台要了杯苏门答腊手冲,在长桌一端等咖啡的时候正好见金楠博拄着拐推门而入。

他知道奚汐一向没有好好吃早饭的习惯,便在见面之前率先到隔壁便利店买了份关东煮。哪料刚坐下,服务员便迎面拿来两只牛皮纸袋,笑着解释说食物味道太大必须罩起来。服务员是本地人,语气中带着一股子与生俱来的呛人劲儿。

金楠博看着标识上那绿绿的双尾海妖,一脸明媚"唰"地就熄灭了。奚汐还没来得及跟店员理论,他便艰难地抽过拐杖,拎着牛皮纸袋一把推开侧门。

事实上,这种事情发生过不止一次。后一次是两人去一家当地很有名的糖水铺吃红豆牛奶冰的时候。

奚汐点完餐,随手将牌号单递给金楠博保管。等到服务生大声叫到他手中的号码牌,他条件反射说出的一句"到"成功吸引了全场所有人的目光。奚汐脸上的惊异稍纵即逝,她没忍住,"扑哧"一下笑出了声。在某个猝不及防的瞬间,她觉得眼前的这个男孩好特别,跟现实社会格格不入,像是实验室中的小白鼠,跟此前见过的男孩子一点都不一样!

然而彼时,金楠博脸上的红晕已经蔓延到了脖子根,他用那种三分责备、七分伤感的目光赌气似的瞪了她好一会儿,起身走过吧台,却没有接过服务生手中的托盘,而是径直走向门外。

待奚汐手忙脚乱拎起购物袋追出店的时候,升降梯的自动门刚好合上。她乘手扶梯下去,到了一楼却被高跟鞋崴了脚。然而令她心碎的是,金楠博明明从她身边经过却偏偏视若无睹。等她一瘸一拐追出去,他已经坐进了一辆计程车。

晚一些的时候,我接到了席奚汐的求助电话。我单枪匹马接她回家,路上冲她一顿冷嘲热讽——

"好家伙我都快不认识你了!从前你那么我行我素,爱就留,不爱就走!可如今他那么对你,你都给一一忍下来了,不怪我好奇啊,这个金楠博到底何德何能?"

奚汐将裙子撩到腰,故意一口啤酒咂出很大的声响,垂首蹙眉之间将睫毛忽闪成了蝴蝶翅膀。她说,我就是喜欢他啊,如果说只有无知者才无畏,那我宁愿无知!因为我知道,他言语带刺、行为过激,并非针对我,只是身残自卑啊!我不想斤斤计较,不想患得患失,我只想因为爱而去爱一个人。

某个稀松平常的午后，金楠博一如往常地伏案读文献，奚汐突然出现在他身后，轻手轻脚地将自制的甜点端到他眼底。

他停下手里的动作，盯着瓷杯不抬头也不说话。

奚汐笑着介绍："Affogato（阿芙佳朵），意大利特色，两球香草Gelato（冰淇淋），双份Espresso，我最喜欢的夏日甜品哦！"

金楠博口味正统，向来不喜欢一些稀奇古怪的玩意儿。不喜欢也就罢了，可她万万没想到这份甜蜜举动交换来的却是他讲出分手。

奚汐红着眼问他原因，他目光鄙夷地回答说："虽然你喝洋墨水，可文化水平明显不达标啊，冥王星是矮行星不知道也就算了，可连行星跟卫星都分不清，你简直就是一个标准教科书式的学渣！"

门铃乱响一通的时候，我正赤身裸体蜷在浴缸里刮腿毛。拉开门的瞬间，席奚汐二话不说一顿抱头痛哭，无疑顶得我双峰生疼。我伸手推开她问原因，她却开了闸似的号得歇斯底里。

当日傍晚，我好话说尽，将她劝归。她带着满身凄风苦雨走出我家，却没有径直走向停车场，而是出楼道向左拐，到街角书店，将有关天文学知识的书通通买走。

其实奚汐不知道，金楠博想说的是：因为你太优秀，闪闪发光，让我压力好大。你越是耀眼就越是衬托出我的卑微。关于分手，从来不是因为你不够好，正相反，是我不够自信，觉得自己不配。

他们之间的争吵越发频繁，每每他挑起战火，她怀揣满心委屈，忍无可忍，最终只好硬着头皮前来应战。

而这期间，相亲对象锲而不舍。

某个天昏欲雨的黄昏,金楠博在房间读文献而奚汐在他余光中睡熟,他不经意间扫了一眼手机,一条邀约短信就那么猝不及防撞入眼帘,本想置之不理,可发件人瞬间引起了他的注意——对象先生。

待奚汐醒来已然夜幕四起。金楠博扭过头,没有任何预兆地将拐杖甩了出去。拐杖应声落地,砸碎了桌角的一只相框,那相框里夹着的是两人不久前的合照,她咧着嘴大笑,毫无顾忌地露出一排牙齿,而他则红着脸,亲吻着她的发梢。

她张嘴要解释,他却捂着耳朵执意不听。佯装无所谓,不过是害怕面对惨淡的真相。

他来势汹汹,红着眼一遍又一遍地喊着:"你滚呀!滚呀!滚去他的身边啊,跟我这个瘸子在一起你快乐吗?"奚汐目瞪口呆地望着他。而这一次,她没有再笑嘻嘻地要载他去吃冰激凌,而是拿过外套摔门而去。

在接下来的一个多星期里,他们谁都没有提出见面。奚汐向来胸无城府,还没过半周就消了气。她也曾打过几通电话,他会礼貌接听,可语气明显冷淡而疏离。

又忍了一个多星期,她实在是忍不住了。正想着找个什么堂而皇之的借口求和,正好从我口中得知金楠博要在学校礼堂做课题报告的消息。

我将时间表传给奚汐,她头一天下午冲到他家,手中拿着一套新买的熨斗,扬言要帮他熨衣服。他冷眼看着她却不说话,犹豫了一下,放她进门。

奚汐从小到大哪里做过家务？更别说熨衬衫这种极具技术性的细活。要知道，从她记事的那天起，他们全家的衣服都是定期拿到洗衣店洗的。

果然，经验不足导致熨斗过热，没出五分钟，衬衫左臂便被烫出了个杯底大的洞。

彼时的奚汐正手忙脚乱地整理着一条西裤。金楠博闻到焦味赶紧起身查看。他举着熨斗拖着条瘸腿，就那么无可救药地盯着她。他唉声叹气地说着"朽木不可雕"。她电源都忘了拔，撂下句"我马上去给你买件一模一样的新的！"便要夺门而去，没出两步却被金楠博开口拦下了。

他欲言又止好一会儿，终于慢腾腾地说道："不用了，晚上我有事情……不在家。"

然而这话并未顺利敷衍掉奚汐的好意。她二话不说奔出门，国贸、世贸、楚河汉街足足绕了一大圈，终于买到了件一模一样的衬衣。

晚上七点，奚汐拖着一身风尘回到家属院，以为他会看在自己如此用心的份上，打赏给她一顿冰释前嫌的温馨晚餐。哪料大门"呼"地一下拉开，出现在自己面前的却是别人——那是一个面目陌生的年轻女孩，她正站在门边，过道灯影趁机在身上落下恰到好处的光斑，令她举手投足之间好气质尽显。不仅如此，她颀长的脖颈上竟挂着奚汐不久前新买来的限量版迪士尼围裙，那谦谦有礼的样子像极了一位迎接宾客的女主人。

"你好，我是罗芸晶，楠博的——"她说着便伸出了手。

奚汐不允许她把话说完。她甚至没看她，迫切地向屋里望去。在女孩深邃的背影里，金楠博正坐在桌边，若有所思地玩一支钢笔盖。他不抬头看她，对着烛光沉默。

她二话不说，冲到他面前，直直杵了好一会儿，红着眼说了句："这蜡烛我从普罗旺斯带回来的，一直没舍得拆，没想到还挺香的。"跟着便放下衬衫拧身出了门。

隔天晚上，她打电话问他，不跟自己见面是不是因为她？拒绝自己晚上前去是不是因为她？

他没否认。

她又问，你这是对我的报复吗？

他沉默。

半晌，他沉沉说道："她至少知书达理，是个名副其实的大家闺秀。不像你，物质又无知。"

奚汐想辩驳，却如鲠在喉。停顿一下，好不容易才将千言万语咽了回去。

她放下电话，站起身的一刻，时光仿佛重新开始流动。眼前鲜亮的色彩迅速褪去，饱满的记忆变得干枯而腐朽。直至成为残缺的碎片，零零散散飘落于干燥的空气中。

她觉得霎时之间灵魂蒸发，自己无异于一具活生生的行尸走肉。她甚至感觉不到自己的泪水已经涌出眼眶，滑过脸庞，雨点一般落在她眼前的地面上。

金楠博没开口解释，顺道掩盖了真相。他没告诉她，其实那个叫罗芸晶的女孩是他从小长到大的邻居，她父亲是历史系教授，跟他的父亲是西洋棋好搭档。芸晶后来随母亲去了日本，趁回国度假偶尔来探望自己。

在奚汐的心里，恋人之间遇到误会就应该当面解释清楚。就算是场兵戎相见的争吵也好啊！争吵意味着在乎，而僵持跟沉默恰恰代表着放手，代表着刻意屏蔽掉你喜欢的人的一切。然而倘若爱一个人，又怎么可能忍住关于她的一切不闻不问呢？

而在金楠博的观念里，爱既是门当户对，又是旗鼓相当。她开心的时候他能陪她大笑，她撒欢的时候他能追着她跑，她委屈的时候就算相隔千里，他也能第一时间空降在她面前，跑上前将她揽入怀抱。

而这么简单的日常小事，他俩之间，却是山高水远。

奚汐突然想起来不久之前的一个深夜，他们为了一件小事争论不休。而矛盾的末尾，金楠博貌似无意间说出了心里话："跟你下去无异于浪费时间。"

"为什么？"她不明其意。

"你终究是要走的，你在这里没有家。"他口吻淡漠地说道。

"干吗想那么远？我喜欢你，在乎你，先给彼此一场完美的恋爱不行吗？"

"我没时间也没感情可浪费，我还要给别人的。"

他不过是信口胡说，却落得这么一个阴差阳错的结果。

那之后，席奚汐觉得自己掉进了万年冰川，听不到任何声音，看不到任何影像，就连呼吸都要停止了。

为什么？为什么他能这么快冷落自己？是因为自己无知吗？

为什么矛盾激化之后他还能够保持一派风平浪静？是从来不在

乎这段感情吗？那么她呢？他要她怎么办？还是说，一直以来，只不过是她一人执意困在这场美梦里不肯醒来？

终于，那些奢华的过往不复存在，只剩下眼前支离破碎的断壁残垣……

6.

奚汐记得，那是他们最后一次见面。在金楠博的公寓，厨房高高的窗台边。她端着杯普洱，跟他有一搭没一搭地聊着事不关己的天文地理。后来她朝玻璃上哈了一口气，趁机盖上一个深深的手印。然而她不知道，这个隐秘而迅速的举动却恰巧被他尽收眼底。直到她离开，金楠博拄起拐杖走到窗边。他朝刚才那个地方哈了一口气，那枚小小的手印立刻跃于玻璃之上，他顺势伸出手掌小心翼翼地盖了上去，猝不及防地就红了眼……

他清楚地听见奚汐扭头留下的那句话——"奈何我是一团火，你却是一块石头。"

晚上，奚汐熬了粥，坐在桌前吃一只昂贵的蓝纹奶酪，吃着吃着眼泪掉了下来。

她不由陷入对他新生活的揣测之中。他会花多少时间来回忆她？他会花多少时间为失去她而感到悲伤？他会花多少时间抚平她带来的创伤？他会花多少时间去找到有好感的姑娘？他会花多少时间和她约会直到跟她上床？

当然，很多步骤可以同时进行，亦可以省略。这符合他注重效率的做事风格。况且在他的性格里，的确有非常决绝冷血的一面。

想到这儿，她不由为自己的全身而退感到有些后悔。

可再仔细一想，金楠博从小的梦想就是考上博士，因此他拿到昭示自己身份的证书的那一刻便是人生的巅峰时刻。而从那一刻开始，他的人生开始走下坡路。

这么简单的道理，自己怎么就不懂呢？

7.

失恋的第二个周末，奚汐约我唱K。她上来就点了失恋金曲一大堆，自己却始终不拿起话筒，倒是我一连唱了七八首，从张信哲唱到张学友，一回头，发现她早已把自己灌得酩酊大醉。我唱到声嘶力竭，赌气问早知如此为何不干脆约去喝一杯？她用力甩着脑袋，打死不承认自己伤心，只是不小心喝了太多香槟。

从KTV出来，奚汐抱着一棵树打死不撒手，还醉眼迷离地跟我说，这哪里是什么树？明明就是金楠博。我问她为什么，她说他天生一具硬风骨。

在父母的紧紧相逼之下，奚汐干脆破罐破摔去相亲，都已经破碎到这个地步，爱与不爱又有什么关系？

可我知道，她并非什么破罐破摔，只是在前一段感情里溺水，缓不过来，拼命想要抓住一根救命稻草罢了。

那男孩是个华侨，自然满腹洋墨，跟奚汐可谓门当户对。他笑起来的时候坦坦荡荡露出一口白牙，闪得整个世界春光明媚。

他跟她聊生活，聊艺术；聊凡·高，聊席勒。他欣赏她的天马行空，承认太空舱跟潜水艇从某种角度来讲是大同小异的。

她说那不如从朋友做起。他点头说好。

他喜欢从各个角度偷拍她，快乐的、愤怒的、眉飞色舞的、黯然神伤的、古灵精怪的。他说她鼓起腮帮的样子最生动了，跟河豚好像。那之后的某一天，金楠博无意中看到表哥的朋友圈，他惊呆了。防不胜防的痛心疾首一寸寸将他凌迟。

在某个夜深人静的午夜，奚汐用备用手机拨通了他的电话。听到他声音的一刻，她又不争气地掉下了眼泪，然而她一句话都没说便匆匆挂断，放下手机的一刻却又有些后悔。那天晚上，奚汐守着手机，而金楠博没有回电，或许他根本不知道是她，也或许他早已从抽泣声之中捕捉到了什么。

两周以后，我见到了一身落寞的金楠博，在大学食堂，他要了啤酒，拉开拉环大灌一口。

"怎么了？"我替奚汐不值，免不了开口冰天闭口雪地。

"后悔。"

"后悔放手？"我口吻奚落，却明明期待着什么。

"不，后悔遇见。如果那天我不抬头主动请她坐下，一切会不会就都不一样？"

"如果这么说，不如追溯到路边拦车那一天。"

他低着头不说话，反复玩儿着手头的啤酒罐拉环。

刚认识那会儿金楠博送过奚汐一盆尤佳丽，因此他趁机向我询问那植物的长势如何。我冷着脸说奚汐搬家时弄丢了。

他听罢，目光陡然一暗。

其实我没告诉他，那盆小苗还在奚汐的卧室床头，虽然并非茁壮，却早已在她心里长成了参天大树。

不久后的某一天，奚汐约金楠博见面，还是在大学里最火爆的那间苍蝇小馆。说约会，不如说她守株待兔。

就在金楠博拄着拐，在靠窗的桌边坐定的时候，奚汐款步走上前，在他身边停下。他神色一惊，却故作镇定地为她拉开座椅。她显然不领情，并未礼貌入座，却突然踮起脚尖在众目睽睽之下亲吻了他。他有些意外，没伸手将她推开却也没有闭上双眼。

双唇分离的刹那，他突然感到有些悲伤。耳畔的风带走那句温热的话："这么多年来我只身漂泊，和你共处的那段日子，曾是我唯一的家。"

8.

没出两个月，席奚汐跟相亲对象黄了。家人要她给个说法，她义正词严地回答说："因为他不知道冥王星是矮行星啊！留过洋又怎么样呢？"

就这样，席奚汐决定打道回欧洲。她秉持满腔佯装出的理智发消息给金楠博，问他愿不愿意送自己一程，也算是给这段恋情画上一个完整的句号了。

　　看在曾经拥有的份上,他没拒绝。打车去机场送她,做不能再简单的告别,从头到尾没说一句挽留的话。

　　办完托运,过了安检。凌晨两点半,奚汐看着空荡荡的候机大厅,眼前不禁蒙上一层薄薄的雾气。好不容易挨到登机时间,广播却突然响起——"天气原因,航班延迟起飞,时间待定。"

　　奚汐觉得很丧,简直就是丧上加丧,她重新坐回椅子上,攥在掌中的手机却突然"叮——"一声响。她心不在焉地点开来看,下一秒,却狠狠怔住——

　　"你看到这条消息的时候,你应该已经落地欧洲了。我从来没有离开,只是知道既然分手就不该打扰。每天无数次地翻看手机,只希望有你的一条消息,可是希望也有希望的无能,期待也有期待的失落。原谅我的踟蹰不前,就这样慢慢淡了吧!从未放弃过爱你,只是从浓烈变得悄无声息。"

　　强烈的悔意汹涌而至。席奚汐原地发了个短暂的呆,接着拽过行李,不顾一切地飞奔起来。

　　"生活这么苦,你是我手中唯一一块糖了。"拐杖应声落地。他红着眼,伸出双臂将她抱紧……

　　她终于知道,喝到酩酊的那一晚,我拦不到车,只好背着她打电话给金楠博,最终是他一瘸一拐地将她送回家。

　　而他终于明白,是席奚汐亲手将自己从"爱无望"的死潭中拯救出来。这茫茫尘世间,并非所有的英雄都身披斗篷。

爱情尽头的补梦人

1.

我跟雷昂打大学以后就再没见过，他拿奖学金去了美国，而我几经辗转落脚欧洲。

我俩是从小一路长到大的好友，从幼儿园到重点高中。可就在人生最紧要关头为了理想各奔东西。为了保持情感上的热度，眼看QQ萧条，立马转战微信，可随着微信功能越来越多，我们之间的联系却变得越来越少。

要说这次在西班牙南部的相逢，纯属偶然。当我将几张精挑细选过的海滩照片发至朋友圈，并标记上地点的时候，擅长人间蒸发的雷昂突然在下方留言，他用一个异常吃惊的表情问道："安达卢西亚？我们一家人在马德里，后天到龙达，有空见一面吗？"

彼时，我正身穿小狐狸比基尼在灼灼日光下的沙滩躺椅上晒太阳。看到留言的瞬间腰身一闪，差点将半杯龙舌兰洒到大腿上。我迫不及待地一条消息杀过去问清状况。雷昂愉快地回复说，自己正和新婚妻子一家旅行，降落欧洲的第二天，下一站就是安达卢西亚。

我差点儿就为此热泪盈眶了！当然不是因为这句话，而是夹在我们之间的，始终静默却突然开始流淌的时光。为此，我退掉马德里的Hostel，重新预订了雷昂即将入住的四星酒店，决定在离开西班牙之前见他一面。

2.

九月中的布拉格早已进入初秋，除去阴冷的雨水，就是满街数不尽的落叶。而南西班牙依旧炎热异常。这里美就美在那个永不熄灭的艳阳。

约好见面时间，我中午十一点启程，从毕加索的故乡开往海明威的私奔之城；从海边沙滩开往岩壁上的风情小镇。公路电台里唱着热烈而嘶哑的地方音乐，我将车窗摇下来，呼啸而过的除了腥烈的热风，还有沙漠、风车、赤裸的黑色岩石，低矮的热带灌木以及大片死去的仙人掌。

酒店坐落在荒无人烟的郊外，距离市中心二十分钟的盘山高速路程。当我站立在与周遭环境格格不入的旋转式水晶玻璃门外，仿佛置身于盖茨比的豪华殿堂。

而在一场短暂的午睡过后，我坐在宽阔阳台的摇椅上看他们的车子缓缓驶进院子，突然被一种激动到颤抖的情绪击中——我终于见到了雷昂，在这个陌生而荒芜的地方，我分别十年的好友，我阔别十年的青春时光。

当然,我还见到了那个被他称为妻子的姑娘。她留齐耳短发,鼻子上架着副圆圆的镜框,她不开心的时候习惯嘟嘴,而他会搂过她的肩,叫她"宝贝"。

天色渐晚的时候,我们将三张方桌拼起,铺上洁白的亚麻餐布,在安达卢西亚繁茂的星空下吃了顿久违的晚餐。

当雷昂将切分齐整的牛排小心翼翼分给大家的时候,我仿佛看到了十年之前的那个少年,坐在午后的课桌边,将剥好的橘子一牙牙分到大家掌中。

据雷昂所说,这次来欧洲是为了一年一度的私人定制款旅行。妻子家境不错,从念高中开始就已经几个大洲轮着跑了。他们一行六人,一辆七座奔驰小面包,司机是居住在马德里的中国人,趁着旅游业兴起的这两年,做起了私人定制版的司机兼导游。

3.

龙达拥有典型的沙漠性气候,早晚温差极大。晚饭过后,我回房冲了热水澡,衣服还没来得及换上,便响起一阵叩门声。

我浅浅应声,将实木大门拉开一条缝,是雷昂,他的手里拎着两瓶红酒,邀我去院子里坐坐。

夜晚的郊外漆黑一片,只有抬起脑袋用力看,才能分辨出远山的轮廓。我们顾不上讨论旅途中的风情,雷昂一面举杯相邀,一面喃喃道："我结婚了，工作了，这些年的确改变了很多。"当我问起他为什么选择来南部而非闻名于世的巴塞罗那的时候，雷昂侧目扫了眼不远处那片干巴巴的仙人掌，低头笑得苦涩："因为这里像极了我待过的亚利桑那。"

自然而然地，我们聊到了蕾蕾。那个记忆深处就要被岁月消融掉的模糊身影。她有微微上挑的眼角，跟散发着青苔气息的及肩长发，她是雷昂的初恋，是令雷昂顿悟"一见钟情"的里程碑式的存在。

4.

那时候的高中强调素质教育，学校除了划分文理科，还多出了艺体部，蕾蕾是美术部的部花。她读美术并非文化课成绩不好，而是因为她不仅文化课好，而且在绘画方面天资过人。

蕾蕾家有一片自留地，被退休后的祖父拓成了一片果园。因此她常常给大家带来各种水果，有时候是橘子，有时候是苹果。苹果吃起来倒是干脆利落，可每次带来的橘子，大家都不太愿意剥，嫌汁水染脏手指。而卫生间的水管在楼层的最顶头。于是，好脾气的雷昂主动承担起剥橘子的任务。

雷昂的爸爸是医院器材科主任，开箱赠品常常拿到手软，即便每一次都是款式相差无几的护士表。雷昂总是将它们当作礼物送给蕾蕾，当然也会颇费心思地装饰一番，粘上一朵小小的蝴蝶结，或者用颜料画上一个小小的加菲猫。

高考填报志愿的时候，雷昂举棋不定，蕾蕾热心，手把手帮他选择。而在蕾蕾的建议之下，雷昂义无反顾地选了自己并不中意却在当时炙手可热的"土木专业"。

成绩出来，我们几个都如愿以偿。雷昂留在武汉，蕾蕾考到了重庆。为了联络感情，他们一周三通电话，过节的时候还会礼物往来。

十九岁生日前后那几天，雷昂正好赶上公共课程集体作业上交，忙得没日没夜。而就在他自己都将这个重要日子忘在脑后的时候，却突然接到了蕾蕾的电话。听筒那边异常嘈杂，她几乎声嘶力竭地朝雷昂大喊道："我在车站，下大雨，来接我啊！"

直到见面，雷昂才恍然大悟，原来蕾蕾坐了五小时的火车专程赶来给他庆生。那天晚上，雷昂丢下所有要事请假回宿舍，带蕾蕾在学校后面吃了顿算不上正宗的日式铁板烧。后来，他们去距离学校最近的一家录像厅看了《大话西游》，当紫霞仙子对着至尊宝眨巴着星星眼的时候，蕾蕾突然侧了侧身，在黑暗中掏出一个巴掌大的软陶小人儿，她将嘴唇堵在雷昂耳边，浅声说道："我自己捏的，送给你，不太像，但祝你生日快乐！"透过屏幕反射来的光，雷昂将那个狒狒一样的小物件举在眼前仔细打量，笑了。

蕾蕾至少是在乎自己的吧，不然怎么会千里迢迢跑来为自己庆生，不然怎么会亲手捏陶塑？

雷昂对此胸有成竹。没过一周，他孤注一掷，买了情侣手链，飞至重庆跟蕾蕾表白。可信物还没从包里掏出来，就意外遭到拒绝。

他一脸蒙地问她为什么？她说自己还不太想恋爱。

初恋还没来得及展开，念头便惨遭扼杀，雷昂只觉得五雷轰顶。他连夜赶回武汉，在学校后门的小巷里绕了大半宿。回宿舍之前，他给蕾蕾发了条消息——"没关系，我等你，等到你想恋爱！"

5.

雷昂从来都挺讨女生们喜欢。他懂得半推半就，懂得掌控分寸。他在大学里有个"人物"式的闺密，她嗓音带磁儿性格爽朗，逢人就介绍自己名叫"Lisi"。

Lisi习惯性招摇过市，一年四季短裙配红唇，无论哪种场合都画着小烟熏。

她本来读土木，大二那年却换了专业。当时整个系里可谓传言四起，因为她毕竟不是那么优秀的学生，更不可能冲进有资格调换专业的前三名。可是Lisi不在乎，她始终是向着天空生长的，她的姿态里从来就没有过所谓的"低头""怯懦"。

Lisi有着东北女孩儿天生的奔放热烈，很容易跟男生打成一片。就连在酒吧排队等上厕所的间隙，都能认识一大票新的朋友。当然，她也喜欢男生对自己释放含情脉脉的信号，十分享受众星捧月带来的心理满足。

雷昂曾问过她为什么，她说只有在男生寓意丰盛的眼神中，才能够感到自己是不可或缺的。

她总是在遍体鳞伤的时候来找他,拽着他的衣领问,为什么没有一个男人为自己停留下来?也曾对雷昂深情表白:除他之外,她不再相信任何人。

又一次,他们在边镇的旅馆过夜,他在凌晨四点打着哈欠下床去摸她的手,却发现她已消失不见。

失去蕾蕾的日子里,Lisi成了雷昂的慰藉,成了他的陪伴。在一个大雨滂沱的夏日的午夜,当她意外敲响他的房门,接着不顾一切扎进他怀里的时候,雷昂被某种蓄势已久的情绪击中。静默过后,他轻轻扳起她的脸颊,替她拭去眼角的泪。后半夜,他向她告白。在他看来,Lisi说了这么多,无非是在表达对自己实实在在的依赖跟需要。

然而,当雷昂缓缓道出自己的想法,原本睡眼惺忪的Lisi突然清醒了一般!她怔怔望着他,很久很久,抿着嘴唇说了句:"对不起,你不是我要找的人。"她的声音很小,小到险些被窗外的雨声盖过去,却足以被雷昂听到。她接着披上外套,拉开房门冲进了雨里,剩雷昂一人原地愕然。

6.

那之后,"闺密"还是"闺密",正值春风满面的单纯年纪,"一饭一笑泯恩仇"的年纪。他们俩还是会一起旅行,默契到像是什么都没发生过。为了节省开支，偶尔还顺理成章住进一小间旅舍。他们井水不犯河水，为欲望画出了一条不算模糊的界限。

雷昂骨子里是喜欢旅行的，去一些陌生的城市，或者遥远的边镇。他被深刻的寂寞煎熬，总是向路过的人们急切地表达出一万种异样的孤独，然后挤眉弄眼的甲，渴望路过的乙，毫无状态的丙，又总是能够那么轻易而准确地读懂他眼中流淌过的情绪，然后用一场旅行的时间，陪他走尽人生所有的路。

不知不觉间，Lisi在情感上晋级成了蕾蕾的替代品。他不断索取，她情愿付出。而他们彼此之间默契十足，认为这样各取所需一辈子好像也没什么不好的。

直到这种状态被一条QQ状态打断——远在重庆的蕾蕾某天突然在QQ空间发布了条暗恋学长却得知学长有女友的留言。兴许是不在意，也兴许是忘了屏蔽，可恨那条消息在第一时间准确无误地飞入了雷昂眼里。

雷昂清楚地意识到自己受到欺骗，一咬牙一跺脚，连夜买票飞去了重庆。他约蕾蕾在一间二十四小时书吧见面，他觉得自己挺窝囊，像个乐观的傻瓜，一直被现实蒙在鼓里。他坐在窗边等她，手边的那本《建筑史》已经翻了很多遍，他坐下来的时候，那本书就已经出现在桌子上了，心躁不安的时候就捡起来看几页。

没多久，蕾蕾如约而至。那天她化了淡妆，身披一件长至脚踝的卡其色风衣，清汤寡水的妆容，仿佛有意配合这一出"千里离别"。

雷昂没有过多犹豫，喝了红茶，轻启其口。他说："一直以来,我认为单方面喜欢你是我自己的事。所有付出、无条件地对你好也都是因为在乎你。这么长时间过去,你总是对我忽冷忽热,让人难以捉摸。也许今天该做个了断了。"雷昂将想说的话说完,静静看向蕾蕾的眼睛。蕾蕾眼神闪躲了一下,起身,轻轻拽下挂在椅背上的大衣。在她渐行渐远的背影中,雷昂静静闭上了眼睛⋯⋯

可就在她伸手推门即将离去的一刻,她猛地转过身,接着原路跑了回来。她在他的面前刹住车,接着踮脚吻了他的脸颊——"雷昂,你说得没错我们应该在一起!"

对于蕾蕾的主动迎合,雷昂百感交集。蕾蕾的声色坚如磐石,她说只有他是这世界上最了解自己的人。

从那天开始,雷昂开始各种兼职,变身成一颗名副其实的"飞雷"。他一个月飞一次重庆,甚至引以为豪,乐此不疲⋯⋯

不久后一个夏日的黄昏,蕾蕾坐在雷昂房间的窗台上喝着啤酒晃着腿,眼底是二十四层之下繁华的大街。他们突然聊起了对未来的打算。蕾蕾说自己准备研究生阶段去美国留学,已经开始准备各种资料去申请学校了。

突如其来的计划令雷昂沉默。在他的世界里,故事本应该这样发展——他们应该等到毕业后一起留在这座熟悉的城市,他努力工作,而她想做什么就做什么,也可以成天待在家里晒晒太阳,刷刷韩剧什么都不做,只用等着被他宠成一只可爱的花栗鼠。

可是现在⋯⋯

他考虑了几周,跟着改变了计划,他要随她去美国。不,是要比她早到一步,为她探好前路!

雷昂开始了奋力拼搏,他拿出备战高考的气力,日夜兼程。大二那年暑假,他如愿拿到了亚利桑那某间大学的奖学金。他知道,一切就要好起来了。蕾蕾的理想,就是他的理想！蕾蕾对未来的期望,就是他对未来的期望！而早在申请入学之前,雷昂就已经计划好了未来的一切——他研究生毕业的时候,她正好入学,不过没关系,他可以再申请继续读博。如果她愿意,他们也可以双双留在美国,凭自己的能力,找到一份体面的工作应该不难。待一切稳定下来,他就向她求婚,用父母赞助的首付买下一间小小的公寓,而她可以全职工作也可以全职在家,或者开一家小小的中式甜品店。他们当然会有可爱的孩子,至少得三个,以十年为过渡,十年后有所积蓄,他们会从公寓搬到近郊,买下一所带花园的房子。孩子们每天在花园捉迷藏,而她面带微笑迎接他回家……

一切计划近乎完美,雷昂在机场与蕾蕾吻别。

7.

七个月之后,蕾蕾得到机会,去意大利某所与国内有联合项目的大学交换半年。

于此期间,雷昂在当地一家管理公司找到兼职实习的职位,工作、课业兼顾,忙成了一只打转的陀螺。公司规定工作期间不许接私人电话,蕾蕾一旦打来,雷昂只好丧丧地摁掉,却总是在休息间隙第一刻回拨过去。蕾蕾也曾满口不悦地追问他为何没有从前在乎自己。他悻悻解释说，做职员可是没有做学生自由，目前的一切克制、自律都是为了给两人创造更好更体面的生活。

然而，正所谓"期待易碎"。没过多久，蕾蕾朋友圈晒出了一个金发小哥的照片，虽然是灯红酒绿的派对合照，但两张紧贴的面孔在人群中央显得异常突兀。雷昂满心激荡，以试探性的口吻问蕾蕾，那个男孩是谁？

蕾蕾直言不讳道："一个正在追我的意大利男生。"

而面对雷昂更进一步的询问，蕾蕾竟然反咬一口。她说这一切都是因为之前两个月他对她关心不够，太过冷淡，而这个意大利小哥可是每天堵在教室门口，手捧提拉米苏嘘寒问暖。

不知怎么了，雷昂的耳边突然回荡起很久之前，同寝室哥们儿醉酒后说起的一句玩笑话——"不管论家庭还是论自身，蕾蕾是天上飞的仙女，你雷昂仅仅是只会在大草原上打洞的地鼠，你怎么可能hold（掌控）她到永远？"

想到这儿，他突然感到有点儿泄气。左思右想，解决这问题的办法只有一个——对她好，无条件地对她好，无条件地对她越来越好！

就这样，雷昂开始了一天五通电话的情感模式，从早安到晚安，关心蕾蕾的一切行踪。不仅如此，他将辛苦赚来的钱跟节省下来的生活费通通换成了机票，半个月飞一次欧洲。

圣诞前夕，雷昂甚至暗暗计划了一场双人极光之旅。机票跟酒店都已经订好，出发前两天，蕾蕾却突然说，"圣诞节机票挺贵的，要不你先别来了"。雷昂要求视频通话，蕾蕾没拒绝。画面接

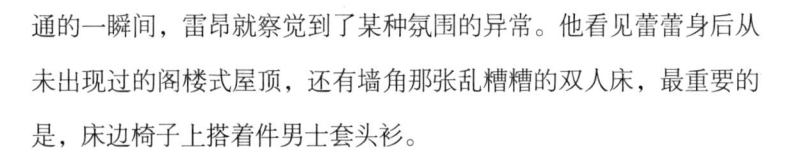

通的一瞬间,雷昂就察觉到了某种氛围的异常。他看见蕾蕾身后从未出现过的阁楼式屋顶,还有墙角那张乱糟糟的双人床,最重要的是,床边椅子上搭着件男士套头衫。

雷昂瞬间炸毛,这种感觉跟被闪电击中很像。他迫不及待地问道:"你在哪儿?"

蕾蕾不掩饰却有些拐弯抹角:"还记得吗……上回跟你提过的那个意大利男孩?"

雷昂仿佛明白了这话最原始的含义,却还是满心抗拒地问道:"是跟大家一起派对?"

蕾蕾突然支支吾吾起来,她微微垂下眼睛,不敢直视摄像头。她说:"他指导我做大作业,我……我暂时搬过来住了。"

他暗暗攥着拳头问她:"为什么?"

蕾蕾早已准备好一套并不怎么圆满的说辞。她解释说,自己的房子到期了,最初申请宿舍手续那会儿,时间没弄准确。目前自己实在是没地方住,被人家好心收留。

雷昂就要拍案而起了,却还是平稳了语气,小心翼翼地问道:"你不能重新找房吗?不能去住酒店吗?"

蕾蕾信誓旦旦地反驳道:"没多久就要回国了,没必要再折腾。住一段时间而已,你放心,真不会发生什么,我发誓!"

就这样,雷昂灵敏的直觉被大行其道的胆怯所说服,在蕾蕾一而再再而三的谎言之中一次又一次选择了"相信她所说"。

一直到春假,雷昂才回到久违的家乡。那时候,蕾蕾也从意大利回国。他迫不及待地要见她!他要听她面对面跟自己说清楚!他要亲眼看看她的表情,她的眼睛可是从来不会说谎的!

可当他千方百计约蕾蕾见面,她却躲着闪着,连电话都不肯接。终了,她发消息给他——"你步步紧逼我实在受不了,我们分手吧!"

毫无预兆地,雷昂再次陷入了一场声势浩大的失恋。

他憋着满心压抑无处释放,只好每天晚上去东湖跑步,将体力消耗尽,然后回家大哭一场,才能开始第二天正常的生活。

一天早晨,雷昂照常起床,站在卫生间的镜子前面认真看自己憔悴的脸,突然感到一阵头晕目眩。就这样,雷昂在半昏迷中被送进了中心医院。他不知道自己什么时候动的手术,也不知道自己到底昏睡了多久。醒来的时候,他看着已经自动关机的手机,挣扎着给它充了电,接着开机,然后看着来自亲朋的寥寥几条短信。直到某天夜里,一串数字在屏幕上亮了起来。归属地,是纽约。

雷昂心里知道,一定是她打来的,心头瞬间飓风四起。

他手忙脚乱地按下通话键,而当她开口说出第一句话,他便知道,她喝多了。他不清楚她到底喝了多少,只是默默地听着,听完她说的每一句话。

8.

假期结束,雷昂拖着一身尘埃回到亚利桑那,而蕾蕾也顺利申请到了离雷昂所在城市不远的大学。一切情节看上去都在按照雷昂的预期缓慢而有序地发展着。

可遗憾的是，他们分手了。

雷昂陷入了失恋后遗症。做什么都伤心，看什么都容易陷入忧郁，一场大雨都会浇得他痛彻心扉，看个《生活大爆炸》都能看出半升眼泪。他将自己反锁在公寓，做人间蒸发状，从失去蕾蕾的那一刻开始，一切奋斗都是无稽之谈，一切未来都是空中楼阁，说话都是白费力气，甚至连呼吸都是多余。他靠中餐外卖跟能量棒为生，陷入惶惶不可终日的死循环。

Anya就是在这个时候出现的。其实她从一开始就跟他在同一个班，上"建筑法"的时候总是在他斜前方坐着。只是直到此刻，他才注意到她的存在。

Anya是个行为小心翼翼，神情有些拘谨的香港女孩。她上进、温柔、做事干脆果断。当雷昂一失足跌入人生谷底，是她从容不迫地将他一把拽起。他不去考试，她准备资料一字一句帮他复习；他不好好吃饭，她替他叫有营养的点心跟外卖。直到他大病一场，她好心提议说："不如你跟我一起去夜跑。"

雷昂回首，看着自己狼藉一片的生活，点头答应下来。

确切来讲，这段感情就是从"夜跑"开始的。

Anya夜跑的方式很特别，从来没有指定的路线。她房间正对书桌的墙面上有一张线路详尽的城市地图，每天晚饭后，她会站在桌前闭上眼睛随手一指，接着将地点输入手机地图搜寻路线。雷昂觉得有趣又很特别，便渐渐开始遵循这样的方式。

Anya总是能够在跑步的过程中发现很多平凡细碎的美好。比如，哪家窗台上的蔷薇开花了，途经的哪处公园最好看，哪家门前的小花园又增加了新的摆设……在雷昂的心里，这就是生活最原本的样子——平凡，无争，绵延不绝，偶遇意外的美好。

渐渐地，雷昂习惯了Anya的存在，甚至将她当作"Soul Mate（灵魂伴侣）"式的存在。

可就在Anya试图贴近他的内心，而雷昂决定将这份暧昧变得清澈的时候，半道却杀出了蕾蕾的消息——

一个稀松平常的傍晚，当雷昂端着红酒坐进阳台，而Anya小心翼翼将腌好的肉排放上烤架的时候，蕾蕾发来一个流泪的表情，接着是一段迟来的消息。她说雷昂，我还是喜欢你的，遇见这么多人，最忘不掉的也唯有你。我只是当初答应了意大利男孩，跟他在一起一年，言出必行，我要履行自己的承诺。

她的挽留将他回忆的街灯点亮。雷昂觉得自己从来不怕活在回忆里，却害怕活在悔恨与遗憾当中。就像这个世界并不是靠拥有什么就能让生命变得伟大，真正令人无所畏惧的，只是心存希望罢了。

他痛定思痛，决定将她追回身边。与此同时，毅然决然地跟Anya说了抱歉。

那时候他还不明白，所谓和好如初，不过是穿着洗干净的旧鞋子从回忆的泥潭中蹚过，不过是面带自欺欺人的欢喜故地重游。爱一个人啊，何必爱到热泪盈眶？何必爱到为他义无反顾？

在接下来的三个月中，他给蕾蕾包了三十件生日礼物，意为在未来的三十年，希望他们能够一直彼此拥有。

然而礼物还没寄出，雷昂再一次被甩。蕾蕾说，意大利小哥为了她申请来了美国，说要陪她毕业还要跟她结婚！

结婚？自己从来都不敢认真奢望的事情，却被别人抢先一步？雷昂简直痛不欲生。几番捶胸顿足，终于变身成了一颗"逊雷"。

那是生命中最灰暗的一段时间。雷昂住在宿舍一楼，十平方米左右的套房已经算是大间，厨房的窗外是英国学生聚集的宿舍楼。客厅中央有台电视机，他总是背对着它做晚饭，听里面讲完全摸不透笑点的冷笑话，或者是一段性感女歌手的Rap（说唱）。

至于晚餐，通常是从社区超市买来的半熟或冷冻食品，一炒便炒出半锅水的冻豌豆，或者又咸又硬的烤火鸡腿。等饭的间隙，他会掀开窗帘一角，观察对楼宿舍里人们的动向。对面住着一个喜欢穿紧腿裤跟马丁靴的小哥，就算待在室内也不会将毛线帽摘掉。他有一个红头发的东欧女朋友，她总是在晚饭时拜访他，有时候抱着一罐果脯，有时候是一个西瓜。

看着他们之间的亲密互动，雷昂不知何时便会丧气满怀，时而跟自己动怒，对着灶台骂上几句脏话，同时顶着股无名火儿用力将窗帘放下。

他越来越孤独，将自己在这个遥远的异国城市越藏越深。没课的时候，雷昂总是半夜出门，倒垃圾，借机吸上一口新鲜的冷空气。有时候下雨，他便穿黑色的雨衣出门，用帽子罩住大半个脑袋，边走边抽烟，悲壮得像个午夜杀手。

那段时间，他几乎将社区超市所有冰冻食品跟半熟肉类都尝了一遍。之后，生活变成了一件不需要过多选择只用跟着惯性盲目向前进的事情。每次去超市,他都会买回几种相同的主食,配菜的话应该是哪个便宜拿哪个,有时候是黄瓜,有时候是番茄,运气好了碰上新鲜的鳄梨大减价,运衰的话也会买回烂了菜心的生菜。雷昂将它们堆在冰箱里,有时候忘了吃,便眼睁睁看着它们在到保质期第二天纷纷自杀。

他觉得,再这样下去,自己都要自杀了。他无法按时毕业,只能选择回国。终于,原本属于两个人的未来,今后只剩下他一人硬着头皮往前走。就这样,蕾蕾留在美国继续深造,而雷昂两手空空回到家乡。他在家待业三个月,父母着急,在亲戚的安排下进入了当地一家设计公司。

9.

雷昂跟妻子秦晴就是在这时候认识的。秦晴是雷昂部门主任的女儿,在一次机场送别中相识。那时候秦晴也才刚刚大学毕业,进了设计公司的财务部门。后来他们在员工食堂碰见过几次,趁工作间隙喝杯绿茶,顺道浅浅聊上几句。后来有次秦晴不慎扭了脚,雷昂顺路,主动承担起司机的角色,每天开车接送她上下班。

他们从朋友做起,转瞬三年光阴。这三年当中,秦晴一直跟自己大学时期的男友谈着异地恋。直到男友在家人的安排下相亲、订婚,秦晴站在崩溃的悬崖上就等着纵身一跃。

雷昂从同事兼司机化身成了她的深夜倾诉对象,而为了表达自己的切身体验,他将自己的故事作为交换讲给她听。

雷昂将杯中的酒斟满,长嘘一口,缓缓说道:"她对我一直很好,这让我打一开始就觉得她是个不错的结婚对象。虽然那种好,显然是从之前那些失败恋情中学来的关照与包容。可对于后半生,这难道还不够吗?"

于是,二十八岁这一年,雷昂跟秦晴求婚。生活步入正轨,一切看上去顺风顺水起来……

10.

"在之前的很多很多年里,我始终期待着一场人生的遇见,想象这红尘之中有那么一个人,能够完完全全透透彻彻了解我,看光我的劣根性,我的阴暗面,我埋在温和表面下的偏激跟歇斯底里,以及被快乐掩盖掉的忧郁。后来,我终于明白,世界上根本不存在什么灵魂伴侣,唯一能够与之行乐且取之不竭的,从来都只有自己。也许,我对爱情的全部梦想与期待,就只能由她来填满……"

一席话落定,我俩双双举杯,仰头将最后一口酒干掉。而就在此处,咫尺之间,那个我所熟悉的雷昂,竟消失于茫茫夜色……

我想,我们都醉了。

罗维尼爱情

1.

众所周知，我有个叫文米莎的女朋友。她是个脸颊圆圆的女孩，年轻、风趣、鬼机灵。她的眼睛不大，目光却机智而闪耀。快乐对她来说很容易，她张嘴大笑的样子像只被充满气的热气球，尖叫着就要飞起来。

事实上，我一直觉得文米莎患有"钟情妄想症"。在她的眼睛里，某个人是为她而笑，为她回首，为她驻足。她常常认为鸟在唱歌，沙在作画，野兽是孤独的王子，黑夜是一件贩卖孤独的斗篷。

她恰恰又是那种热浪一般的，我所见过的唯一一个穿着八孔马丁听维瓦尔第的女孩。性感如同量身定制，她举手投足好气质尽显。她将生命中的每一天都过得一丝不苟：出门前认真化妆，大花精力选择合适的搭配风格。她说她想成为那种匆匆而过却又被人过目不忘的女孩，好像只有那样才能从中汲取一丝可笑的安全感。

对此，文米莎拥有属于她的一套女性哲学——你所做的每件事都应该看上去毫不费力，好像与生俱来。比如，高跟鞋必须每天都穿，香水每天都涂，并且乐在其中。那样你就不再仅仅是为了某人，当你们约会，你绝不会扭捏地走出房间，摆着别扭的Pose（姿势）对他说——你看，我做这一切都是为了取悦你。而是你本该如此，他能看见，是他的幸运。她从不惧怕向旁人昭示自己的渴望，在她看来，这种行为无异于在他人心中征得属于自己的一亩三分地。如此想来好像也没什么好羞耻的。她对新鲜事物总是怀抱极大的热情，在完全攥于掌中的一刻却又很快归于厌倦。然而种种性格上的疏漏却从来无法掩去她生命的优势。

2.

确切来讲，这件事起源于一次颇为失意的自驾旅行。

我俩去罗维尼度假，刚抵达预订的Apartment（公寓），汽车就彻底抛锚。这源于半途中一场猝不及防的瓢泼大雨，左后轮爆胎，貌似机油也出了点问题。以至于我们到达目的地的时候比预计时间晚了整整两个钟头。Apartment的主人是个粗犷的斯拉夫妇女，左手香烟，右手红酒，嗓门大而沙哑，烫一头华丽丽的卷发。可这一切粗糙的质感却盖不掉她浑身上下透露的那昭然若揭的热情。她拿着自己手绘的地图，告诉我们海滩在哪里，商区在哪里，哪里是登高远望的好去处，哪里又是休闲放松的好场所。

就在我们登记完入住的时候，一推门，正撞上了住在隔壁房间的男孩，他很热情地帮我们将箱子提到房间门口，这才笑着伸出右手："嘿，我是罗密欧，邻国意大利的罗密欧。"

晚一些的时候，我们三人端着房东赠送的自制起泡酒在露台上晒夕阳。不言不语中，文米莎用余光多"撩"了罗密欧两眼，怎料两人低眉之间撩着撩着就撩到了一起。

当然，这是后话。

彼时彼刻，我跟文米莎说："你看那男生鼻子好挺，气质也好怀旧，你看他长得像不像八十年代海报上的电影明星？"

文米莎正深陷于他的背影无法自拔，梦游似的回了一嘴："他的确挺性感的！哎你发现了没，他的股沟好深！"

罗密欧本人跟他的名字极为不符。他并非金发贵族或者气质非凡的小王子，而是有着一张像麦克尤恩或加缪那样明暗高度饱和的脸，是那种适合拍摄黑白照片的、可以作为海报或封面的，如同仙人掌一般不动声色，坐落在世间荒漠且能够与之对峙的脸。

在这一点上，文米莎的想法跟我不谋而合。她觉得他是那种雕塑一样的男孩，年轻、丰沛、沉稳，眉目之间多少带着些与生俱来的悲观主义色彩。因此打见到他的第一眼，她便为之钟情，好似眼前的这个男人随意垂垂手臂便能够将她的全部欲望填满。

3.

罗密欧跟那些或匆匆而过或流连忘返的旅人的确有些不一样。他在旅行之中带了很多书，各种语言，各种版本。而文米莎窥视的本领仿佛与生俱来，出于好奇，她问他为什么携书出行。他愣了一下，毫不避讳地回答说这些书都是一路上的收获。

原来罗密欧经营着一间古董店，在一百来公里外的里耶卡市区。店面不大，上下三层带地库。一、二层用作经营，顶层自己住。虽说是古玩店，可五花八门的二手书籍就占了一层零三分之一，还有那些来不及修复的残本，都小心翼翼地存放在地库里。

从抵达罗维尼的那天起，又或者说从认识罗密欧那天起，我跟文米莎便开始了一种与往日截然不同的生活方式——中午起床，步行十多分钟到老城找间咖啡店，享受完浓郁的咖啡跟店员三分暧昧七分挑逗的目光，便涂上一层厚厚的防晒霜去海边裸晒，晒到饥肠辘辘，就又七拐八拐到山腰上一些不起眼的小店落脚。傍晚我俩返回Apartment，换上缀着亮片的裙子到Pub喝酒跳舞，挤在一群来自世界各地的陌生人中间眉飞色舞，我们身材矮小却执意高昂着头颅，势必向整个世界宣告我们并不孤独。一直要跳到尽兴，我俩才舍得勾肩搭背，一路晃回住处。

文米莎每每玩到忘乎所以乐此不疲，便总是指着腥咸的海面说道，看啊，我们早就该换一种活法了，始终如一又怎么可能是人生的全部真相？

周三傍晚，我俩照常从海滩回来，文米莎打开电脑想看上一部"希区柯克"却发现网络不怎么好，闲着无聊，余光无意扫到罗密欧置于客厅一角的那尊古董样儿的皮箱。

即便确认了主人不在，她却还是蹑手蹑脚摸过去拉开搭扣。翻腾了好一阵儿，最终从里面掏出一本《奥赛罗》下册。那本书看上去很旧,精装版的硬皮都已经有些发软了,纸页泛黄,烫金大字的书名也被磨掉了边角。

"你这样偷偷摸摸的行为,不怎么好。"我靠在门框上剥着一个橘子,摇摇手指,丰沛的太阳色汁液顺着小臂蔓延。

"我这可是借阅,不算偷!我发誓今晚看完,明天一早就给他放回去!再说我还没读过影版原著呢!"

"他会随时杀回来。"我用那种隔岸观火的语气提醒道。

"不会,他去了岛上唯一一间卖土耳其咖啡的Pub。"

"你怎么知道?"

"他出门的时候,我不小心瞄见了他没完全塞进裤兜儿的入场券。"

"我怎么没看到?"我斜眼看她,深表怀疑。

"我是用余光看到的。"

"余光?"她这么一说我突然就乐出了声,"我还用膀胱呢!"

文米莎不理我,继续翻着手头的旧书。

"要是被他发现还说不定会将我们怎么样!异国他乡,咱俩可是手无缚鸡之力的小女生!"

"怕什么?他的书那么多那么乱,指不定自己都分不清!"

……

临近午夜,就在我跟文米莎头对头,呈挺尸样平展在床上分吃一根黄瓜的时候,房门突然响了起来。我以为是热心房东来送葡萄酒,二话不说翻下床"哗"地一下拉开门,哪想竟然是罗密欧。

他穿着一双棕色宽带勃肯鞋跟纯色沙滩裤，看上去清爽极了。

文米莎瞬间心虚，小声说了句"嗨"便往我身后躲，后来干脆转身假装收拾桌上残留的食物。然而罗密欧微醺的目光像是嵌在了她身上一般。片刻注目，他不慌不忙地开口道："你只找到下册，这是上册，我自己在读。"

文米莎周身一怔，一个箭步冲上前欲双手接过。然而罗密欧并未打算立即放开手，而是冲她坏坏地眨眼："走之前一定放回我房间，好吗？"

……

接下来的几天，无论身处岛上的哪个角落文米莎都带着一本《奥赛罗》。早餐时读它，午茶时读它，在山顶教堂眺望大海的时候读它，就连在海滩裸晒的时候也捧着它。我对于她沉溺其中的状态很是不满，有一次甚至故意半道闪人，将她丢在了错综复杂的小巷深处。恰巧那天她没带手机，结果因为走反了方向晚了两小时才绕回到Apartment。

没过太久，终于"东窗事发"。第三天晚上文米莎借口去罗密欧房间还书，还了一整夜都没还出来。我听到隔壁地板吱吱呀呀的声响，跟氤氲的Bossa Nova混合，折腾到后半夜，我无论如何都睡不着，喝了好多波本酒，最后塞着耳机在床上扭来扭去。

隔天，我们在罗密欧的引领下溜进半岛另一侧的房车营地参加Hippy（嬉皮士）们的篝火晚会。那天正巧某个克罗地亚爵士乐队驻场演出。低音巴萨拨响的一刻，耳边的所有狂躁偃旗息鼓。所有人都在用心聆听，动情之处，不少人落下恰逢其时的热泪。

舞台一角的乐手们各司其职，极富专业精神，就连钢琴师都双眼微眯，口中念念有词。歌手是个年轻的克罗地亚女孩，画橘色三文鱼妆，头发乱乱地盘在脑后，一双小鹿般的圆眼睛看上去十分灵动，却尚未看穿世事。她穿裹胸碎花伞裙，身上无一件首饰，清澈而干净，没有挤眉弄眼，没有一丝刻意表演的痕迹。仿佛那音乐是为她量身定制的，对节奏的领悟更是与生俱来。她赤足站在立式麦克风前面，手握香槟，红唇皓齿，婉转低回。

直到音乐会结束，就在大家围着篝火举杯欢呼的时候，来自天南地北的陌生人们勾肩搭背抱作一团，而文米莎跟罗密欧也搂得尽兴。当时罗密欧喝了点儿酒，执意将文米莎架在脖子上。文米莎高举起双手，四周所有的人都在起哄，还有人吹起了尖厉的口哨。

文米莎脾气火暴，兴致勃勃的时候像一截燃得"啪啪"作响的柴火，可她从来不轻易在罗密欧面前显山露水。她甚至在他约她去逛海边集市的那天脱下心爱的马丁靴，借走了我的裸色中跟细带凉鞋。我调侃她这是刻意装腔作势，搔首弄姿，日后被对方识破会很难堪的。

她却笑着跟我说："在爱情的细枝末节中保持自我并不仅仅是为了支撑出某种姿态，更重要的是，日前没有无谓的牺牲，日后才没有多余的抱怨。"

我正欲反唇相讥，她接着话锋一转："可该娇柔的时候还得娇柔，该女人的时候还得女人，该摆出抽离姿态的时候还得摆出抽离姿态。"说着，也便眉眼一挑："对了，介不介意把你那条真丝灰色吊带裙也一并帮我找出来？"

4.

　　从相识的第一刻起,我便注意到罗密欧的小拇指上套着一枚小巧的火漆戒指。色泽浅淡的24K金,款式经典,做工精致,戒面是一块雕着百合花、王冠跟三五条神秘图腾的淡蓝色印章石,也许是某个没落家族的专属纹章,表面的划痕跟火漆残迹昭示着它曾经的辉煌。

　　很显然,文米莎也注意到了。出于强烈的好奇心,她嘟起嘴,眨着星星眼问他:"罗密欧,难道你真的是隐姓埋名的小王子吗?"

　　罗密欧咯咯笑了一阵,悉心解释说,就纹章来看这枚戒指的确出自威尼斯王国某个贵族,只不过后来落入了寻常百姓家。这是他父亲从罗马的某个古董店里淘来的,后来为祝贺他大学毕业赠予他的。他喜欢它浓浓的岁月的气息,模糊不清的纹路跟细细的沟壑承载了太多不为人知的过往。

　　某天夜里,文米莎被一场梦中梦惊醒,而身旁的罗密欧睡得深沉。她轻抚那张略显疲惫的脸,手指一寸寸滑过他的肌肤,就着被纱帘过滤的清澈月光,他的轮廓仿佛幻化成了波涛汹涌,犹如这二十多年来的跌宕起伏。

　　她试图参透,却终究一无所获。

　　末了,她的目光久久定格在了他的左手,表情跟着亮了起来。她迅速望向他的脸,屏息揣测他呼吸的深浅。然后轻轻地,轻轻地将那枚戒指从他指尖摘落。套上无名指的瞬间,竟发现出乎意料地合适。正欲潜心欣赏,罗密欧却突然睁开了眼。他盯着她,目光如炬。

文米莎随之虎躯一震，红着脸将戒指撸下，一边解释一边递回给他。然而，他却没有伸手接过，目光流转道："如果你喜欢，就当作我送你的礼物。"

待到第五个清晨，罗密欧敲响了我的房门，和他一并出现的还有文米莎。他说要带文米莎回家，问我愿不愿跟他们一起到里耶卡转一转？文米莎丢给我一个大大的鬼脸，我看着她那意图泯灭的面孔，鬼使神差地答应下来。

罗密欧开着一辆不知过了几手的大众T1面包车，油漆脱落的地方用油漆画上了自己喜欢的图案。就这样，旁人眼中的破铜烂铁瞬间变成了稀世珍宝。

旷野上，他将车子开到一百三十迈，猎猎风声跟强烈的胎噪将一辆笨拙的旧车幻化成了超级小跑。文米莎没换驾照，就由我跟罗密欧换着开。我驾驶的时候，他俩腻在后座你侬我侬；换罗密欧驾驶的时候，我则坐在后座看他俩大手牵小手。

洛维尼处于丘陵地带，那天不巧，刚才出城便遭遇黑云压城，没多久，天降瓢泼大雨下到道路都看不清，此段高速全是山道，我们只好跟在一辆警车后面在紧急车道停下来。

我无所事事地伸手想要一颗水蜜桃，转身瞬间却被他俩的热吻喊停。我只好收回手的同时狠狠闭上嘴，将目光放向阴晴不定的窗外……

在文米莎的眼里，向来山就是山，海就是海。明与暗，丰沛与荒芜，潮湿与干裂本该泾渭分明。

然而就在从罗维尼驶向里耶卡的途中，当车子穿过一条长达五公里的山底隧道，在几千米海拔的山巅，右手边突然出现了一大片明亮的海湾。

事实上，那也是我第一次看见平如镜面的海，安详的，微风拂过却无一丝波澜。恰似……恰似罗密欧的做派。

受山雨影响，我们一路停停走走，到达里耶卡已经是中午一点了。罗密欧在市区七拐八拐轻车熟路，最终在市中心一个算不上起眼的拐角处停了下来。

我跟文米莎的行李很少，不过是日常用品跟几件换洗衣物。我们将无关紧要的七七八八留在了洛维尼的公寓，要老板娘帮忙保管。

就这样，罗密欧双手接过了文米莎的一切衣食住行，并慷慨万分地将顶层的阁楼分出一半给我。第二天一早，我们兴高采烈地将被单、枕套、浴巾通通搬到后院清洗、晾晒，只为了上面能落下阳光跟海水交织的气味。

阳光有，雨水有，快乐有，然而争吵也时有发生。罗密欧去附近市镇"淘宝"的时候，文米莎就帮他看店，因为不懂讨价还价，外加大咧咧的性格，着实亏损了不少钱。

而争吵最激烈的那次，是因为文米莎偷吃掉了一整块昂贵的蓝纹奶酪，并且私自在eBay（易贝）上卖掉了半套没来得及集齐也没得及修缮的"王尔德"。起初罗密欧只是默不作声，而文米莎倔强的眼神似乎激怒了他。苦苦僵持，他终于没忍住，黑着脸将文米莎一把推倒在了土耳其地毯上，文米莎二话不说，一直哭，一直哭，哭到罗密欧心烦意乱，最终大吼一声将她推出门外，并用力反锁上了门。

事实上，他俩都属于骨子里容易激动的人，虽然面儿上波澜不惊,可隐形个性都很强烈。文米莎苛刻,占有欲强,嫉妒心重;罗密欧则老派、死板而固执。他们会因为一些小事吵架,但很快又重归于好。因为他们深深地喜欢着对方。

虽然生长于天主教区,可罗密欧从少年起便不再相信上帝。由于缺乏信仰,他偶尔心灵会为空虚所困。他需要一种观念帮他解开生命的谜题,于是常常为此扪心自问:"我为什么活着?我究竟应该怎样活着?"却迟迟找不到答案。

在一些万籁俱寂的后半夜,他会跟文米莎在店前面的空地上肩并肩坐着,他静静点燃一根烟,而她像猫一样守在他的身边。我穿吊带睡衣,从阁楼狭窄的阳台上静默窥视,一不小心就消磨掉了两三小时,就连入梦也会看到他那刀刻般完美的侧脸。

5.

罗密欧的左手腕上有一道浅浅的被日光遗落的痕迹。文米莎想必比我早一步发现,她说看那形状,应该是一块长方形的手表。果然,没两天罗密欧嚷嚷着自己的手表不见了。大家屋里屋外一阵猛翻,最终十分不幸地在文米莎的牛仔外套内侧的口袋里找了出来。

看得出,这一次罗密欧真的很生气。他站在门边默不作声好一会儿,这其间却紧紧地抿住双唇。那是我头一次见他乌云满面的样子。他站在文米莎面前,操着意式口音极重的英语,一字一顿沉沉说道:"你瞄上我的书,没问题,我把全册一并拿给你;你瞄上我的戒指，没问题，我当作礼物送给你。可这块表，它是我亲妈死前留给我的！"

文米莎不解释，用那种三分不可思议，七分打死不认的目光狠狠盯着他。事实上，倘若她嘴软说上两句甜甜的漂亮话请求他的原谅也就罢了，出于对她的热爱，想必罗密欧不会深入追究。可他就是受不了她挑衅的眼神，跟驴一样倔强。

接下来的很多天，他开始冷落她。

这期间文米莎曾不止一次地问他，怎么就认定了那手表是她拿的？罗密欧的目光似有若无地扫过我，最终在文米莎的脚边落定。他用力凝视她的影子，却绷住嘴唇不肯作答。在接下来某个漫不经心的瞬间，文米莎突然想起不久前的一次玩笑。那是一个日光随海风摇曳的午后，他们刚刚完成一场热火朝天的做爱，罗密欧随手捻起一片生薄荷放入口中，浅浅嚼了一阵，突然就聊起了这一生。

文米莎丧气于自己活了二十多年却一无所获。罗密欧则浅声安慰她："Oh my baby，don't worry，be happy（哦，我的宝贝，别担心，开心点）。"

她接过话，顽皮地吐了吐舌头："No money，no happy（没有钱，没有快乐）。"

她恨自己当初出言不逊，加上时时刻刻力争上游的行为，让他认定了自己是一个利益至上，不择手段的人。甚至有那么片刻的恍惚，她扪心自问，难道自己真的是一个唯利是图的人吗？

不！不是！她只是在他与生俱来的好气质面前自愧不如罢了。

事后，文米莎问我："他明明对我千般万般温柔，可为什么仅凭一件我没做过的小事就如此决绝呢?"

我低头想了一下,随之轻轻叹:"也许吧,温柔是他的本性,而你不过是芸芸众生。"

人与人之间不过如此。爱情最初就好比往面包上涂一坨黄油,可涂开之后才发现它是那么薄。

好在文米莎终究比罗密欧抢先一步弄清了活下去的意义——或许是每一次被逼无奈的选择,又或者是阿甘口袋里那一盒永远不知为何味的巧克力。

……

6.

风雷阵阵,拼命吹鼓着眼前的亚得里亚海。文米莎的心里一阵惊涛拍岸。她决定抢先一步做出决断,她不明白,就这样爱搭不理苦苦僵持下去究竟有什么意义?

于是,她用那种试探性极强的语气跟罗密欧说,不如……先分开吧!哪料他根本没拒绝,甚至没有讨价还价或者与之周旋。

决定离开里耶卡的那天,文米莎冲着罗密欧的背影小心翼翼地问:"那……是你送我回洛维尼还是我自己打电话叫顺风车?"

"叫车吧!"他不看她的脸,始终以背影相对。要知道,他长到这个年岁,之所以不喜欢离家太远,就是避免与任何"离别"的场面产生关联。

文米莎心头一酸从沙发上站起来，着手整理随身携带的物品。看样子她应该是在赌气，凡是经手的东西都被摔得砰砰作响。她将一切与自己相关的东西收进行李箱——两管日夜分用牙膏、一整副木制餐具、闹钟、水杯、浴巾……然而最终，她在一张合影面前停了下来。

犹豫了好一会儿，她最终决定将它均摊。正要动手撕开，一只手臂很是矫健地从身侧伸了过来："留下吧！撕了可惜，留给我。"

文米莎随之愣了愣，突然鼻子一酸，紧接着毫无预兆地钻进罗密欧的怀里放声大哭。

她不想与他争吵，她希望在他眼中自己的每一个动作都是美好温柔的，像微风，不骄不躁，就连分手也不能例外。

想不起哪位极富女性英雄主义的"成功人士"说起过，若要在一段感情中全身而退，最重要的就是保持尊严跟得体，无论对方怎样伤害你。

在接下来的几天里，罗密欧总是坐在大门外的长椅上对着那张照片发呆，偶尔也会漫不经心地翻开手机日历看日期。文米莎对此心怀疑惑。她冷声冷调地问他这是何苦，难道不觉得装模作样的留恋很多余吗？

罗密欧笑得有点苦涩，他毫无掩饰地解释说自己需要尽快适应下来。"送你走开的那天起，在未来很长的一段时间里，想必我也只能以这种方式继续接下来的生活了。"

这话在旁人听来坦诚而动人，却无疑将文米莎激怒。她有些生气，横眉冷对地问道："明明就是你打破了一切，又何必将自己扮作一个受害者？"

罗密欧没立刻回答，只是伸手轻抚她的额头："那就忘了我，好吗？"

文米莎惊异之余，忽感心内一痛。

"你会很快忘了我的，对吗？"罗密欧气息沉稳，低落的表情很容易引得旁人落泪。就在不久之前的某个万籁俱寂的深夜，我曾无意向他说起："你知道吗，你的眼睛里好像珍藏着一整个逝去的年代。"

文米莎狠狠绷住嘴，眼眶红成了两潭死水。良久，好不容易终于憋出一句："我答应你啊！"寥寥数字，却如同判了他死刑。末了，罗密欧用那种无力回天的语气留下一句："你跟我想象的，真的不太一样。"

然而那时候的罗密欧还不太明白：有时候，破败的爱情让人感到有些伤感。并非因为他不再爱你，而是你突然发现一切都跟预期的不一样，这令你感到无助又失望……

7.

回到罗维尼的那天晚上，我们去了海边酒馆，文米莎要了Pina Colada（椰林飘香）。当她一再跟金发碧眼酒保小哥确认"非酒精"的时候，酒保那双好看的绿眼睛像见鬼似的在我俩之间徘徊。

待酒水奉上，文米莎端着杯子拉我走上几百米外的人造岩石。

背后是连作一片的鸡尾酒馆，所有人都在跳舞，在大笑，年轻人在角落里拥吻，还有人眯着眼说着一些口不对心的情话，而她，却默默地掉下了眼泪。

明明"无酒精"，可后来文米莎还是"醉"了，"醉"得双眼红肿，"醉"得痛哭流涕，"醉"得上气不接下气，"醉"得歇斯底里——"他为什么不相信我？他凭什么不相信我？"

凌晨一点半，我连劝带拖将她搞回Apartment。再晚一些的时候，她似乎清醒了过来，冲了澡，躺在沙发上愣愣地望着三米开外被百叶窗切分开的月亮发呆："原来黑夜才是摄魂怪，将我们的情绪开膛破肚，把快乐通通吃下去，再将伤感吐出来。"

两天后，我们按照临时计划返回布拉格。

然而隔天大早，罗密欧竟奇迹般地出现在了Apartment门口。问他为何，他说突然想起来我们的车子坏掉了，也不知道修好了没有，毕竟我们不懂克罗地亚语，他觉得自己兴许帮得上忙。

就这样，我跟在罗密欧的背后忙东忙西，乐此不疲，文米莎则像只小老鼠那样不声不响地躲在房间里。在她看来，罗密欧此举想必是前来求和。因为在乎，所以一切细枝末节都与他息息相关。于是，她摆出好看又不失风雅的姿态，化了精致的淡妆，花两小时练习一个表情到位、举止恰到好处的"嗨"。

然而遗憾的是，这貌似准备得充分却没等来罗密欧的道别。他帮忙将机油灌满，又将轮胎换掉，最后关头，毫无留恋地跟我摇手说了拜拜。

……

8.

夏末秋初，气温骤降，空气里都是落叶的味道。文米莎收到了一只十二英寸奶酪蛋糕，一并送上的还有一张精致的祝福卡。她翻到背面看，上面用中文写着一排歪歪扭扭的小字——"生日快乐"。

她当着快递员的面微笑签收，房门关上的瞬间，转手将蛋糕抡进了垃圾箱。没等我尖叫着将它一把捞出来，她便站在窗前拨通了他的电话，那边刚"喂"了一声，她便使尽浑身气力，大声嚷道："推开我再给我礼物算是什么意思？怜悯吗？"撂下电话的瞬间，她的眼泪一颗一颗砸了下来。

文米莎在全世界的余光中哭了好一会儿，突然想到了什么，屋里屋外一顿翻腾。十分钟以后，她从卧室冲出来，手里攥着他送自己的一枚古董银质书签。没等我开口问，她便随手一甩，书签随之飘向窗外。

"放不下？这是何苦？"

"我们还不是都一样，在一件明知是错的事情上宁死不知悔改。"

接下来，我俩借机喝掉大半瓶波特酒，我迷迷糊糊地睡了过去。再醒来的时候，屋里屋外都没有文米莎的身影。我秉持直觉探身窗外，她正打着手电猫在草丛里，而原本应该待在垃圾箱里的那只蛋糕正以被龙卷风席卷过后的姿态躺在餐桌一端，已经被切得乱七八糟。

我知道，她彻夜未眠；我还知道，她是为了那枚书签。

"我学不会跟曾经的自己道别，也无法心安理得地接受发生过的一切。"文米莎说她想要成为一个更好的人。可我明白,她不过是想要成为罗密欧喜欢的那种人。

记得离开罗维尼的那天清晨,我们专程绕到小镇西北角的营地。文米莎站在一片橄榄树的阴影下跟这片海告别。

等坐回车里,她跟我说:"克罗地亚这个国家,我想我永远不会再回来。曾经热泪盈眶,如今又不得不退步万里。"

可谁能想到,这一退,就是一辈子。

漫漫归途,将近十小时的车程。我开车开到睡眼迷离人畜不分。她想听歌,却因为耳机坏了大哭一场。怎么就这么脆弱呢?一点都不像平时那个帅气迷人的她。

……

又过了小半年,国际快递前来敲门。文米莎打开纸箱,眼角瞬间被烫伤。拆开包装,是那套上下册齐全的《奥赛罗》。

罗密欧在窄窄的便笺上写道——

"我不知道爱到底有多少种表达方式,只知道爱总是饱含着深沉与难言的道歉。世事如飞轮,这时代一往情深的人太少,见异思迁的人太多。坚持一些简单的、人之常情的东西,往往比追寻艰深的真理还要困难。也许这就是命运的无奈之处,当途遇突如其来的美好我们也只能报以夏日般渴望的气息,让自己远离人世间的罪与罚。然后就着这轻柔内敛的深情,回归最初的洁白。"

这算是再度表白还是告别遗言?我看着那段话,霎时跌入无可救药的低落。我想问问罗密欧,一个人在返璞归真之前,究竟要经过多少道挣扎、撕裂与整合?

我不敢看透,而文米莎则不愿看透。她只是似有若无地说着:"没人扶的时候,更要自己咬牙站直。前路漫漫,要走出最美的姿态。"

9.

人们常说,暗恋一个人的闯荡,是自卑,是胆怯,是忽然听懂了许多情歌,是一个人的兵荒马乱、干柴烈火,是心内的百转千回,是一夜又一夜的辗转难眠。想让他知道,却又怕他知道,更怕他知道却假装不知道。然而最终的求仁得仁,我愿相信这是命运赐予这场暗恋最美好的礼物。

事实上——

罗密欧当初莫名失踪的那块手表,是我故意藏入文米莎的衣袋的;以及洛维尼最后那日的清晨,文米莎猜得不错,他来帮忙修车是借口,想跟文米莎见上一面,试图挽回这段关系才是目的。可我又做了些什么呢?我用"诚意满满"的谎言将他死死挡在了门外……

每个故事都有结局。既有心有戚戚,恋恋不舍,又有泪目纵横,驻足叹息。

而我只觉得遗憾——不是所有的灰姑娘,都有一双水晶鞋。

匠心奇趣

1.

　　大桥路往东第一个路口向右转，沿河前进五百米处，有座四层小楼。二楼有间皮具体验工作室，名叫"奇趣匠心手造"。

　　店长是一个年轻的男人，留样式平平的短发，唇周一圈没刮干净的胡子泛着淡淡的青灰色。整个人寡淡而沉默。那种冷淡，是一种望着他的背影便能让人不禁想到"恍如隔世"跟"沧海一粟"式的冷淡。不明亮，不温暖。特别是以店面做背景的时候，他像是一副调子偏灰的肖像画。真情，似乎是没有的；假意，更是少到可怜。特别是当他开口的瞬间，神情冷冽，目不斜视——"我姓冷，冷清海。"

2.

　　冷清海在大学毕业以后当了一段时间培训中心的老师，某天心血来潮辞掉职务，去一座沿海城市学了两年手艺，接着回故乡开了间手造工作室。工作室的三分之一放置工作台，三分之一用作咖啡室，还有三分之一的空间支了顶帐篷。

拥有一间这样的小店是很多白领们的梦想，他们觉得这样的生活看起来相当不一样，怎么说呢？似乎逃离了庸俗，弹掉了风尘，总之……很文艺，很惬意，很超然。

工作室门面不大，位置也不怎么好，在沿河大道一处家属区的二楼。进去先要穿过一条一人宽的小巷，楼道口隐蔽到就算抬头看到了路边的招牌，也不一定能找得到。

在朋友眼中，冷清海是个不动声色的超人，他在工作之余看过很多语种的电影，抽过很多牌子的香烟，喝过很多种类酒。

而尹喃就有些不同了。布鲁塞尔大学毕业之后，她带着两纸文凭尝试在国内稳定下来，简历一投，很快被深圳一家私企看中。公司随后安排了四天体验式实习，这是尹喃头一次步入中国社会，目睹竞争之激烈，体会加班之繁重。早上七点到公司，正式员工们通通都已经在电脑前坐好了；晚上十点离开，他们非但没准备走，反倒都已经换好裤衩跟拖鞋了。

她目睹此景，考虑到重压之下还是保命要紧，转身回欧洲又读了个研究生。尹喃从小热爱创作，十年如一日，从未放弃过。后来出于某个契机，出版了生平第一本书，反响不错，从此大步进入了文艺行当，成了个时刻准备着大红大紫的作者。

简约清淡一直是尹喃所追求的生活方式。下午下课去超市买一斤虾，白灼以后蘸着醋当零食，再时不时嚼上两口姜丝。有空的时候做几十只一人份的提拉米苏放在冰箱冷藏，等朋友到家做客的时候，一口一口将盘底儿舔干净……

3.

前三次，尹喃也只是试着去看看。这件事起源于美团推送的一条广告，文案写得不错，加之风格清新的背景图片，东拼西凑出的效果简直出奇地好。她没有美团账号，也不在乎折扣多或少。她只是好奇，纯粹想去看看罢了。

头一次登门，尹喃目光灼灼，没等冷清海做足介绍便将工作室所有的架子"搜刮"了个遍。最终，她在一枚原色牛皮铃铛前驻下足来，伸手将铃铛旁边的仙人掌钥匙扣一并拿了起来。问他价格，他开口就说赠送。尹喃向来不是个爱占便宜的人，再说她深知创业大多辛苦，于是按照报价出钱，人家说免费，她给三十；人家要五十，她给一百。

临出门的时候她对他说，拥有这样一间店可真好啊，以后没事儿我就来做做手工修身养性，拿你这儿做根据地好了。

冷清海点点头，礼貌回复道："好的，期待您的光临。"

冷清海的确不善言谈，可只要尹喃来访，他总会很是随意地将水果跟凉茶摆在桌子一角。她无意提到自己热衷于咖啡，他便专门给她冷萃。很快尹喃便弄清了两件事——第一，这间手造工作室名头响亮，却不怎么赚钱；第二，老板有个学美甲的女朋友。

第四次，尹喃要求在他的带领下合作制作一条植鞣皮手链，原色，双环，铜质马蹄扣。

他埋头打磨毛边的时候，她用直接而警惕的目光打量他。他没有羞涩，也不大方，只是静静坐在那里，似乎是等着她先开口，又似乎是忘记了她的存在。

不知过了多久，直到完成封边，要开始打孔并安装金属搭扣，他突然开口问道："你……要不要试试？"尹喃眨眨眼睛。他不声不响地顺势将一把锤子递给了她。

她锤了两下，突然开口问："做皮具，你觉得最难的是哪个环节？"

他顿了一下，回答："很多人说是缝线。但我觉得是打磨跟封边。不同质地的皮革需要不同的砂纸跟不同的摩擦力度，有的十分钟就好，有的则需要数小时。"

尹喃听罢不接话，默默想着：因地制宜，跟爱情多像。

4.

尹喃对冷清海的好感大半来自一个奢侈而有些自私的梦想。她希望遇见一个能给自己痛苦的男人。第一，是因为生活平静到有些死寂，她太久未见过内心激荡起的朵朵涟漪。第二，是因为她需要素材，那种一针见血，纠缠到底，痛苦到铭记的素材。

她深深地知道，越是表面沉稳压抑的人就越是充满了难以预测的攻击性。这样的人是颗定时炸弹，却也有可能是颗内容缤纷的彩蛋。正是这样的一个人,透过他的骨骼,她仿佛看到了前方的黑暗跟陷阱在冲自己狠狠招手。

尹喃喜欢写作。她说她想要做一个幸福的人,而这世界最幸福的人当属作家吧!他们坐在书桌前,打开文档,再煮上一杯黑咖啡,世界残酷,而故事就是他们随身携带的避风港。当他人被告诫说世事无常,可你们必须勇敢面对,争取自救的时候,作家可以堂而皇之地沉浸在故事里。他们在逆境之中制造各种各样的梦境,告慰自己的同时,也告慰着世人。

"世界在我的指尖不断变换着姿态。可以更残酷,可以更自由;可以更美好,可以更冷漠。"

"所以,是单纯记录身边发生的故事吗?"他问她。

她轻轻抚摸着一块尚未加工的皮革,想了一会儿,摇摇头:"是,也不是。怎么说呢,不完全是。因为觉得这世界不够好,或者说不够合乎心意,所以要创造一个更好的。说白了为了催眠自己。可是再怎么天马行空,也都脱离不了真实的那部分。就比如有的作者记录现实,认清并强调自我;有的作者自我认同感很差,通过故事规避各种真实的情绪跟结局;有的通过真实挖掘自身、反映自我;有的用写作补充残缺的那部分体验跟人生。"

"那你呢?"他动动嘴唇,双眸忽而在她的脸上一沉,"你是哪一种?"她突然有些惶恐,紧张之下小动作频出。少顷,她用力甩乱头发,语调囫囵地回应道:"我是回避型人格。"

他点点头,顺着她的话往下说:"是啊,有时候我们选择投入一种截然不同的生活,其实是规避,也是反抗。"

尹喃愣了愣，暗自称赞。是啊，所谓共鸣的乐趣，不过是别人一语道破了你隐约感到却无法准确描述的东西。

光临的次数越来越多，有时候，尹喃在冷清海的指导下合作完成植鞣皮质小件，更多的时候是坐在一旁静静看着他。她喜欢看他专心致志的样子，仿佛整个世界都被他玩弄于股掌之中。而这间店对她来说更像是一个乌托邦。走进那扇看似普通的漆木大门，随着一声机械性的"欢迎光临"，一切就都变得好起来了。

工作室的生意算不上兴隆，半手作半休闲的模式令它看上去甚至有些不伦不类。在这样一座三线小城，前来做手工体验的人并不多，习惯喝咖啡的人更少。尹喃常常出现在工作室，没多久便跟冷清海的朋友们打成一片。他的朋友来自三教九流，从大学教师到送货小哥都有，而他们其中的大多数是从新老客户转换来的。

然而即便朋友很多，他的生意却不怎么见好。

于是，尹喃决定帮助他。她加入自己的审美跟想象，将所有皮革小件重新设计，将挂饰改装成女孩子们喜欢的首饰。她将仙人掌钥匙扣拆掉金属环，用长长的牛皮线取代；将植鞣皮铃铛车挂改成女孩子们喜欢的手链……

有一次，她正指法笨拙地拆除一个金属环，拆了半天拆不掉，干脆工具一撂跟冷清海闲聊起来。尹喃问他，为什么不想办法把生意做大？或许可以先开一个网店，安于现状在这样一座购买力匮乏的小城毕竟不是长久之计，有机会的话应该走出去！

冷清河低头沉默半晌，微微扬起脑袋，缓缓说道："我爸是个生意人，一个不怎么合格的生意人。谈判手法用尽，商业技巧了然于心，终了，却因为一句话狠不下心，落得两手空空的下场。所以我妈打一开始就不让我从商。或许是因为担心种种出尔反尔的丑陋事态，我无法应对；也或许是她太了解我，认为倘若我有意同流合污也便罢了，就怕我反其道而行，变成一个郁郁寡欢的人。"

尹喃听着听着，不禁有些黯然。无商不奸在现在似乎成了一种褒奖。可做人一定要圆滑奸诈，一定要懂得规避风浪才算成功吗？善良有错吗？

"其实大学毕业后，我曾回来过一次。求稳定，想要在国企里找份工作。可是像咱们这种三线小城市，找个正经工作一定是要托人牵线搭桥的。记得那年冬天，母亲提着几样礼品站在寒风里，好不容易等到了领导的小轿车，立马冲上马路中央将其拦下。她觍着脸，说了很多好话，可领导还是一脸嫌弃地摆摆手，让司机将礼品丢入后备厢就走了。当时我就站在不远处的一棵树后等待，滚烫滚烫的热泪就那么一颗颗往下落。后来，工作的事儿也没了音信。母亲自责，说是礼备得不够厚……"

尹喃默默听着，心中万马奔腾却一句话都插不上。她突然对自己的提议感到有些羞耻。她觉得冷清海的命里缺少一些圆滑世故的东西，眼睛里也没有狡黠，全是一马平川的表露。

后来，他对她袒露心声。他说自己时常感到痛苦，不明白自己明明不喜欢这世界，为什么还要佯装坚强？人们明明知道越往高处走就越不快乐，为何却还是拼命往高处走？

"因为人们心里清楚，成功带给我们的东西远比快乐实际得多。"

5.

有一次，尹喃按照自己的审美设计了一款植鞣皮包包。画了简笔草图，传给冷清海让他手作。制作完成那天，他通知她去店里验货。那几天尹喃在赶一部短篇小说，步履匆匆，取了包却一刻也没过多停留。

冷清海的朋友在一旁煽风点火要她留下来，她却说自己赶去"松鼠家"写作，跟编辑约好了四十分钟后视频聊故事的结构。

尹喃刚一个原地转身，却被原本久久未发一语的冷清海浅浅叫住。他轻轻问："要不……我送你过去？"说着就要伸手拿钥匙。尹喃摆摆手："不用，这大热天的。"话音刚落，她像是想到了什么，重新回过神，"你是要……顺路接女友？"

冷清海神色一顿，用力摇了摇头。

尹喃走出楼道，站在马路边等出租车。也许是天气过于炎热的缘故，二十多分钟过去，就连一辆电动三轮都等不到。她看了一眼手表，转念，转身小跑回楼上。她伸脚踏进房门的瞬间，被声控门铃冷不丁的一句"欢迎光临"吓了一跳，抬头，正撞上冷清海朝向这边的目光。他对她的返回有些吃惊，挑挑眉头却未开口。

尹喃别别扭扭地站了一会儿，轻咬嘴唇，道："要不……麻烦老板送我？"

他低头掐灭烟，跟朋友交代两句，顺手将头盔递给了她。这一系列动作行云流水，仿佛早有准备。

冷清海用湿巾擦拭车座的时候，尹喃正拿着个头盔翻来覆去地把玩。凑近了闻，有一股淡淡的洗发水的味道。

"女朋友的？"她斜眼问他。

"嗯。你凑合戴一下。"他说着，抬手就要帮她扣上，她却突然一闪身子，笑道："不用了，我脑袋太大，装不下！"

他不再勉强，只是轻声提醒她抓好。一路上，尹喃将头盔搭在胳膊上，粉嫩嫩的，沉甸甸的。她突然有点后悔，伸伸腿，陡生一种想要跳车的冲动。

从城西到城东，大约十五分钟路程。拐进小南街，大片大片的树荫如伞般在头顶撑开。就在老街尽头的转弯处，冷清海突然踩下了刹车。她来不及问怎么了，余光里，一个人影从他肩头插入了视线中。

"小九！"冷清海轻唤。

直觉告诉她，此人必是冷清海的女朋友。该如何形容面前的女孩？尹喃在心里默默盘算——桃色的面颊，水蒙蒙的双眸。色号偏白的粉底，亮橘色眼妆，没涂唇彩，或许是吃饭喝水的时候蹭掉了……

女孩笑眯眯地走上前，伸手环住冷清海的手，像是有意昭示着什么。彼时尹喃已经从后座跳下来了。她站在半米外一处不怎么浓密的阴凉处，刻意要与他们隔出十万八千里。

小九轻晃着冷清海的胳膊，眉眼打尹喃肩头一扫而过。就在她目睹了尹喃放置于他腰间的手的时候，眼中的怀疑稍纵即逝。

"阿海，这是你朋友？"

"客人。顺路。"冷清海说着，冲尹喃点点头，任小九爬上车后座。

……

隔天中午尹喃顺道路过工作室，想着上去跟他打声招呼。她走到工作台前，看见角落里摆着一只新包。那包跟自己定做的那只挺像，只是皮质薄了一点，尺寸好像也小了一圈。当时冷清海正埋头缝制一只手机套，她开口问他："卖吗？"

他摇摇头。

在她的追问之下，他才慢腾腾地回答说这只是女朋友要的。话音刚落，一道身影从卫生间里闪了出来。

是小九。

六目相对之间，气氛坠入了一种莫名而短暂的尴尬。尹喃突然摇摇手冲小九问好，接着转向冷清海，说自己来访主要是突然想做一个仙人掌钥匙扣。

为了使自己的表现看上去更自然，她接着问他，能不能做植鞣皮质的立体橡果？他说不好意思，没有模具。尹喃也许没想到他会这么干脆地拒绝自己吧，当即顿了顿，转身去夸桌上的那只包包。

她咧着嘴，冲小九一直笑一直笑，她说这个包包多好看啊！你男朋友对你真好……

从工作室出来，尹喃觉得心里有点堵，却又说不上为什么。天空刚刚下过一场阵雨，她心事重重地往河边走。过了好久，微信叮当一响。滑开来看，是冷清海。

"如果你觉得包包大，明天拿来我给你改。"

她语音回复说，不用了。

他又说，改吧，我觉得有点大了。

她回复"好"，然后关掉手机大步朝前走。尹喃说这话的时候，字里行间带着情绪。可他究竟能听懂几分呢？她希望，他至少是能够听出来的。

尹喃知道自己再也睡不好了。回欧洲的机票在倒计时，这加深了她的焦虑。午夜，她晃进厨房，对准水龙头大灌一口。

后半夜她睡得也并不怎么踏实，只是固执而小心地硬挺在床上。细密的声响随冷气从空调出风口散出来，二十一度，却还是燥热难耐。

这一晚的孤独与此前的确有些不同。此时的它们，新鲜而蓬勃。

6.

初次光临工作室的时候尹喃就发现冷清海的工作台上总放着一盆梅李。那东西小小的，青黄色，又酸又涩，从来就是那么旁若无人地摆着，也没见他吃过。

有天尹喃预约了时间一起做皮具，恰好冷清海的朋友前来，一伙儿人围着宽阔的桌子聊了起来。那盆梅李好像突然发挥了作用，朋友们依次伸手拿过，后来，冷清海也拿起了一颗。尹喃犹豫着，跟着拿起了最后一颗。

就在她慢慢悠悠将手伸入盆底的时候，突然就撞上了他的眼神。两束目光相互交织,有些恍惚又有些惶然,有些不安又有些确认。

对细节的关注将时光的褶皱寸寸展开。他们谁都没正眼看向谁。是不敢吧!尹喃深深想着。

接下来的那个周五,尹喃在附近的咖啡馆工作了一整天,晚上九点,才思枯竭,再也写不出一个字。她在街边买了一根冰棒,舔着舔着就到了工作室楼下。

她进门的时候门铃照常响起。然而冷清海显然没听到,他塞着耳机,专心致志地捶着一块上了色的皮革,身旁放着好几根彩色蜡烛。尹喃站在他身旁好一会儿,他终于发现了她。他短暂抬头,却没停下手头的活计。

"怎么不开灯?"

"停电了。"

等他将整块皮革裁好,静静说道:"我准备做个煤油灯。你要不要……"

她知道他想说什么,立即抢着答应下来。

冷清海将用完的墨水瓶洗净,填满煤油,弄一段棉线从铜钱中央穿过去,一头伸入瓶底,另一头露在外面当灯芯。他搓棉线的时候,她探着身子欲伸手接过,却被他拦下了:"煤油会弄脏你的手。你观摩就行了,观摩也算参与的一种。"尹喃收回手,目光渐渐从他的手头移向他的脸——喉结、嘴唇、牙齿、鼻梁、眉眼。最终,她半掩的目光在他的太阳穴处落定。

有那么一个瞬间,她觉得心内跟窗外的夏夜一样潮乎乎的。她甚至在想，火柴划亮的一刻，是不是应该发生点什么？该她主动吗？还是伺机等待呢？可如若等待，他又会不会主动呢？

也是这关头她才意识到，类似的揣测深深浅浅，可自己好像从未试探过他的心意啊！

"差不多了。要不……你来点火？"他的声音响了起来，尹喃不禁心跳加速。他接着将火机塞给她，手头"啪"一声响，与此同时，身后传来一声"欢迎光临"。紧接着，头顶的白炽灯"唰"地一下将整个儿房间照亮。没等尹喃看清，小九大步流星地走了过来。她的笑眼轻轻挑起，跟尹喃挥手说"嗨"，接着笑嘻嘻地举起冷清海的胳膊往自己肩头一绕。

尹喃立马观察他的举动。他眉目僵持，却并未将她的手从脖子上拿开。

那天晚上，尹喃独自回到家。房间里面安静到像是塞满了尘埃。她赤脚走到厨房里面，看到电磁炉上放着一只不怎么干净的锅子，灶台上依次排放着芝麻油、葱碎儿、各种调味料。她打开冰箱，从里面拉出一袋分装好的馄饨，开始烧水。等待水沸的间隙，她站在阳台上点了支烟，透过夜幕看楼下遛狗的老人、哭闹的孩子、扛着钢筋的工人……

她突然想到了什么，从地毯上捡起手机，迅速打出几个字——"你吃饭了没？"手指移至发送键，猛地停了下，定了定神，将所有符号删了个干净。

待她走回厨房，锅里的水已经沸了。她下入馄饨，摆好碗筷在餐桌边坐下。

接下来的很多天，她都写不出一个字儿。明明一个长篇正在安静收尾，一时之间却杀出千思万绪来。她无法抚顺内心，觉得有些束手无策，甚至烦躁到生出一种全盘推翻，重新来过的念头。大部分时间她都窝在家里，开着空调，有时候切上两块西瓜，更多的时候盘腿坐在椅子上，面对亮晃晃的电脑屏幕发呆，几小时过去，却一个字儿都没写出来。

7.

某天晚上，尹喃被一场噩梦惊醒。重新闭上眼睛的时候，她突然不想再逃避了。

既然大家心照不宣，憋着实在太难受，不如把话说开，至少有人该做出些反应。她也曾想过索性默默退出，就像当初默默出现在他面前那样。可想来想去，又觉得不甘心。

就这样，尹喃找了间日式酒吧，将他俩约了出来。她坐在两人中间，用深绿色吸管断断续续吸着一杯长岛冰茶，却自始至终没怎么说话。

中途，冷清海的烟抽完了。尹喃主动提出去隔壁巷子买烟。过马路的时候，身后一个影子跟了上来。下一刻，小九就那么明目张胆地出现在了她的面前，牢牢看住她，问："你是在准备逃跑吗？"

尹喃不说话，心想干吗跟一个小女孩计较。抬脚要继续往烟店走,却被她伸脚截下。她说,姐,阿海说你笑起来的样子真好看,不过你知道吗,你的眼角已经有皱纹了!

她听罢,定定站了一会儿,夜风将裙摆掀起,用力砸着小腿,生疼。

小九说:"我们从小就认识了。上中学那会儿学校离家远,他就骑辆自行车每天来接我。后来,他总是载着我去这儿去那儿。他健硕,骑平路很轻松,遇到上坡发起力来也很猛。下坡的时候,我就靠在他的背上,双手用力环住他的腰。可长大以后,那种感觉就不一样了……后来我没考上大学,他考上了。我说我等他,多少年都等,他回不回来都等!终于有一天,他回来了,我把这些年攒下来的钱拿出来,入股了他的店。我知道很可能赚不回来,我不计较,我只是想要他安心。"

尹喃买好烟,让小九拿回去,说自己晚到几分钟。她憋着一水儿刻薄话回酒吧买了单,准备将满口恶语通通吐给冷清海以做报复,可扭头看见他的瞬间,又不自觉地将它们通通咽回了肚子里。

也不知怎么了,她突然就想起了不久之前的某天夜里,他们一起缝制一只疯马皮钱包。冷清海提前将所有拼接件都已准备好,只需要她将零件们缝起来。尹喃第一次做针线活,缝了拆拆了再缝,只一小时的手工被她足足磨了六个钟头。

凌晨两点,他们收工。他递给她一瓶水,提议说,去天台坐一会儿吧,难得风凉。尹喃爬上天台,坐在一张藤椅上仰起头,却发现风是热烘烘的。

冷清海低着头,久久,说了句:"你也很累的。"

"什么？"她木然问道。

"你一定也很累吧……"

她突然觉得很难过。太多的话想说，一下子却哽在喉头。她紧紧闭着嘴，觉得自己多说一句就要哭出来了，便只好低头喝了一会儿水，再抬头看了一眼天。他也不再逼问，只是不知从哪里搬来两份冰西瓜，又将一只不锈钢勺子递了过来。

吃着吃着，她好像又回到了小时候，不知不觉就笑出了声……

无意中，他们聊到了小九。冷清海坦言说，小九十岁的时候就跟他相识，成年以后和他永远在不停地分分合合。

后来相处久了，"在乎"变成了"良心"，"爱"变成了"道德"。那些从自己口中说出的虚妄的海誓山盟拖得他有些喘不过气。

有那么一小段时间，他甚至恶毒地希望与她之间的恋情不过是昙花一现，永远不再有交集。

她若只会无理取闹、歇斯底里就好了，可她偏偏是那种很乖、很软的女生，那种就算受尽了委屈也只会静静盯着你看的女生。

"我也一直就是块死读书的料。学习倒是用功，可在书本之外的世界里找不到任何信心与坐标。教室、书本、老师、同学、母亲就是我二十二岁之前的生命构成。二十多年的时光，简单到四五个名次就可以概括。

"但她不是。你别看她长得乖巧，被惹急了也是会跳墙的小狗。我记得她上学那会儿有次跟同学打架，把男生打得抱头乱窜，没办法，直奔进老师办公室。她不罢休，跟着一脚踹开办公室的门,抓起门后的垃圾桶就往男生头上扣。

"整件事发经过我是第二天中午放学时候才知道的。看她脸上有块淤青,问她怎么了,她淡淡地说,打架了。那副表情毫无悔过之意,活像个不屑名利的大英雄。

"男生被吓得不轻,事情闹大了老师要请家长。也是那时候我才知道,小九没有爸爸。"

……

回欧洲的日子眼看着逼近,尹喃有些日子没去工作室了。无疾而终?不了了之?怎么说都行,反正她也想不到更好的形容词了。反正她也不想再见到他了。

某天凌晨,她正跟十四楼从小一起长大的闺密聊天,突然收到他的微信。他给她推荐了一首歌,留言说实在太好听,忍不住推荐的。她忙着跟闺密推杯换盏,回复了一个笑脸便将手机放回包里。

直到离开的那天晚上,她将箱子架上行李架,火车缓缓跑了起来,窗外四野茫茫。她站在连接处喝一瓶酸奶,喝着喝着突然想起了什么。然后打开网易音乐,是一首出自落日飞车的 *Burgundy Red*(《勃艮第红》)。她摁下播放键,音乐声被隆隆入耳的车子声抢断。她只好作罢,滑动手指,随意浏览评论。突然,那条置顶点亮了她的目光——

"我给人推歌有三种情况:1.密友;2.难得音乐品位极相似的人(陌生人也有可能);3.我爱你。"

……

就这样,尹喃走了。而冷清海留在原地。他们既没有屏蔽彼此,也没有拉黑。她照常发朋友圈,好像对他的看法并不在意。也常常收到他的点赞,他却从不评论,默默关注,连个多余的空格都不曾留下。

而冷清海也偶尔发张跟小九的合影,有时候勾着脖子,有时候并排静静站着。尹喃起初看着只是心烦,秀天秀地有意思吗?她对此视而不见,后来干脆设定了"不看他的朋友圈"。

她不过想要留一份念想,他为什么偏偏要一盆盆冷水给她从头泼到脚呢?

8.

一年一年又一年。

说来也挺幸运,在城市生活了二十几年,尹喃却发现自己并未变得驯良。人们仍会说她莽撞、直接,容易被激怒却也能很快恢复善良。

阔别三年,她再次回到了这座小城。为了看清它的细枝末节,她从儿时好友那儿借来一辆不知过了几手的自行车。车座儿已经磨褪了色,车身的漆也已经斑驳了。

尹喃推着车,在午后燥热的柏油马路上静静走着。经过那些熟悉的报亭、水果摊、修车铺……被记忆的惯性带领,直到走到那个店铺楼下。粗制滥造的霓虹灯依旧高悬,而工作室的招牌早已易主。她突然感到有些烦躁,随之而来的还有难过、挫败、愤怒,以及隐隐的……隐隐的绞痛。

她停下步子，在路边一处脏兮兮的瓜摊旁蹲下来，要了牙西瓜，就那么旁若无人地啃了起来。吃完瓜，她站起身，打开他的朋友圈，这才发现他不知何时已经清空了一切。

伤感策马而来。

算了吧……就这样吧……

接下来的几天，尹喃窝在家里，抱着台电脑消磨时光，偶尔跟朋友小聚，也是喝完前三轮就先行回家。一次聚会，她无意间得知了一条消息：听说城里开了间高级匠心手作店，搞得热火朝天。皮件只卖植鞣，咖啡只卖美式。朋友这么一说，她似乎隐隐察觉到了什么。在美团里输入店铺的名字，看头像，果然是他。

她握着手机站在街角，拨通美团上的号码。时光一下子回到了多年之前，那个阳光焦灼的午后，她站在炎炎烈日下……

"喂？"那声音传至耳畔，来不及辨认她就红了眼眶。

她说开发区附近变化实在太大，自己查到了地址却怎么绕都绕不到店门口。他让她发来定位，要她原地站着别动，自己立马前来接应。

十几分钟后，一辆SUV在尹喃面前停下。小摩托不见了，取而代之的是一辆拉风的"牧马人"。

一路上，他们看路两旁的风景寸寸退去，谁都没先开口讲话。为了将久违的尴尬填满，他将电台的声音扭大。薛之谦正唱着一首《绅士》，"我想摸你的头发，只是简单地试探啊！我想给你个拥抱，像以前一样可以吗……我能送你回家吗？可能外面要下雨啦！

我能给你个拥抱,像朋友一样可以吗……"

"小九……她也在吗?"

"不在了。"

"哦。她……"

"嫁人了。"他果断将话题终结掉。

9.

新工作室看起来没有任何变化,只是比之前那间开阔一些,规划整齐一些。工作台还在,咖啡室也还在,就连那顶帐篷也还在。只是多辟出了一间大小相当的屋子,用两面落地玻璃封起来,做专门的手作教室。

直到夜晚的凉风将窗帘轻轻撩起,冷清海抱着她瘦弱的身体,嘴唇在她的肩头搁浅:"尹喃,你这些年过得好不好?"

她不说话,抬手关掉灯,在散发着皮革跟胶水气息的帐篷里,一寸寸剥掉他的上衣,直面他赤裸的躯干,用命令式的口吻说道:"抱我。"

在清海干燥而温暖的怀抱中,她流泪了。他伸手帮她拭泪,却被她反手钳住,对准他的手腕就是一口。

他轻声喊疼,挣脱,纠缠,挣扎,再紧紧相拥……

断断续续的梦境,睡了又醒。冷清海总是眼未睁便先伸手摸摸她的身体。若她还在,他便换个姿势将她抱紧。

对于尹喃来说，这是一个注定失眠的夜晚。待到天边泛起层层鱼肚白，她知道自己彻底睡不着了。她眯起眼睛，在微亮的晨光中轻轻抚弄他的胡茬，从左到右，从上到下，停不下来，便顺势摸向他的嘴唇、鼻梁、眉骨、额头……

侧身的瞬间，突然想到曾经在哪里听过的一句话——"爱情说起来并不叵测，无非就是两个成熟的人，看懂了彼此的天真。"

他还是他，这种久违的熟悉感令她不自觉心安。这究竟是命运还是侥幸？她分不清。可又有什么关系？

终于，她轻轻合上眼睛，期待着下一个黎明。

窥视

1.

一直以来，夏欧都始终满足于眼前的生活状态——

租住的公寓位于杜塞尔多夫，工作却在斯图加特。单向四五小时的车程，当日不得往返，只好长签了公司对街的一间酒店以便安营扎寨。

事实上，夏欧自幼对这种成天到晚飞来飞去的白领职业心存好感。他们往往西装革履，背皮料上乘的公文包，喷昂贵小众的古龙水。他们精力旺盛，看上去比任何人活得都要丰盛，他们时刻沉浸于"被重用"的快感之中不能自拔，忙到就连谈情说爱的时间都没有。仿佛他们之于这世界不可或缺，旋转起来自成一个爆发力满满的小宇宙。

大学本科毕业那年，夏欧在家人的支持下来德国进修。实习期间直接被一家德国境内的瑞士企业录取，自然而然在欧洲留了下来。

工作后的他终于过上了曾经梦寐以求的生活——周末回杜塞尔

多夫，淡季驻扎斯图加特，旺季出差，满世界飞来飞去，各式各样的迎宾派对开到目眩，大大小小的会议开到马不停蹄。

好在他早已对时区之间的差异见怪不怪，早已习惯了在不同酒店的豪华套房苏醒。

往往清晨拉开窗帘的瞬间，他才意识到自己正身处伊斯坦布尔，而非佛罗伦萨。

然而直到这年春天，在某个大雨滂沱的午夜，他因为项目交接问题连夜驱车上高速，横穿过荷兰跟比利时边界时，车内放着肖邦OP.9（肖邦夜曲），空调的湿度跟温度都设置得刚刚好，甚至连窗外淅淅沥沥的雨水都为这段旅途平添了一丝浪漫的气息。

然而刚刚开过艾恩德霍芬，雨水以瓢泼之势当头袭来。道路两旁昏暗的灯光将雨幕打亮，一眼望过去，俨然一排失控的莲蓬头。夏欧望着一辆辆迎面而来的被霓虹灯串装饰过的大货车有些出神，在某个突如其来的瞬间，心底一沉，忽而生出一种想要安定下来的念头。

夏欧就是这样的人，一些老派，一些滞重。也许正是见惯风浪的缘故，素来不喜好太大的变动，可一旦新念头落定，也便立即付诸行动。

两个半月之后，他毅然决然辞掉工作。在一位故交的引荐下跳槽到了比利时的安特卫普。

换了国家，并非出于对旧生活的厌倦而想要换个崭新的环境继续漂泊，反倒是与之对抗，想要从此前的漂泊感中彻底挣脱而出。

新公司位于安特卫普的市中心,那是一座极富古典美感的建筑。欧洲的非超大型企业往往如此,选址看似随意,租下其中一层或两层,视员工数量跟公司运营情况而定。而夏欧所就职的是一家设计工作室,老板是位五十来岁的法籍比利时人。

夏欧对这里的办公环境还算满意,附近坐拥各种档次的餐厅跟杂物店,出门向左走二百米是大名鼎鼎的黑狮超市,向右步行十来分钟就能到达唐人街。办公室对面仅仅一巷之隔的,是巴洛克画派早期代表画家鲁本斯的老师的故居。

与公司茶水间面面相觑的,是一间私人公寓。而他跟席珍妮就是在那里隔空遇见的。

席珍妮从上海千里迢迢跑来比利时工作,落脚的第七个月,不安感作祟,她花光了此前所有积蓄在家人的资助下付了这间房子的首付。

白日里,她总习惯将红白条纹的厚重窗帘大敞开,从不畏惧将极具法兰西风情的客厅暴露于明亮的天光之下。

正巧有天她生病了,干脆请假留在家办公。她坐在窗边,听见对面办公室传来的肖邦钢琴曲。

彼时,夏欧正好在茶水间泡咖啡,无意瞥见角落里的人影,在强烈好奇心的驱使下向对面望去。哪料刚刚抬起头,一道陌生的目光从对面直射过来。他连忙低下头,手忙脚乱地摸遍浑身上下的每一个口袋,假装在找打火机——

再抬头,她已经离开。徒留下微风卷起的纱帘跟空荡荡的窗台。

2.

确切来讲，席珍妮是那种看似独立自主，实则极度缺乏安全感的女人——冰箱里时刻塞满品类齐全的食物，每个房间的门角都堆着一打未开封或即将喝完的气泡水，储物间雷打不动地存放着各式日用品替换装，化妆柜里永远预留着三瓶崭新的 La Mer（海蓝之谜）面霜，就连汽车后备厢都备足了保质期内的药箱、厚外套、毛毯、雨衣跟各式平底鞋。

在公司事务不怎么繁忙的几个月里，她报了游泳班跟荷语课程，用大大小小的事将生活填满，尽可能使自己不会想起"孤立无援"这回事儿。

不久之后的一个夜晚，夏欧因为一个需要临时加改的项目独自留在办公室加班。那天好像是个周二，珍妮刚好学完大提琴回家。她站在窗前一连吃掉三颗番茄，抬头瞬间，他们目光交错。

事实上，那天她的心情并不怎么好。恰逢与前男友林灏分手的第三百天整，本以为只要自己刻意回避不再提起此事，心中满载的伤痕就会被时光自然而然地静静带走。

哪料就在这个青黄不接的尴尬当口，他却发来消息以示问候。

其实席珍妮早已在各个社交软件里拉黑了林灏，他却还是灵机一动，通过支付宝跟她取得了交流。他先是发了串笑脸，接着问了句："你最近过得好吗？"

明明就是不痛不痒的一句话，甚至没有售楼广告来得殷切动人，却被席珍妮听出了万千思绪来。她犹豫片刻，摁下删除键没有回复，却在心里骂了句脏话。林灏的这副姿态在她看来并非摇尾乞怜，而是死皮赖脸；并非握手言和，而是纠缠不休。

席珍妮原本并未打算想起他。然而在这个万籁俱寂的午夜，在难得的醉眼迷离之间，也许是月光幽暗撩人，倒映出他们刚在一起时的情景来——

起初是珍妮先看中的林灏，她比他高一届，是当时的社团干部。新学期伊始，作为主要领导的她，热烈迎接一批学弟学妹加入社团。

林灏是被珍妮纳入麾下的第一人，随意聊了几句姓甚名谁便直接在录用簿上写下了他的名字。同寝室的学姐也曾问过她为什么，她一本正经地回答说，因为这个男生不爱说话，看起来老实巴交，符合她对伴侣的全部预设。

学姐好心提醒，说他这很可能是闷骚，没错！看上去太过老实的男人往往是闷骚！而闷骚比明骚更隐蔽！更磨人！更难搞！珍妮听罢，半眯起眼睛，愉快地叹息道："女人啊，理智跟感性之间的对峙，往往被直觉抢了风头。"

珍妮屡屡给出暗示，好在被林灏屡屡接过。她帮他准备发言稿，助他完成社团内部各项联谊活动，她将他介绍给自己的朋友，带他出席各种各样的社交场合。久而久之，林灏想必是感觉到了什么，没过太久，发短信约她出去喝奶茶。

第一次私下见面，珍妮紧张到说不出话。她眼帘低垂不敢看向他，扶着镜框的右手在颤抖，一连说了四个"你好"。林灏显然被她逗笑，拉起她的手，一路从河边走到了中心花园。她还记得他们的第一次拥抱，他用掌心轻轻覆住她的背，而她因为紧张，手掌不敢落实，只是在他的侧腰轻轻点着指尖。

一个人究竟单不单纯，要看他是否拥有清澈如初的眼神。就珍妮看来，这个男孩不仅青涩，还有一张涉世未深的面孔。

在一起的第二个情人节，林灏在学校后面的小作坊买了一对儿银指环，卡地亚的低端仿制款，两枚加起来不过一百来元。当他掏出指环欲替她套上，她却怯怯伸出了小指。

林灏纳闷，问她为什么不像别的姑娘那样将戒指戴在无名指上冲着全世界耀武扬威？珍妮想都没想，开口反问："如果戴上无名指，是不是就意味着我跟你私订终生了？"

她的一脸郑重令林灏不禁"扑哧"一下笑出了声。他摸摸她的脑袋："难道这样不好吗？"珍妮一下红了脸，慢腾腾地回答说："说这些还太早！"

毕业之后，席珍妮凭借出色的成绩立刻被强生上海的分公司录取。而林灏却选择离开上海，他说要在家人的安排下到北京一边工作一边准备考研。

就这样，和大多校园恋情的结尾一样，他们开始了异地恋。

最开始两人之间琴瑟和谐，与其他陷入热恋的情侣们无异。跨省电话打到爆，恨不得将生活中所发生的一切琐碎通通汇报给对方。可随时间的流逝，珍妮的工作越来越好，薪水越来越高，林灏的身份却还是一名屡战屡败的预备役研究生。

一年后的暑假，他乘夜车来上海探望她。当寥寥可数的短暂相聚变成匆忙的逛街购物；当在她引领之下的话题由展望未来逐渐转向当季奢侈品包包哪家的更好；当她攒钱买给他BV的钱包，而他却只拿一根叫不上牌子的银项链送上的时候，他看到了消费观上的差距，随之自尊一陷。而他们之间的谈话也因此少了很多乐趣。

临走之前，他们甚至为此小吵了一场。他说她的欲望、成熟、太早、太烈、太重。她立即出口反驳："我承认，在某些时候、某些事情上心态浮躁。可年轻人一定要事事老成沉稳吗？年轻就是要炸裂，这年代流行把欲望写在脸上。我以为自己追求上进，追求更好的物质跟更高层次的生活并没有什么不对的。"

林灏听罢，当即沉默。的确，"凭自身的野心跟努力追求未来想要的一切"好像也没什么不对的。这话怼得他有些哑口无言。

要说令林灏印象最深的一次，应该是在那年年末。当两人走上热闹纷繁的中心广场看新年烟火绽放于河面，四野八荒的所有人都在欢呼、跳跃。他伸伸手拥她入怀，哪料她在他肩头短暂依偎便立即弹开，抚平自己的衣摆。待倒数结束，新年的第一刻降临，当他垂下脑袋试图吻她的嘴唇，怎想她一面笑着将他轻轻推开，一面手忙脚乱地拿出粉底填补鼻翼下方一小处裸露出的沟壑。

她那一连串不经意间的小小举动，终于在他的心头划下了一道深不见底的伤口。

日子久了，他觉得她变了，变得精致了却也物质了。至于两人之间岌岌可危的关系，他突然想到要悬崖勒马。

也是在挺久以后，在某个微风拂面的夏夜，当我跟席珍妮手握香槟坐在塞纳河畔的游船上仰望咫尺之遥的埃菲尔铁塔的时候，低头瞬间,一颗泪猝不及防地砸到了甲板上。

"他不说我也知道,从我走出校门的那一刻开始,他就再也跟不上我的步伐。他早就想要停下来,回头去找那个愿意跟他手拉手去吃路边摊的女孩,那个用着欧莱雅都小心翼翼舍不得买一整套的女孩,那个因为一次吃到了不同口味哈根达斯而手舞足蹈的女孩,那个只因抽到康师傅再来一瓶而欣喜若狂的女孩……"她顿了顿,仰头将杯中的香槟喝掉,"可你知道吗,我到底是回不去了。就算我愿意,也根本不可能回到过去……"

可恨你曾是他平淡生活里的来日方长,最后竟猝不及防地成为大梦一场。

他看过她专注的一面、多情的一面、欣欣向荣的一面、颓废到死的一面、痛彻心扉的一面、欣喜若狂的一面。

因此,她爱他。倘若劝她放手,那比劝她变心还难实现。

细细数来,他们在一起六年。上大学两年,后来四年异地,珍妮忙着赚钱,林灏忙着考研。

遥想刚刚进入公司那两年,外资企业里个个都是手腕高明的妖精。席珍妮不懂趋炎附势,不懂与人周旋。她满以为只要自己勤勤恳恳便能够换来想要的一切!她永远在加班,加到心灰意冷、夜不能寐,而隔壁房间那个会讨人欢心的上海女孩,永远都有空恋爱、喝酒、搞派对。

珍妮常常工作到夜里十二点,出了公司,走上人影寥落的大街。总是在接到家人电话的瞬间,眼泪"哗"地一下就涌了出来。

终于,她再也受不了高强度的工作。同年夏末,正好有位同事漏给她名额到安特卫普临时驻扎两年,她在电话中毅然决然答应下来,当天晚上就将报备完整的资料表发到了对方邮箱。

事实上接到那个电话的时候,林灏刚好从北京来上海探望她。当时她正跟林灏在街边一家火爆的苍蝇小馆吃烧烤。她捂着话筒询问他的意愿,他仰头喝了一口啤酒,浅笑着说,努力追求更好的生活好像也没什么好质疑的。

也是后来的后来,等到他们分手以后,当席珍妮细细反刍这段往事的时候才恍然大悟,当初他的笑容并非意味着理解跟宽容,而是……而是一种难以言说的如释重负。

林灏返回北京那天,珍妮去火车站送他。怕市内堵车,他们很早便起程了。哪知当天意外顺利,一路绿灯。到达火车站的时候离检票还有三小时,于是他们一起去鲜芋仙吃冰。一碗红豆冰,盘子比珍妮的脸还要大,吃到三分之二,她觉得自己撑到快要吐出来了,却还是微笑着,小口小口将它们吃掉。

只因为她的心告诉她,这碗冰吃完的时候,他真的就要离开了。于是每吃一口,都像是在说着一句"再见"。

3.

要知道,席珍妮注定了是那种敢爱敢恨,倔强到底的女生。不肯适时依赖,不懂轻易示弱,护周边的所有人周全,到头来却屡屡伤了自己的心。她总是用看得见的坚强挤走内心深处捉摸不定的飘零感以及难以被外人察觉的孤独。

她的气质辛辣而热烈,对生活保持警觉,对工作充满热忱。也有心无涟漪的时候,那是在夜深人静时分,在一场场惊心动魄的职场风云过后,在猎猎生风的裙摆蹚过淤泥沼泽之后。

她是众人眼中的女王,是自己世界的公主。她渴望被呵护,却习惯了以超乎常人的冷静跟执着做外壳。相处久了,内心渐渐长出盔甲,甚至令旁人忘记了她也不过是一个需要被爱护跟依赖的女生……

而对于他们的分手,恐是积劳成疾。矛盾的呈现往往一个巴掌拍不响。有些事情,只是他没对她说。

林灏没告诉珍妮,考研第一年他的父母离婚。在一个大雨滂沱的深夜,在一场痛彻心扉的失声痛哭之后,他打电话问她,工作稳定下来究竟要不要结婚?当时她正坐在黑洞洞的大楼里,面对着一整座大上海的璀璨夜色加班。她不明所以,便也态度坚决地回答说:"不,我还没做好准备。现在是我事业最关键的时期,顾不上计划那些有的没的。"

这个真实可靠的回答无疑刺伤了林灏。顷刻之间的惶恐动摇了他脑中对未来原本坚定不移的预设。

如果说她的一时之言并非什么天大的问题,那么,问题兴许出在她真的很爱他。

这种爱,经日月雕琢渐渐变作了一种胁迫——当他决定考取驾照想要学习自动挡,而她却以各种理由劝说他考取手动挡的时候,他选择了对她撒谎;当他考研屡战屡败、屡败屡战而她千方百计要他第四次报名的时候,他选择了对她撒谎;甚至当她落脚比利时,而他恰好在此时段被媒体公司解雇之后,她要他随意申请附近的大学取得正规身份过来与她团聚的时候,他再一次选择了对她撒谎。

如果这一个个谎言通通算不上什么,那么真正使得两人反目的是:这些谎言都被珍妮准确无误地一一拆穿——

当她想通现实与他所述之辞之间的失衡,她三番五次地打电话与之对峙,却都被一一搪塞掉。

最后一次通话,他甚至冷下脸来说了许多狠话,结尾一句尤其如雷贯耳。

他说,我这辈子,绝对不会再娶你。

而被迫于不堪一击的自尊,她也撂下狠话——"没错,我们之间差距太大,根本无法交流!我早就已经不爱你了!"说完这话,她咬牙切齿地撂了电话。起身瞬间,眼泪趁机落了下来。

她以为这番激烈碰撞会换来林灏态度的转变,然而,她的口是心非最终却换得他再也没有回头。

席珍妮终于明白,当你爱上一个人,他对你的欺骗很容易便能被一句恰逢其时的关心所抵消,他对你的伤害很容易就会被片刻间的热情所取代。

那天之后,他再也没有联系过她。整整两周,为了使自己彻底死心,她将他所有的联系方式通通拉入了黑名单。

即便如此,她依旧戴着他送的那枚银戒指,直到三个月以后的某个百无聊赖的黄昏,她坐在客厅沙发里看一部韩剧,看到其中一个桥段，像是突然想起了什么，将指环自小指摘下，往无名指上轻轻一套，仔细端详了好一阵，最终抛入了墙角的垃圾箱。

关于被他偷走的这几年，她又能回想到什么呢？

她只记得那时候的自己很傻很快乐。快乐到根本没时间去理会那些伤心沮丧的瞬间。直到现在，当她将一切从头想过，蓦然间发现不快的事竟然那么多，渗入生活的细枝末节，就快要淹没掉她来时的路。

明明就是珍妮提出的分手，怎料林灏这次没有挽留。看似她掌握了主动，其实是被甩。这状况难免令她感到有些绝望，因此也只能秉持一副自欺欺人的姿态，以自己率先开口的理由聊以自慰。

分手之后，席珍妮努力使生活看上去比之前更加丰富多彩，实则为了填补异常空虚的内心。

她几年如一日地保持良好作息。十点睡觉五点起床，荷语课、大提琴、游泳、普拉提，周末开着那辆焦糖色的MINI COUNTRYMAN（城市越野车）载着研发部门的一位已婚华裔女博士去附近国家兜兜转转。

她在工作上兢兢业业，四年升职两次，年度奖金拿到手软。旁人觉得她所向披靡，只有她自己清楚情感世界的寡淡以及现实世界的凄迷。

所以，她将自己所有的热情全部倾注到了工作中。

"我们为人生做了那么多选择与铺垫，那么多挣扎跟努力，无非是在等待一个风生水起的好时机。"她顿了顿，继续说道，"未来的某一天，你终究会发现：在获得成功的所有因素之中，最简单、最可控的，便是自身的努力跟孜孜不倦地奋斗。"

在人生的每一个阶段每一个岔路口，当身边的人们唱着"lost my way，lost my soul（迷失我的路，迷失我的灵魂）"的时候，她比任何人的思路都要清晰，目标都要明确，可事实上，她早已迷失在了看似明确的目标深处。

4.

刚分手后的那段日子，席珍妮趁复活节假期来我家过渡。我带她唱歌、购物，带她嗨天嗨地，带她见各行各业的朋友。

某次聚会，大家无意中开起自家另一半的玩笑。一个韩国女孩讲起自己跟法国未婚夫刚确定恋爱关系的那段时间，他偶尔会接到一两个号码不明的电话，当面接听时总是吞吞吐吐，字里行间充满了隐瞒跟保留。待他们关系稳定下来他才向她坦白，事实上，那是他的前女友。

这件无意中提起的小事令珍妮恍然大悟。回头一想，原来早在好几年前，她就已经对这段关系隐约感到不安了。

比如，她在上海落脚，林灏却从来没打算在上海尘埃落定。比如，他每次来探望自己，从来不在自己面前接听手机，事后当她问起，他都解释说是家里打来的。

再比如，那一次又一次无关痛痒的撒谎。这一切表象的背后似乎隐藏着些什么，一桩桩看似琐碎的谎言竟然在事隔多时以后被连成了一条抛物线。

"你以前真的从没注意过他反常的行为吗？真的一次都没有问过他或问过自己为什么吗？"

珍妮的目光打我脸上一扫而过，接着犹豫着摇了摇头。

"没有。"

事实上，就算她再如何逃避，如何掩饰，我都明白那样的感受——不是没有，而是不敢。怕直觉成为现实正中自己下怀，怕被揭穿的谎言对自己造成突发性伤害……

太多太多的谎言与琐碎的背叛，最终促成了他们之间的反目成仇。

此时的席珍妮甚至已然做好了孤独终老的准备。努力奋斗，攒钱在比利时境内靠海的城市买一栋大房子，换上拜占庭风格的窗帘跟地毯，用威尼斯玻璃和各式各样的昂贵家居将空旷的房间填满。

回头想想，人生也不过如此。那些看似郑重其事的缭绕烟雾散去之后，只剩下了若无其事的大段空白跟雾里看花般的冗长回忆……

5.

对于一巷之隔的夏欧来说，关于想要尘埃落定这件事完全来源于一次出差。

那是之后的一个月，有一次他独自去西班牙见客户。刚刚落脚巴塞罗那，怎料原本平常的小感冒竟然急剧恶化，当天下午便开始头痛发热，烧到三十九摄氏度，身边无一人照料。

想到第二天一早的会议，他干脆冲了热水澡上床睡觉。直到凌晨一点，终于被一阵熬人的焦灼感折腾醒。他起身穿衣，强撑着将车开到离酒店最近的一间二十四小时药店买了盒阿司匹林。

回到宾馆，夏欧颤抖着双手倒水，却一个不小心打翻了桌角的玻璃杯。杯子应声落地，水花飞溅，很快便浸湿了脚边的土耳其地毯。也就是那个猝不及防的瞬间，加重了他对安稳的渴求。

事实上，曾经也有过一些诸如此类令他心动的瞬间——在职场失意绝处逢生的时候；在恋爱城市布拉格回首撞见一抹恋恋不舍的殷红日落的时候；在爱琴海的沙滩上看一对情侣牵着小狗，一边挽手缓步向前一边亲吻彼此的时候……然而他并非不想，他总是缺少一个让自己坚定沉下心来的理由。

然而就是在这个毫不起眼的万籁俱寂的午夜，冥冥之中，这个理由姗姗来迟——是那个女孩，对面公寓的女孩。

这个理由，足够让他倾付余生。

6.

席珍妮摘下耳机，抬头看了一眼挂在墙上的挂钟，重复这个动作已经足足四十分钟。她汗流浃背、口干舌燥，却不想就此停下，似乎有责任一定要完成它。

她继续蹬着椭圆仪,耳机中节奏感强烈的鼓点仿佛变成了一句铿锵有力的叮嘱:"继续下去,不要任性。"

她发现自己跟那些不讨喜的职业女性越来越像了,似乎对生活没有过多选择跟喜好,只有责任,坚硬而赤裸的责任。

直到收到不久后的一次邀约,这一切似乎才变得好了起来——

夏欧不记得那是第几次站在窗前凝视对面的窗帘。所幸她刚好也在。他做足了动作试图引起她的注意,她却刻意没有望向他,而是屡屡避过四目相对的眼神,并"哗"地一声拉上了窗帘。这举动令他心烦而失落,与此同时又似乎唤醒了意识深处的某种冲动。他返回办公桌前,在提前折好的一只纸飞机上写下了自己的电话号码。

等他再次回到茶水间的时候,对面的窗帘再次被拉开。接着,她出现在窗前,低头浇着几盆仙人掌。

他不给自己多想的时间,拉开窗户,调整好角度将飞机飞了出去。而对面那个时时刻刻渴望着摆脱孤独的她立即将飞机自脚边捡起,拆开来看,接着拿手机拨了他的号码……

赴约前一周,席珍妮专程开了将近四百公里来我家,把曾属于她的一件黑色连衣裙要了回去。她在我衣橱里大翻特翻的时候,很容易地翻出了很多曾属于自己的东西——带珠光的桃色眼影、插画风格的可以做夏日发带的短丝巾、镶了大颗彩色宝石的仿款项链,以及各式各样的内衣跟耳钉。曾几何时,我总怂恿她买一些并不适合自己的东西,等她闲置一段时间之后,再自然而然通通占为己有。

对于此种行为，我往往自持一番说辞——"我们是一家人，漂洋过海的一家人。灵魂不分高下，物质也不分你我。"

珍妮每每听罢，没有任何夸张的举动，甚至连一个嗤之以鼻的表情都不给我。她总是站在我身后，静静喝着一口鲜榨的芹菜汁——"这么一说好像真没什么错，不过你的解释比行为合理多了！"

当她将那条晚礼裙从衣柜拉出来，我立即上前帮她熨平，然后将裂开的几处针脚小心翼翼地缝补好。缠好针线的时候我扭头问她："你不是说袒胸露背的款式向来不适合自己吗？"

她表情模糊地点点头："想要寻欢作乐，学你，感受一次冒险的人生！"

回到家，席珍妮站在镜子前面，这才注意到这件经由自己精心挑选、亲手付款的裙子，竟然是典型的米娅小姐款——深V领，腰间收紧，开衩恨不得延伸到大腿根，袖口上缝着几处俏皮的蕾丝小花边。

她站在镜子前面扭了扭腰，前照后照，最终还是决定披上了一件短小的亚麻外套。

怎料那天晚上，这件其貌不扬的外搭似乎格外受用。波西米亚的流苏款式，加上她被风扫乱的刘海跟因微喘而起伏的胸膛。推门而入的瞬间，迅速引得大多来宾的目光。而她那双处变不惊的明眸，写尽了性感与随遇而安的味道。

久立于门边的一位白人男子正欲伸出垂怜的手臂将她接过，人群中的另一只手臂却抢先伸了出来——优雅、主动又不失风度。

珍妮立刻反应过来了,那是夏欧。于是顺理成章将手掌递给了他。

7.

四个月后的某个黄昏,她邀请他到家里做客。夏欧接到电话,提前一周便开始着手准备礼物。

约好傍晚七点开饭。从工作室走到她家中间只隔着一条窄窄的青石路,然而这段短短的路途,却被他走了三十五分钟。

当他准点出现在她家门口并将手中的礼盒递给她的时候,她笑着接过,打开来看,目光突然顿住了。

那盒子里盛放着的不是鲜花,不是巧克力,不是红酒,不是香槟,而是——床上用品三件套。

"为什么?"她突然笑出了声。

"实用。无论何时总能用得上,不是吗?"

她撩撩额前的刘海,说:"你们理工科男人真的都这么实用主义吗?"

不知是褒是贬,夏欧瞬间红了脸。然而下一秒,她却给了他一个愉快的拥抱。

在夏欧眼中,席珍妮的公寓体面得吓人,更是凌乱得吓人。大门边随意摆着从里昂淘回来的雕花板凳跟橡木收纳箱,冰箱最下层放着大半只前一周从巴黎载回来的蓝纹奶酪。气泡水的品种多到令他瞠目,有一些甚至连牌子都没有听说过……

搬进来这一年,无人帮忙。席珍妮自己拼好了桌椅、沙发跟椭圆仪,大衣柜至今还呈未拆封的木条状,堆叠在每个房间的角落里。开放厨房的中岛只拼了一半,还有一半随意扔在地板上……

她爽声要他随便坐,别太拘束。他在客厅兜兜转转一大圈,最终在堆满抱枕的沙发旁驻下足来。

她端饮料过来,似乎意识到了什么,几步上前,伸手一扫,与此同时做出一个请的手势,然而还没等夏欧抬腿,下一秒,抱枕跟毛绒玩具稀里哗啦落了一地。

后来,当夏欧握着杯气泡水在沙发一侧坐定,目光于不远处那堆格格不入的小小废墟上停顿,她端着满满一盘水果,注意到他诧异的目光,不好意思地攥了攥盘沿,小声解释道:"太忙了,每天回到家里都精疲力竭……搬进来以后没怎么收拾,周末也都只想着放松……"

她没来得及红脸,他便一脸理解地将话一举接过:"忙碌不是主要原因,主要是因为缺少一个得力好帮手。"

坦白来讲,他的此番言语令她有些心旷神怡。

夏欧顿顿神,像是做着某种决定。他接着仰起头,冲她温柔说道:"以后需要的时候就找我,无论平日还是周末。最多两个月,交给我,我帮你全部搞定。"

晚饭是比利时特色菜:Les Moules(贻贝)。

等他帮忙将奶酪摆上桌,珍妮端起酒杯与之轻轻一碰:"你知道吗,实际上今天是平生第一次有客人送我床上用品。我就是挺好奇……你是怎么确定我床铺的尺寸的？"

夏欧喝了一口酒，想都没想张口就道："之前好几次，我站在对面抽烟的时候正好看见你在客厅架着椅子晾被罩……"然而话说一半，他突然意识到了哪里有些不妥，也就打住了。

吃完饭，他们决定出去散步。走到中央车站附近的唐人街街口的时候，一个当地白人女孩将他们拦了下来。

她唇间叼着一根烟，看样子是想要跟他们借火。席珍妮没有吸烟的习惯，耸耸肩，抬眼望向一旁的夏欧。夏欧顿了一下，从裤兜里掏出打火机，女孩轻吐一口微笑道谢，接着，周边的一小群女孩如同归潮一般涌了上来。

夏欧笑笑，干脆将火机留给她们。女孩们欢呼着，挥舞着双手一哄而散。

看着她们的背影，珍妮突然停下了脚步。

"怎么了？"他轻轻问。

"看着她们，我突然觉得很难过。"

"为什么？"

"为自己。"她说，"我觉得自己从童年开始就已经相当老派了。可悲好像从来都没能年轻过。"

夏欧有点不解，扭头问她："那你觉得年轻又是什么？"

她低头想了一下："要笑得灿烂，令世界黯然。我觉得年轻就应该是放荡不羁的样子，脱离各种条例的束缚。有自己对事物的观点，有自己对世界的态度，即便是傲慢的，或者极富偏见的。经历波折，经历起伏，也度过美好的时光，做自己喜欢的事，追求当下的快乐，勇敢地去爱去生活。"

"难道你的青春不是这样吗？"

她没再说话，兴许不知该如何回答，只是伸手摸了摸脑袋，接着，她的眼睛突然一下就红了。

8.

后来一次约会，他们约在了市中心一间特别有名的酒吧。据说那是比利时名媛跟社会名流的聚集区。推门而入，Chanel（香奈儿）跟Guerlain（娇兰）的味道混合融杂，可他无论怎么闻都是堕入风尘的味道。而那天出门之前，珍妮轻轻喷了点Diptyque（蒂普提克）的Tam Dao（檀道），若即若离的清雅显得恰到好处。

直到轻佻的音乐声响起，所有人都在欢呼，在尖叫。人们张着嘴大笑，指着对方，好像谁和谁都很亲近。一个妆容精致的女人捏着一杯鸡尾酒在人群中穿梭，踩着十二厘米的高跟凉鞋，身姿却依旧敏捷如豹。她貌似总能一眼辨认出谁是人群中最有来头的并蹭上前与之搭讪。

而这种近乎高傲的自信，珍妮永远都不会有。

就是这样的一座城市，那些毫不起眼的人们正脚踏实地地努力活着。

反倒是那些集众人目光于一身，很轻易便能引得他人羡慕眼光的人，在口口声声抱怨着生活之中的种种不如意。

他们坐在那儿，显得有些格格不入。夏欧没有像在场的其他男人那样邀请女伴跳舞，他拉席珍妮在弧形的吧台尽头坐下来，伸伸手，向身披燕尾的侍应要了一瓶波特酒。

她很少喝酒，更不知波特酒入口容易，后劲儿却如此烈性。喝到后半段儿，她眨起了眼睛，开口问他为何喜欢自己。

夏欧也喝得有点多，直言不讳地回答说喜欢她的严于律己。

"上次去你家做客，我无意间注意到你客厅里除了一台椭圆仪，还有各种各样健身跟拉伸用具，洗漱台上挂着一把软尺，房间里竟然有三台体重秤。"

她咯咯笑着接过话，像是开着自己的玩笑："这点你倒是看得真切。不瞒你说，我从大学开始就保持规律作息，坚持晚上十点睡觉早上五点自然醒。那尺子是我量三围用的，两天一次，为保持体形。"

少顷，夏欧抿抿嘴唇继续说："还有，你跟国内的一些女孩不一样。你的身上没有很浮躁、很贪婪的东西。"

"不贪婪吗？"她高挑眉毛轻轻自嘲道，"我的生活也挺昂贵的，恨不得把所有家具摆设都换成古董货。只不过……我从来都只遵从自己内心的愿望罢了。"

夏欧一边静静点头，一边深深揣测着。自己的回答听上去的确是一个冠冕堂皇的好理由。

然而更深层的原因，无非是他向来对成熟的都市女性毫无抵抗力。就拿做爱这件事来说，年轻的女孩总是充满热情一味索取，而成熟的女人不仅所有动作都已解锁，而且更懂得考虑对方的情绪跟感受。

就这样,他们开始相爱,并如同潮涨一般无声无息涌入彼此的生活。

当她因为他的约会晚到苦苦守候一个多小时而毫无一句抱怨的时候;当她因为他手机中女客户的挑逗短信而不动声色的时候;当她在偶发争吵过后偷偷躲在浴室掉眼泪的时候,他知道,这层层善解人意之下,实在堆叠着太多太多的隐忍跟悲凉。

那些事来自从前,来自曾经的那个他。然而他惊异于自己的内心。即便如此,他的心中竟然没有一丝嫉妒,而是心疼,那种势必要救她于水深火热之中的心疼。

有的人追求完美,可大多数人似乎更青睐于完美中的不完美——那个酒会上被喧嚣抛置于舞池之外的女孩;那个守着沙发,一边喝起泡水一边抖落满身寂寥的男人;整洁的房间角落一只不小心露出脑袋的毛绒玩具;那条紧紧裹在修剪精致的完美指尖上的卡通创可贴……

是啊,比起无瑕,他更爱那个不完美的她,那个因为说错话而脸红心跳的她,因为做错事而不知所措的她,那个一不小心爱错人而心碎的她……

最后一件大衣柜拼好的那一天,席珍妮花了整整一下午将客厅打扫干净,摆了一桌浪漫非凡的烛光晚餐。晚饭过后,他们窝在沙发里观看一部美剧。就在屏幕上的男主角向心仪的女孩表白的时候,夏欧突然用手捧起了珍妮的脸,接着含住她的嘴唇。他那塌陷的眼眶周围,细密的皱纹如同水波般荡漾开,在氤氲的光影之中绽放着无限性感。

珍妮抬起头,正好撞上那两束带着笑意的目光。那目光瞬间将她点亮。她这才注意到,他的眼睛深邃而和善,不仅如此,那更是一双见证了太多繁荣事物的眼睛。仿佛看透了一切,却又毫无畏惧。那双眼睛里没有火焰,那不是一潭死水,也没有暴躁的烈焰。看着他,便能明白灵魂里的平和……

9.

小的时候,我很喜欢吃汉堡,觉得就算吃饱了也总能再吃下两个,本以为一辈子都会喜欢,长大后却突然不爱吃了。我问自己理由,却找不出任何理由。

很显然,汉堡没有错,我也没有错。

所以,原谅所有变心的人,宽容所有变凉的心,然后继续走下去,勇敢地抬头向前看——

终有一天,用冠冕,代替往日的尘埃。

狗到乖时方恨老

1.

一条狗子，黑色打底，脖子上围着一圈白毛，毛色油亮，像是穿了皮袄。静卧时如蓄势待发的小火箭，摇摆时如插了电源的小钻风。狗子是条边境牧羊犬，代号"香菇"。狗子的女主人叫宁萌，是个总穿着件手洗白T恤跟脏兮兮的球鞋的女生。她的表情丧中带柔，感觉经历过很多事，心路崎岖，步履却越发轻盈，眼神也越发纯净。

狗子的男主人换过好几任，而最初的那个，名叫阿莱。

这件事起源于一次工作失误。设计方案第一百零八次被驳回，客户说整体调子太灰，想要五彩斑斓的深灰。景观设计师——这个宁萌从小就一心向往的职业。

然而就在入行第三年，脚跟还没站稳，她便对这个声色犬马的行业已然没了乍见之欢。

彼时的宁萌正沉浸于合作方的种种不满当中。她将八种口味的泡面放在桌面上，一番点兵点将，最终点中右数第三盒。撕开、冲水、等待，猝不及防的情绪失控令她放声大哭起来。可她实在太饿了，于是边哭边吃，边吃边哭，再狠狠嘬上几口面汤，又麻又辣的汁水连同嘴角的眼泪从味蕾一直烧到小腹。

一阵风卷残云之后，胃和心似乎都得到了安抚。她渐渐平静下来，拎起垃圾袋准备跟自己的坏心情一并丢掉。她反复确认自己带了钥匙，这是长期独居养成的习惯。她走出楼道，夜风凉爽。离垃圾箱挺远的地方，抬起胳膊远远一投，"哐当"一声响……

"完美！"她苦笑着，心想这是这么多天遇上的唯一一件好事了。转身瞬间才惊觉自己与那段熬夜看NBA的时光早已一别两宽。

她轻轻一叹，抬手抹去胳膊上的一块墨渍。正准备上楼，树影里传来一阵"呜呜"声。上前一看，发现花坛上趴着一只肥嘟嘟的大狗——

2.

就这样，香菇闯进了宁萌的生活。"香菇"这名字并非随口一叫，而是像模像样刻在项圈名牌上的。名牌背面还有着一串长长的电话号码。宁萌立即照拨回去，却被告知为空号。即便如此，她并未放弃帮香菇寻找主人。也曾挨家挨户地找邻居询问，也在社交平台上发布招领启事，然而消息一旦发出便如同石沉大海，杳无音信。

闯荡多年，心灵的漂泊感都要将自己吞没了。宁萌不是没有想过养一只猫或一条狗做伴。好几次都跟朋友打听好了卖家,可一旦想到自己熬更守夜忙上月球的职业,也便悻悻作罢。

香菇的到来,让宁萌的生活就此有了色彩。回家不再只有冷冰冰的空气,无论加班到多晚,开门瞬间总会有个肥硕的影子摇头摆尾迎上前,激动的时候恨不得把她扑倒。天气好的时候,宁萌会带香菇去附近的公园散步。香菇很听话,从来不会单独跑远。大家都说香菇像是宁萌的影子,谁都没见过如此讨人喜欢的小狗!

……

一转眼,三个月过去。一个稀松平常的夜晚,正当宁萌坐在地板上舔着一根雪糕,而香菇盯着她的嘴巴口水长流的时候,手机屏幕哗啦一闪。她低头去看,发现是社交平台起了波澜,一个头像不明的男人,张口就说自己是香菇的主人。

宁萌当然不轻易相信。她问了那个莫名其妙的男人一大堆问题,直到对方无比准确地说出香菇肚子上的一小块云朵形胎记。宁萌瞬间就丧了。

她很后悔,后悔早早发出招领启事,后悔回这个男人的消息,甚至有些后悔……后悔将香菇带回家。没有获得就没有失去;没有相遇就不存在分别。

对方要求碰个头将狗子送还。虽说极不情愿,可秉持最后半分良心跟半分理智,宁萌照做了。她是想要约在人多嘈杂的闹市区来着,即便出了什么事儿也不至于孤立无援。可还没等她将一串长长的地址打完整,对方便自作主张地将地址发了过来,简洁明了五个字——新街口石桥。

3.

宁萌见到阿莱的时候他正在新街口处的石桥下露宿。桥下原本有一处细细的川流，后来干涸了，渐渐地开始发酸、发臭。那是夏天，他长发及肩，坐在混凝土地面上，贪婪地吸烟。身穿不怎么合身的李维斯牌牛仔衣裤，一副天塌下来也无所谓的姿态。

彼时，黄昏已尽，四周是跟他一样胡子拉碴的年轻人，都不想回家，便聚在一起无所事事。角落里生着篝火，还支着几顶色彩鲜艳的帐篷。他混迹于其中，并无什么特别之处。

宁萌在他身边静候良久，他突然就将手臂伸过了头顶，斜眼递过一根烟来。宁萌摆摆手，与此同时向后退了两步，犹豫着将藏在包里的狗项圈掏了出来。

那人顿了顿，收回胳膊，突然"嚯"地一下站直了身子——"哦。你好。我是阿莱。"

看着阿莱的状态，宁萌突然有些后悔。这样邋遢的人，别说照顾狗子，他能让自己平安活过四十岁就不错了！

男人随宁萌一路回到公寓，香菇一见到他，立马不顾一切地扑上来。男人单膝跪地用力揉着它的脑袋。香菇摇着尾巴，一个劲儿地往他怀里钻。

宁萌抿着嘴，转身去屋里收拾玩具跟生活用品。眼睛红过了三轮，她才又从卧室里走出来。当她千叮万嘱着将狗链递到阿莱手上，阿莱一番感谢转身往外走，香菇一见这是要出去玩儿，蹦着跳着跟在他身后。等了几秒，看宁萌并未跟上来，它突然像是意识到了什么,转身回去,死死抱住宁萌的腿。

"不舍得?"

宁萌垂眼搂住香菇的脑袋,良久,仰头,轻轻问:"真的不能留下来吗?我能比你照顾得更好。"

阿莱将头摇成了拨浪鼓,二话不说走进楼道。可没过多久,却又原路返回来了:"如果你要愿意,那就一狗二主,反正它也跟你混熟了。"

宁萌也是后来才听阿莱说起,"香菇"是他的家人,也是他唯一心照不宣的好友。它很友善也很聪明,从不惹是生非。此前也不知被谁遗弃,阿莱跟它分享过一盘鱼香肉丝,一人一狗就这样开始了相依为命。

4.

阿莱是个搞绘画的摄影师,有些狂野,又有些热烈。这样的人很极端,快乐起来恨不得强迫全世界陪他仰天大笑;失落的时候缩成一团,恨不得立刻化作尘土。空闲的时候,他画那种饱和度极高的抽象画,黑到稠密,灰到闷得人透不过气。

每每完成一幅作品,他便欢呼着跑下楼,再气喘吁吁地跑回来,将宁萌高高抛起来。有一次没抱稳,腾空而起的瞬间宁萌"嘭"的一声撞在了地板上,摔了腰,半天爬不起来,却还是冲他挤出一串铜铃般的笑,接着瘫倒在了他怀中。

阿莱住在一栋终日晒不到阳光的底层公寓里，一年四季散发着潮湿的霉味儿。他任由管道漏水，任由蛛网结在不易察觉的角落。窗台上摆满了没有生命迹象的植物，有一次，宁萌甚至注意到了一盆濒死的仙人掌。她问阿莱多久没浇水了？阿莱一脸蒙昧地看着她，说："仙人掌还用浇水？"

阿莱对这世界的态度跟宁萌有点像，只可远观，不可亵玩；然而又不那么像，宁萌喜欢融入其中并适时挣脱，而他自始至终远远站着，抱着双臂仰着头，持观望态度。

宁萌是个给人感觉春风拂面的姑娘，物欲感很低，对物诉求淡，占有欲不强。二十多年的岁月锤炼出她一副丰满的灵魂以及清瘦的欲望。

她喜欢逛小书店跟旧书摊，这些看上去更符合她的审美情趣。她想要像个熟练的老手那样掌控世界，却又时时对其保持观望的态度。她愿意跟这个世界保持距离，只因不愿面对。无动于衷，不失理智……

她始终在追求小清新的生活格调。没有情节，只有细节；没有情感，只有情愫；没有性格，只有性情；没有全景，只有死碎片；没有具体，只有轮廓；没有内容，只有色彩。如同她的经历，细节很迷人，但情节走向不明。情绪明确，情感状态颠三倒四。只求安稳，不求稳定。

她喜欢的电影类型也是意向复杂纷乱，叙事错乱，情节迟缓，细节放大。她不喜欢好莱坞，觉得灵魂单一，糊弄糊弄毫无自主意识的庸人们也就罢了。她偏爱二十世纪以后的现代主义文学。书架上摆满了卡夫卡、卡尔维诺。马桶边跟床头柜看似随意地放着几本杜拉斯、昆德拉跟博尔赫斯。

她最喜欢张爱玲,喜欢到将她照片中的一张做成海报挂在墙头。海报上的张爱玲身着一件晚清时的棉袄,却顶着一张四十年代摩登时代的脸跟目空一切的眼。

她的那副姿态,是宁萌打成年以来就渴望原版复制的姿态,怎奈自己偏偏是个讨好型人格。她一味追求生活的本质,生命最真实的一面。她希望看到真真正正的爱的样子,跟需求、欲望、其他层面毫不相干的样子。

然而,阿莱说极致的快乐在于冒险。

越陌生越快乐,越刺激越危险。在这个表象的世界,要假装自己有意志,要活得不像一个脚本,要脱离虚伪的高尚,又要远离低级的趣味。

还没等宁萌细细体会这话的含义,阿莱便用行动做出了"最优解"——

初夏的夜晚,流萤漫野。宁萌做完兼职回到家。刚走到小区门口,就看见香菇趴在不远处的花坛上。她飞奔上前去摸它的全身,香菇并未像往常那样舔她的脸,而是有些伤感地将脑袋架在她的大腿上,发出"呜呜呜"的声音。

按照以往来讲,阿莱万万不可能大半夜将香菇放出来,怕它走丢不说,小区对面就是家狗肉火锅店,像香菇这样毛色漂亮的小狗,那狗厨子们不得近水楼台先得月!

她立刻意识到哪里有些不对劲,起身就往家的方向走,香菇夹着尾巴，不声不响跟在宁萌身后。

走进楼道，扭开门锁两道熟悉的身影从门缝处一闪而过。只一眼，宁萌立即认出了走在后面的阿莱，可前面那个影子又是……她深深吸了一口气，"哗"地一下推开大门。

一个女人，一个身披薄纱的女人，一个披头散发、赤身裸体的女人，一个打着赤脚将油彩踩得满屋子的女人……随着"啪"的一声响，昏暗的灯光将一切照亮。女人的动作停止了，而阿莱脸上的表情也瞬间凝滞下来。

宁萌的情绪迫降到冰点。她想张口说句什么，脏话也好啊，哪料话到嘴边却一口气都吐不出。

一切恶意与负面情绪在无数次的反复无常中被放大。像是一面镜子，映出来的是一个又一个深渊。

……

阿莱脸上有深深的悔意，却并未打算悔改。他一味回避着宁萌的目光，说："你很好，你真的很好。可是你的美好跟你的善良都太单薄了，我从你的身上，再也不能获得更多的灵感了。"

宁萌绷着泪，点头，佯装出一派理解万岁的样子来："所以你的意思是说，她比我特别吗？"

阿莱抽出一支烟："她自私、虚荣，她的善良凤毛麟角……可你发现了没，人类偏偏就是那种认知奇怪的动物：好人偶尔做坏事，人人指责。可是坏人做了一丁点好事，便能立地成佛。"

"所以呢？你在怪我太平凡？"

"不是怪你，只是怪我自己。我需要收获更多灵感，更多的灵感……创作，才是我活下去的唯一动力！"

一席话落，阿莱走去窗边抽烟。宁萌站在原地，默默哭成了一个泪人。她原本就只是想要做一个平凡的人啊！

她深深地知道，那些所谓成功的，被"神"化的人生赢家，连痛苦的时间都没有。他得背过全世界，躲到厕所里去哭泣，去愤怒，等所有不良情绪随一阵冲水声流走，再小心翼翼地补妆，带上微笑，然后优雅地推门而出。

不不不！她绝不想成为这样的人！

没等阿莱开口，宁萌就自觉搬了出去。如果失恋乃人间常事，伤心也通通算不上什么，那么最令她心碎的，应该是他将香菇留给自己这件事。

就好比离婚分产，万幸得到了小孩的抚养权。本应该高兴，不是吗？可阿莱给出的理由令她实在有些难以忍受。他说自己也是没办法啊，新欢不喜欢香菇，好说歹说都不能养宠物。她说不喜欢它虎视眈眈的眼神跟傲娇态度。说这番话的时候，阿莱的脸上一派云淡风轻。宁萌本想挽留，回头想想，原来香菇才是压死骆驼的最后一根稻草。

这一路，阿莱的付出中夹带着艺术家特有的冷漠、自恃跟执拗。他给予她的爱不是最新的，也不是最好的，却是最毫无保留的。就连到了分手的时候，他也都毫不吝啬。

他并未收回昔日里的一切，只是切断了这条情感供应链。那套最心爱的影集上册他并未带走，只是再也没有下册了；他送她的那套画笔也没有要回去，只是不再有理由替它补充用光的颜料；他给她的承诺虽少，却都一一兑现了，遗憾往后没机会再有以后了……

如若他打一开始便有所保留该有多好！至少在分道扬镳的关头，让她认定他是个坏人！一个自私的人！一个仅仅在乎自己感受的人。那样的话，她便能找出不再挽留的理由……

可是呢？他不仅没有，反倒是将香菇接下来的一切都安排好了。

离开前一周，阿莱将一份电子文档发给了宁萌，里面记录了香菇所有的生活习惯，还是图文对照版。包括对于各家网店的分类细则——甲家的磨牙棒最好，乙家的鸡肉条添加剂最少，耳部清洗液跟打虫药要在丙家买……鸡胸肉买来一定要煮熟，相比猪骨、牛骨更好，还有切记一定不能沾一丁点儿巧克力跟葡萄……

宁萌逐字逐句读完，目光在最后一行的空格上停留良久。她接着转眼看向香菇，它正趴在不远处的狗窝里发出"呜呜呜"的声音。要说那只狗窝，还是阿莱在搬走的第三天快递给送来的。

看着香菇，她突然就有些嫉妒。想不到啊想不到，他对狗子的关注竟然比对自己的关注都要多得多！

如同一个句号，宁萌决定不再浪费一滴眼泪，不再浪费余生的一寸时光。她不会再把自己囚禁在被伤感填满的逼仄里，不再自怨自艾，不再顾影自怜，再也不会画地为牢。

当然，免不了偶尔伤心。她伤心的时候，香菇就伏在半米之外的垫子上静静盯着她看。有时候吊着条大舌头发出呜呜的声音，看她哭得不耐烦了就汪汪叫上两声。每每这当口儿，宁萌一定会随手抹掉眼泪伸手去摸它的脑袋，实在不行便去厨房给它煮根大骨棒。等关火刷锅重新坐回到客厅地板上的时候，眼泪早就已经干了。

她总在无意间跟朋友们说起它来:"香菇真是条小乖狗,比人类还会安慰人呢!"

闺密大嘴一张,"小乖狗?那么庞大的身躯,足足赶上小肥羊了!"她这才意识到,在自己的滋补下,香菇果然已经长胖了太多。

5.

那之后,宁萌也尝试着交往过几个男孩,或主动或被动,总之按照对方的性情、喜好变换着动作。她的生活节奏仿佛定格在了二十出头那几年,她像在旧巷子里飞檐走壁的猫,很自由,却没有归宿。至于恋爱这件事,她打心眼儿里是想要努力做好的,却发现要像事业那样做到尽善尽美,实在是太过困难。

那些男人,来了又走。他们留下味道,留下痕迹,却没有一个留下自己。所幸他们都与香菇相处融洽,香菇也很懂事,从来不乱撒尿,虽然只是条狗子,可教养良好。

虽说他们性格各异,却也都给了香菇很多。某个黄昏,宁萌坐在地毯上细数一段段感情留下的残余物——"王姓男友的项圈、苟姓男友的刷毛梳、柳姓男友的犬类专用雨衣跟雨伞、凌姓男友的进口肉干……"

宁萌觉得心里的毒素似乎并没有排干净,自己根本没办法将过往清零,跟上世界的节奏。所以干脆停掉手头的所有工作,用此前几年攒下的积蓄满世界地走走停停。她将香菇放在父母那里,父母对狗孙女宠爱万般,一天一个鸡蛋,一杯酸奶,隔几日便熬上一锅牛骨汤。

不为钱发愁的日子里,宁萌是一个天真烂漫,天马行空,天天做梦的少女。每到一个城市,都能架空,一个哪怕平淡无奇的小角落,她都能脑补出一个类似"霸道总裁俏娇妻之灭霸恋上光头强"这种惊天动地的故事来。

但是积蓄花到差不多的时候,她突然间就没那么浪漫了。每天脑海里盘旋着两个问题——如何将脑海里的钱转到银行账户里?以及,如何才能迅速地发家致富?走过一家啤酒馆的时候,她看着墙壁上挂的大屏幕,忽而灵光一闪,把"罪恶的双手"伸向了世界杯。于是,她用最后一点余额支持了几支球队。然而没多久,队员们通通回家看球了。

正准备打道回府,她遇见了一个名叫大熊的男人。他轻轻接过她的手,对她说:"来,让我陪你走上一段路。"

"在一段长达两三年的时间里,我热衷于旅行。国内走完一大圈,再飞去印尼、泰国跟新加坡,后来终于到了欧洲。

"我坐在里维利埃傍晚的街头,吹微凉湿润的晚风,喝味苦甘醇的酒,或者盛夏在萨瓦河畔发呆,看来来往往骑行的人,看川流缓缓注入多瑙河,在贝尔格莱德城堡看日落,看两河交汇……

"可是每每归巢,突如其来的失落就会砸遍我的全身。我承认我过得一点也不好,很多时候我觉得自己再也熬不过去了,想崩溃却又没办法放手,于是被悬挂在深渊的最中心,不上不下的位置将恐惧放到最大。

"从前我以为只要做出改变就不会失去,怎料因为改变失去更多。好多事情我真的接受不了,也不想做一个直面现实的勇士。这辈子我从未坚强过,每一个坎儿都是死撑。"

大熊端着一杯陈年普洱,升腾的水汽勾勒出他模糊的轮廓。他一言不发地听她说完,突然问道:"如果可以,你希望活在哪个导演的镜头里?"

"王家卫吧!我一直喜欢王家卫。灯红酒绿、纸醉金迷、视野倾斜,不想看清这世界的时候就戴副墨镜,想看清的时候就再配副隐形眼镜。"

没等大熊咧开嘴,宁萌自己便率先"扑哧"一下笑出了声。

"你呢?"她接着反问。

"我喜欢昆丁。喜欢透过混乱看清其中逻辑,喜欢透过架空跟无厘头找出其中真理。"

……

那是两人确定感情的第七个月。有一次,宁萌将阿莱的故事讲给大熊听。大熊给她讲道理,他说:"你不能太早遇见浪子,否则他总有理由离开。而你只能学会承认、承受、承担、成长。"

6.

安慰归安慰,可阿莱这个人设就这样生生在大熊心上剜了一刀。也许该怪罪于那保守而有些老派的性格,他突然就变得喜怒无常起来了。

有天晚上宁萌从超市回来，正洗菜做饭，大熊怒气冲冲地闯了进来。事实上，那天是宁萌的生日，既然大熊没问起她也就没提前跟他说，默默想着要做一桌大餐给他惊喜。

"明明是你的生日，为什么告诉他却不告诉我？我在你心里到底算什么？难道你至今还无法忘记他吗？难道现在我还无法替代他的位置吗？"说着，他将怀里的一束花塞给她。难道这也是惊喜？宁萌本有些不明所以，可当她看见便笺留言的瞬间，就都明白过来了。

那束花，是阿莱送过来的。

"活生生的一个人，相处了三年半，到了最后痛彻心扉。若说忘记就忘记，那不是骗人吗？"

宁萌一忍再忍，最终却跟大熊吵了起来。香菇刚开始卧在桌子底下，没多久便冲着大熊狂吠起来。后来大熊摔门进书房，香菇就陪着宁萌在厨房里收拾碗筷。宁萌红着眼睛跟香菇说自己很郁闷，然后……香菇偷偷跑去书房，在大熊的脚边拉了一大坨屎。

午夜过后，凉风、月光，以及沙海一般迷乱的大床……

宁萌看上去很疲惫，像是刚刚穿山越岭归来，又像是经历过一场浩劫。而事实上，她只是因为多做了几场爱而有些筋疲力尽。她像胎儿一样蜷伏在被子上，除了脖子跟大腿根儿暗红色的印迹，什么都没有。

她的心里空落落的。这段关系，像是一段尽兴之旅。

"是我错了。我不该跟你顶嘴。你这么累，下班还要照顾我。

是我……"

"照顾你是应该的,也是我乐意的,你没有错,是我自己太敏感了。"

大熊对宁萌是真心的。从他对香菇爱屋及乌的态度就能看出来。他天生对动物毛发过敏,一根狗毛就能令他鼻涕长流。可是他从来不怪小狗,只是默默地从生理上避免接触,从心理上眼不见为净。

然而即便留一片心灵净土,却还是抵不住身体上的过敏反应。

转眼又过了两个夏天,他们决定结婚。宁萌想了整整一个月,最终决定将香菇送到一百多公里外的朋友家。朋友也是爱狗人士,家里有条二哈,由于上了年纪已经"二"不动了。他们觉得香菇听话啊,想给二哈找个良师益友,拉高智商。

然而没出一周,某个凌晨宁萌正在伏案修改设计稿,突然听见大门处传来一阵异响。她先是通过猫眼向外望,楼道里黑漆漆的,声控灯不亮了,伸手不见五指。她甚至怀疑自己听错了,正要转身回屋,门板儿传来细微的剐蹭声。一时之间仿佛想到了什么!她难以置信地将门一把拉开,下一秒,香菇坐在门外,用力摇晃着尾巴。宁萌来不及思考,瞬间泪崩。

大熊顶着双惺忪睡眼从卧室走出来的时候,宁萌正蹲在地上抱着香菇号啕大哭。她的口中念念有词——"我的小香菇回来了,以后无论如何我都不会再丢下你了!你生是我的伙伴,死是我的灵魂伴侣。"

然而,大熊对此深表不满。他找她谈话,死一般严峻的沉默中,缓缓开口:"我在乎你。可是我觉得保命更要紧。"

"我也在乎你。可我觉得香菇更要紧。"说这话的时候,宁萌死死盯住大熊的眼。七分真心,三分像是在反击。大熊背过身子,不再与之争辩,可没过多久就又突然转过身来——"我不懂,也想不通,你能不能告诉我,你到底想留住的是狗子还是他呢?"

宁萌突然就答不上来了。她借口将话题错开——"我爱香菇。最近一句话在我耳边萦绕,狗到乖时方恨老。我的心要我陪着它变老!"

……

终于,大熊连同自己一起打了包。她一脸平静地问他,他们之间到底是怎么走到这一步的?他眉目清淡,可语调中隐藏着掩不掉的痛心疾首。

他说:"这个问题我也曾扪心自问无数次。后来有一天,当你不厌其烦地一颗一颗地给狗子喂粮,我恍然大悟。原来这么长时间以来,陪在你身边的明明是我,可住在你心里的却另有其人。"

望着大熊的背影,宁萌似乎明白了什么。原来歇斯底里的争吵跟兜兜转转的纠缠是不会让两人分开的,所有真正的分开都是一击即中,是毫无回旋的余地。无论从前患得患失过多少次,最后一次,往往都是悄无声息的。

好在对于遗憾跟后悔,她向来抱着坦率的态度。即便有,也会很快掠过。她乐意接受命运赋予的一切,好的坏的,合心意的不合心意的。这是必修课。遇见,是应该的;没遇见,是侥幸。

因此每每结束一段不愉快,她便退回到自己的位置上。不声不响地落下几滴泪,然后擦干泪告诉自己,好人一生平安,善良的人一定会有好结局。

……

7.

宁萌再一次陷入了单身。

每当往事来袭,心灰意冷的时候,宁萌便会捧起狗子的小脸,轻轻问它:"香菇啊香菇,你说我的另一半,在多远的未来?"

香菇侧过脑袋轻舔宁萌的手掌,"汪汪"叫着,摇动尾巴,一个猛子用力扎进她的怀中。

就这样,又过了半年多。在此期间,宁萌没有再结识任何朋友。她埋着头,执意用过量的工作将生活塞满。忙了、累了,自然也就没时间胡思乱想了。

某天,她突然收到了一张照片,是阿莱发的。画面很简单,一朵葵花,花中央一只蜜蜂,除此之外再无其他。她将细节一处处看过,近景、柔焦、滤镜、淡化,拙劣的修图技艺,然后再加上了一个雾化过的透明桃心边框。

"怎么样?"他接着问。

她盯着那照片好久好久,好不容易回上一句:"你老了。"

"这张我取名为《家园》,是不是很温馨?"

宁萌瘪着嘴巴不说话,过了好一会儿,若有所思道:"你的确比以前温馨了，却也落俗了。"

"……"

"你变得不像你了。你长得跟生活越来越像了。"

宁萌突然想起刚刚跟阿莱在一起的那几年，在手机上下载了个画画软件，没事儿的时候随心意画上两张壁纸。她说自己向来对线条不感兴趣，对色彩的搭配倒是充满了欲望。

阿莱笑笑回答："色彩，本身就是情绪跟欲望。"

她画香菇，画云画树，拿去给朋友们看，却没有一个人看懂她画的究竟是什么。她感到沮丧，只有阿莱轻抚她的后背，不厌其烦地给予安慰。他对她说："你这是抽象派，没有审美情趣的人自然看不懂。"

她当了真，盛着两汪热泪："那你呢？你是专业的，你能看懂吗？"

阿莱被问住了，讪讪笑了一阵，然后指着画上的"香菇"说："你看这长发及肩，你画的……难道是我？"

虽然答错了，可这番话成功将宁萌逗笑了。阿莱默默地想啊，感情里哪有什么对错？她的笑容就是所有问题的最优解！

可是现在呢？可能知足常乐跟适时妥协才是人生的最优解吧！想到这儿，宁萌不禁心头一暗。

……

不知不觉，又走到了这个巷口。还是那股子潮乎乎的霉味儿吹不散似的在路边的旧家具间穿梭。

宁萌叹了一口气，却被一股热泪哽住了。记忆擦肩而过，伸手,却落得一场空。凌乱无序的阳光从斑驳的树影间射下来,兴许经过层层过滤的缘故,热得有些透不过气。香烟铺的老板还在,摇着蒲扇听着小剧种,目光混沌,眼珠也越发浑浊……

记得打很小很小的时候起,她就坚信人们口中的"太阳公公"并非拟人,而是真实而具象的。因此每当太阳出来的时候,她总喜欢伸出双手,试图接住落入掌心的阳光。小伙伴们笑她,说阳光是空的,又怎么接得住呢?她不承认,为说服他们便任由阳光在自己身上留下红色的印迹……

宁萌一边想一边一步三叹地走着,直到在那栋久违的家属楼前停下来。楼道口的旧家具越堆越高,却一件都没有被移走,跟地标艺术似的。

她猛地想到了什么,回头扫视脚边,发现香菇早已不知所终。不过她并不十分担心,相比起自己,它恐怕对这里熟悉千万倍呢!

想到这儿,她突然意识到了什么。驻足,转身就要往巷口走。然而刚走了两三步,一道黑影将她拦下,她连忙蹲下身帮它系好狗绳,弯腰的瞬间却被人从身后叫住——"宁萌。"

8.

屋子很潮。死去的植物还没来得及处理掉,漏水的管道也还未修好。宁萌路过卧室门口向里望,只见四壁挂满了画,像是整个儿系列——一个女孩以各种姿态逗着一条大狗。

她指着那些画，不禁红了眼，搓了搓鼻子，笑着奚落道："灵感？你不是说我不能给你吗？那这些……又是什么？"

"你的确无法给我更多的灵感，可你知道吗，你天生适合我的灵魂。"

9.

真正在乎你的人，口袋里总是有糖，而不是鸡汤。因为他知道人生险恶无可避免，因此只想事无巨细，护你周全。

一念红尘

1.

宋瓷前脚落地，后脚从前来接机的闺密口中得知顾岩今日大婚的消息。

这是她回国的第一个清晨，她神色一变，接着将行李甩到一边，二话不说拦下一辆计程车赶往婚礼现场。

2.

宋瓷跟顾岩是在"人生赢家"租赁派对上认识的。那是她出国的第四年，身边的人来了去，去了来，过到最后只剩下她自己。

虽说城市孤独，可好在有各式各样虚张声势的租赁会驱散孤独。朋友租赁、恋人租赁、同事租赁、家人租赁……

南怀瑾曾说过："人生就是一场假戏真做。你要演下去，但是你要明明白白、清清楚楚地知道，你是在演戏。"这句话，无疑助长了宋瓷的租赁情绪。

那也是她陷入人生低谷的第三年,父母离异,父亲离世。为了使自己看上去活得风生水起,她在朋友的介绍下光临了中欧最有名的一间角色租赁公司,花钱买工作人员假扮自己的朋友、恋人跟同事,帮忙假装自己的生活很充实,每天都情绪高涨,光彩四溢。

她不希望被别人当作一个孤独的剩女,于是在社交平台上伪造了一个虚假的自己。似乎只有在扮演那个炙手可热的女孩的时候,才可以从残酷现实中短暂逃离。

于是,在一场复活节租赁派对上,他们相遇了——

"嘿,我叫顾岩——"他伸手示意,"Cuba Libre(自由古巴)还是香槟?"低沉稳重的声线,恰到好处地诠释了一个成熟男人所应当具备的气质。

对于宋瓷来说,这样的搭讪很常见。她不接话,眨眨眼,目光瞟过他的双手,恰好托盘侍者擦肩而过,便漫不经心地侧身摘下一杯马提尼。

男人笑了笑,往身后门框上轻轻一靠,将酒杯举至嘴边,从上到下一番打量,接着注视她的脸:"脚下Jimmy Choo(鞋子品牌),肩头二点五五,腕上肖邦,这样的女人,怎么可能没有朋友?"

她不回答,伸手指了指他腕上的黑水鬼:"我心怀同样的问题。"

他借机抛给她一个风流写尽的眼神:"泡妞。"

她不屑一顾地笑笑,转身上楼。

诸如此类的相遇足以堆砌起整座城市的声色犬马、灯红酒绿。

露水情缘，欢场一笑，不过为了你好我好大家好。宋瓷根本没当回事儿，睡前放了盘爵士，醒来的时候发现唱机还在转。于是憋着尿，在床上扭来扭去。

十多分钟后，她放在床头的手机响了起来。

迅速接听，是那个叫顾岩的男人。他的问候将她彻底唤醒："明晚去瓦茨拉夫广场那家巴洛好吗？老板来自哈瓦那，那里有全布拉格最正宗的Cuba Libre。"

她对他的邀请充耳不闻，只是秉持一副冷漠声色，质问他是如何拿到自己的电话号码。他顿了顿，没正经地轻声笑："不仅仅是你的。"

他的回答并未令她满意。可即便如此，她还是准时赴约。

他扶她坐上高高的吧台，当烛光映亮彼此的脸，他问她，派对那天当所有人都携舞伴翩翩起舞的时候，为什么你却一个人在吧台喝酒？是真的对社交无所热衷，还是故意特立独行，引人注目？

顾岩说这话的时候，宋瓷正将一只烤蜗牛往嘴边送，她听闻，手头一怔，抬头，用力瞪住他的双眼，一字一句地说道——

"我爸死的时候给我妈留下一栋房，于是我妈成天到晚在里面呼朋唤友开舞会。人们说她爱慕虚荣铁石心肠，可我知道，那栋房，将是她漫长的后半生里唯一拿得出手，能够以光彩示人的东西。"

他听闻，端正神色，浅声道歉。

晚上十二点，他载她回家。早已经大醉酩酊的宋瓷，眯着眼睛要他留下来……

3.

两周之后,宋瓷退掉房子,搬去了顾岩的公寓。

而顾岩从未想象过,自己去租赁派对泡妞,结果泡回了一个女朋友。

眼前的这个男人,仿佛生来便具有谈情说爱的天赋。他总能轻易将六十分的恋情谈出九十分的效果。还有十分,有意留给岁月沉淀似的。

宋瓷不喜欢去影院,这个顾岩最早知道。他问她为什么,她一本正经地回答说自己泪点低容易感动,就算心不在焉地看上一场喜剧,也总是很容易被悲剧性内核搞得抱头痛哭。

说完这话的第二个周末,顾岩不知从哪儿弄回一套投影仪。他站在扶梯上安装伸缩屏幕的间隙,宋瓷踮脚将一杯绿茶递上。他突然转过身,温柔看向她的眼睛:"我在网上订了一百多部电影,周末送货到家。以后你随时随地随便哭,不过记得先卸妆,不然粉底跟眼线会流进嘴巴里。"

晚饭过后,顾岩放了一部《魂断蓝桥》,亲手调了自由古巴,在宋瓷身边坐下来。他用靠垫支住她的腰,接着伸手一把将她搂进怀里。

每当他含情脉脉地搂她入怀,宋瓷都会坚定无疑地猜想他们的未来。他的臂弯里有一片海,足够她飘摇余生。

圣诞前夕,顾岩询问起宋瓷的节日梦想,问她要首饰,还是包包?要高端化妆品,还是干脆来一份突如其来的旷世大惊喜?

要知道,他之前所经历过的那些妖精们,她们不是要二十年代欧洲宫廷匠人打造的古董首饰,就是要娇兰一整系列的高端沙龙香,并非穿出去以示众人,不过是为了向他彰显自身不凡的品位。

而宋瓷的答案却令顾岩感到有些出乎意料——

"我想坐在副驾驶的位子上,吃着肯德基全家桶听着披头士,在凌晨,开车上高速。"

他眉眼轻挑,三分意外,三分不屑:"野生姑娘就是跟人不一样,如此剑走偏锋的宏图大志到底是怎么产生的?"

他开了句不怎么走心的玩笑,她却有些当真,接着耸耸肩有些遗憾地回答说:"之前三年,每个圣诞都是我自己度过,提前几天定好导航,专挑有麦当劳的路线开,一张邦乔维放到震耳欲聋,骗自己正身处音乐节现场,周围人潮汹涌,我仿佛一点儿都不孤独。先横穿过整座城市,晚些时候驱车上高速,途中在某处标记好的餐厅停下来,要份巨无霸,只是在不同角度看荒郊夜色罢了。"

她的愿望很容易便得到顾岩的应允。平安夜的晚上顾岩推掉了所有应酬,午夜十二点准时踩下油门。当然,除了全家桶之外,还附送了一套再老套不过的情节——满满一后备厢的玫瑰跟铃兰。

在某个乡间空地上,顾岩说要给车加油。踩下刹车的时候,宋瓷正津津有味地吃着一盒炸薯条,嚼着嚼着,她突然停下来,扭头瞬间,发现顾岩正目不转睛地盯着自己看。

宋瓷微微一愣,她发现他的目光中三分恍惚外加三分迷恋,目光交织的瞬间,他微微一怔,接着伸手替她擦去嘴角的油渍,神色一陷,明显想要说些什么。宋瓷心神悠荡,却很快撇过头去。

她知道，自己一无所有，不过是想跟他结伴走过一段路。至于其他的，她不想奢求，也不敢奢求。

4.

宋瓷留学欧洲七年，最终选择留在了布拉格。毕业之后，她进入一间捷克先锋插画公司做插画师，没什么时间限制，勉强维持着辛勤却还算自由的生活状态。

每次进行整系列插画创作的阶段，宋瓷都会陷入短暂的闭关状态，关门谢客，甚至不与外界取得任何联络。

这种时候，她的世界里俨然剩下顾岩一个人。她可以整个白天埋头案前不吐露一个字儿，等他晚上回家，趁准备晚餐的间隙，一面备菜备肉一面向他讲出自己脑中那些天马行空的想法。

晚饭过后，顾岩带她到离家不远的公园放松。正值盛夏，道路两旁的植物长势迅猛，墙根儿的蔷薇跟夹竹桃开得如火如荼。

他们沿着中环大道一路向西，路过土耳其人的清真寺，路过教堂前被铁栅栏围起的玫瑰田。彼时，顾岩会换上一身轻松的行头，头顶一脸惬意的愉悦，蹬一双耐克气垫鞋或者Vans（范斯）的Old Shool（复古鞋）。

有时候，他走着走着便小跑起来，宋瓷拖拖拉拉跟在后面，她总是追不上他，眼看就要捉住他的衣角，抬头的瞬间衣角又从指尖滑走。

总是在某个突如其来的瞬间,宋瓷会不由得生出一种强烈的错觉,顾岩是一阵风,总有一天会不声不响从自己的指缝间溜走。

而有的时候,他们会拎上半瓶没喝完的香槟,等行至西边公园,便挑片干净的草坪坐下。宋瓷喝到微醺,滔滔不绝地讲出一些莫名其妙的想法。而每当这种时候,顾岩便会将她揽入怀中。

吹山外来风,看云边日落。

用顾岩的话来形容,真诚是不做作,不掺假,纯粹是一箭穿心;而用宋瓷自己的话来说,"醉里看花,整个儿世界纯真无瑕。每当我喝完酒,我发现自己是一个多么可爱的人啊!对生活充满希望,对未来充满力量,对敌人充满宽容……"

她也曾趁着微醺拽住顾岩的衣领轻轻摇晃,强撑出一本正经的样子问道:"我是不是不怎么合群?还有些缺乏社会意识?"

他呵呵笑着替她辩解:"牛羊才成群,猛兽都独行。你呀,这是心怀猛虎,就算整个儿世界再嘈杂再拥挤,也丝毫不会影响到你宇宙中的一马平川、天高地阔。"

他的回答令宋瓷了然。她突然间明白,世界上最美妙的一件事是,当你拥抱一个你爱的人,他竟然把你抱得更紧。

5.

这种状态持续了挺久,久到令宋瓷误以为生活就应当这样毫无波澜地继续下去。直到M的出现,打破了眼前的宁静。

M是顾岩的前任,这是宋瓷从他们的聊天信息中知道的,信息来源不怎么光明正大,可内容却是确凿无疑的。

　　某个稀松平常的星期天,顾岩正跷着二郎腿坐在阳台躺椅上吸烟,宋瓷拿他的手机看视频。看着看着,一条微信毫无预兆便蹦入眼底。

　　M说自己跟男朋友分了手,伤心伤身,登时陷入人生窘境。她约他在西班牙北部的一座破落小城见面,还苦苦哀求说他才是自己的救世良药。

　　而就在事发前一晚,当宋瓷借月光凝视顾岩的侧脸,她还固执地以为,在不久的将来,他们会订婚,两年之后结婚,她会有一枚精致的钻戒,一件质地良好的婚纱,一场体面隆重的婚礼,一位扬帆启程的伴侣……

　　彼时的她,有些伤感又有些愤怒。自己满心赤诚,而顾岩显然有所保留。她屡屡想要开口询问,可是他的关怀备至,他的体贴入微,很容易便打消她的疑虑。

　　宋瓷忍气吞声半个月,直到某天终于忍不住了。她旁敲侧击地问起顾岩的曾经,顾岩却屡屡选择保持沉默或有意将话题岔开。还有几次,他甚至装作听不见,在沙发上酣然睡去。

　　顾岩的三缄其口令宋瓷备感焦灼。

　　不知从哪天起,她开始无端地发火。特别是当顾岩拿起手机躲去另一个房间接听或是提到关于西班牙或前任的任何话题的时候,她都会默不作声地摔碎一只玻璃杯或毫无表情地用力将房门撞得"砰砰"响,以此用作无声的反抗。

她对他的承诺不再深信不疑，也渐渐学会从他的一举一动间捕风捉影，甚至在他像以往那样献身于工作的时候，她也能找出些许看似不合情理的蛛丝马迹。

然而每当顾岩问起来，她又装出一副若无其事的样子，巧言搪塞说自己不过是最近压力太大。

久而久之，两人之间出现裂痕，宋瓷莫名其妙的不满感与日俱增，而顾岩越发虚与委蛇。后来的后来，就连最基本的日常交流都变得难以正常进行。

兴许是情势所趋，顾岩以出差为由，逃去西班牙冷静。可宋瓷知道，他并非去冷静，而是赴前女友的约会。

只因她发现了他手机里的两张电子机票，一张从布拉格启程，另一张则是布达佩斯。

宋瓷看穿却没有说破。因为对未知心怀恐惧，所以不得不选择掩耳盗铃。

顾岩出发的前一天，他们去伏尔塔瓦河边看夜景，他说突然想到一种香水的味道特别适合她，某天一定要买来送给她。

结果他走后一周，一瓶香水被快递送上门，一并送来的还有一张便笺——

"你的平铺直叙很适合这款香，我不会再送别人这个味道。

我们，分开吧！"

宋瓷拆开来看，是瓶德瑞克·马尔的"一轮玫瑰"。她往腕间轻轻一喷，接着凑上前深深吸气，馥郁的花香夹杂着红酒的芳醇灌入鼻腔，可下一秒，原本甜美的气息瞬间被强烈的心酸狠狠包裹住。

她觉得有些透不过气，屏息凝神抬起头，目送快递小哥离开。转过身的瞬间，眼泪随呼吸小心翼翼地掉了下来。

……

在此之后两个月的时间里，宋瓷陷入令人绝望的等待。她等顾岩重新出现在自己面前，不求重归于好，可至少要他亲口给自己一个尘埃落定的答案，就算不那么合情合理，就算冠冕堂皇大过事实本身。

可她还没等到旧伤愈合或顾岩的归来，就被阿Ken撞上了。阿Ken是宋瓷工作室的同事，半年前在柏林入职，刚调来布拉格分公司。他是位华裔，从小在德国长大，中文不好，只会一些断续而简单的表达，好在绘画这种东西本身跟语言的关系不大。

看到宋瓷的第一眼，阿Ken便决心开始追求她。他不明白为何这位眉目清明的东方女孩总是一脸愁容，更不明白她为何跟自己说话的时候屡屡有意闪躲。

记得在阿Ken第一次邀请宋瓷共进晚餐的那个黄昏，当他第一次开口向她吐露自己心声的时候，宋瓷目光一亮。可她并未笑着说谢谢，而是有些迟疑地仰起头，轻轻问道："为什么？"

阿Ken晃动手中的高脚杯，透过烛光看向她的脸："当我与你在楼道里遇见，发现你即便面带微笑却也总有些失魂落魄。当你走在路上，常常摇摇欲坠，恍恍惚惚。你喷香水的时候很动人，像是一朵行走的特立独行的小玫瑰。不知怎么了，我就是不知不觉喜欢上了你那副心不在焉的样子。你和那些跟我一起长大的洋妞们不同。有点缺乏进取心，倒也没什么攻击性，你的眉宇间没有尖锐，令人永远无法将你跟咄咄逼人这个词联想到一起。"

宋瓷听罢,不禁抿嘴一笑:"因为陌生而被吸引,因为了解而分开。"

她的喃喃自语,阿Ken似乎并未听懂,也兴许是背景里的音乐声太大,他根本没有听清。他只是旋转了一下手中的高脚杯,四目相对之间,举杯相邀。

一瓶"雷司令"喝到底,醉意上涌,宋瓷有些茫然。她面对窗外茫茫夜色发了一个无比漫长的呆,霎时感到自身通透无比,一个无形的声音在心底渐起:"万事皆苦。所有人都在对抗,你也不能认输!"

这是顾岩走后的第二个月。宋瓷的心湖看似波澜不惊,可哪怕一缕微风拂过,便能引得大浪滔天,而此时此刻主动上门的阿Ken,无疑成为一根坚韧可靠的救命稻草。

他开始频频约她吃饭、喝酒、看电影、观马戏,有时候是一群人,有时候是两个人。她从不拒绝他的邀请,却也从不主动发出邀请。在一段短暂的光景里,他们之间始终维持着一种你进我退的关系,有些暧昧,却也界限分明。

三个月后,顾岩返回了布拉格。他惊讶地发现,宋瓷已然从自己的公寓搬了出去。当即掏出手机拨她的号码,却被屡屡摁掉,去她下班必经的咖啡馆门前苦苦等待,却发现她身边伴随着另一个男人——

那天下了点小雨,浇得整个城市湿乎乎的。顾岩停车在路边,将车窗摇到底。当后视镜浮现那具摇曳的身姿,他眉目一亮,迅速拉开车门,可回过身的时刻,却发现她的左边,还走着一位西装革履打扮的男人。

因为打着同一把雨伞,他们看起来靠得很近,特别是穿过马路的时候,那个面目陌生的男人还无比体贴地搂了搂宋瓷的肩。

顾岩狠狠地怔在原地。紧接着,他从他们共同的朋友那儿要来她的新住址,当天晚上,叩响了她的房门。

宋瓷透过猫眼向外看。五分钟之后,她拉开门,风和雨一并灌进来。眼前的顾岩早已被雨水浇透,俨然一只落汤鸡。她狠狠心,欲将他堵在门外,可下一秒他却夺门而入并用力撞上房门。

没等宋瓷转身,顾岩便一把扳过她的双肩:"给我一个解释,一个起码听起来合情合理的解释!"

宋瓷面色一冷:"没什么好解释的!"

"他是谁?"他明显加大了掌上的力度,抓住她的肩膀用力晃了晃。

宋瓷克制住内心深处的风起云涌:"反正不是前男友。"她的声音很小,嘴唇微微动了动,像是宣告事情的起因,却更像是在宣告自己的心虚。

一句云淡风轻的回应,很容易便将顾岩狠狠震慑住。半晌,他的声音软了下来:"你都知道了?你是什么时候知道的?"

"你走的前一周。"

顾岩猛地撇过头,那里面清楚地写着深深的难以置信跟追悔莫及。

"所以,足足三个月,你就不声不响地等着,等着报复我?"说到这儿,他顿了顿,"你难道就不觉得,你这样做……不怎么道德？"

宋瓷扬起下巴冷冷一笑："当初是你提的分手，现在倒开始指责我。别跟我谈道德，无论如何我比你高尚。咱们只谈感情！男人买车还要多备个轱辘呢，女人恋爱凭什么就不能多备个胎？"

顾岩拿起酒瓶，将自己的杯子斟满，接着举杯仰头干尽。宋瓷心中一疼，想说什么却偏偏忍了下来。

然而，酒精并未换得顾岩分秒的平静，反倒是将他的焦躁无限放大。三杯过后，他将杯子用力扣向桌面，扬起胳膊将领带甩至身后，在窗边来回踱步……

沉默……骇人的沉默……

良久，宋瓷将目光移至窗上的月光，张张口，缓缓说着："我删掉了跟你的合照，不再关注你的任何社交账号，浑浑噩噩地度过那失去你的第一天、第二天、第三天、第一个月、第二个月。可到了这第三个月，我突然活了过来，感觉身体没那么沉重，心也没那么疼痛。我重新将自己包裹好，转身投入另一段爱情，我没有任何恶意，不过是希望能够不动声色地将你忘掉，希望自己好受一些。因为我知道，越想忘记就越是忘不了，忘记一件事最好的方式就是转移目标，专注于另一件事。"

宋瓷以为此刻怒发冲冠的他会破口爆出一些过激的言语或做出一些过激的举动，然而顾岩却一个反转，突然走上前，跪坐在她的脚边，秉持一脸掏心掏肺的坦诚苦苦央求她留在自己身边。

宋瓷本来是想绝地反击来着，可当他伸出双臂将她撞入怀中，当他义无反顾地吻上她的额头，她内心的某处柔软角落骤然一陷，那些犀利刻薄的言辞霎时幻化成风,她甚至渴望自己化作一湾水,被他揉碎,成为他身体的一部分。

"有的人天生擅长做女人,擅长欲擒故纵,擅长与男人周旋、对抗,可惜我不是。我天生缺乏雌性本能,我不知道该如何讨好男人,更不知道该怎样凭借一句情话或者一个眼神,便轻而易举将你永远留在我的生命里……"

她不过是想在这场情感的角逐中回应他,报复他,能够先发制人就再好不过了。聪明的女人懂得欲取故予,懂得摇尾乞怜,用一汪热泪跟一腔感人肺腑的言辞目送对方的背影;而宋瓷向来开门见山,她总是用力过猛,甚至有些歇斯底里。

那时候的宋瓷还不太懂。当你把爱情当作一场成王败寇的战役的时候,当你瞻前顾后测试他的真心到底有几分的时候,这场爱情,就已经走到了穷途末路。

"谁让我拥有一颗脆弱而敏感的心,却又总是不懂得轻言放弃。"说完这句话,他们原谅了彼此。

毕竟分手后的争吵,多多少少是借着愤怒的壳,撒着思念的娇。

6.

漫长的纷争过后,短暂的和睦的确给了他们很大的安慰。

难得乌云密布的午后,他们窝在沙发里看一本二十世纪二十年代的澳大利亚画册。宋瓷丢下顾岩，起身去厨房泡茶。可还没走到门口，他便腾空而起，疾步追上前，接着从后面将她一把抱住。不等宋瓷反应，他便将脑袋深深探进她的颈窝，轻轻说着"不要离开我"之类的话。

宋瓷转身，将十指插进他的头发，摇曳的目光中，吻遍他嘴唇上的每一道沟壑。

可那些伤感的过往无疑在她的心上划下了一道疤。宋瓷明白，对顾岩而言，人生就是一场大派对。混迹于不同的圈子，结识不同的新人，风尘滚滚，永不停歇。

生日那天，他买了卡地亚的手表送她。她没有受宠若惊的狂喜，只是若无其事地将它套上手腕，在他面前晃了晃，云淡风轻地笑道："肖邦的不好吗？"

他有些惊讶，下一秒，却不由自主地扬起了嘴角。

此前，也曾有风情各异的女人向他要求更精致更昂贵更能体现个人品位的礼物，很明显，她跟她们一样，却又有些不同。

她们善于撒娇，欢场一笑，懂得适时展露自身的无助与渴望；而她即便索取也是气势磅礴，让他不禁拍手叫好。

她不喜欢的，就算一百万也不要，她喜欢的，哪怕五元钱都欣喜若狂。

是啊，宋瓷本来就不是那种出身平凡、一心想着嫁给白马王子依仗对方一人得道鸡犬升天的姑娘。在父母离婚父亲去世之前，她妈妈的珠宝都是Buccellati（布契拉提）。她很小的时候便知道，卡地亚、Bottega Veneta（葆蝶家）都不过是暴发户气质浓重的牌子罢了。

……

7.

然而好景不长。在一起的第三年，他们之间杀出了一名自称未婚妻的Kitty。

那也是他们在一起的最后几个月。眼看人间烟火殆尽，无异于苟延残喘。

晚上七点，宋瓷拖着满身狼藉回到家。站在玄关的脚毯上踢掉高跟鞋，顺便抬手掸去满身乌烟瘴气。她觉得有些疲惫，举目环视屋内，顾岩还没有回来。

她什么都不想思考，也什么都不想做，卸了妆，拿出他剩下的半瓶酒一头栽进沙发里。

那天晚上，宋瓷喝了很多。是他喜欢的Cuba Libre，毫无惊艳感的可乐兑朗姆，她却头一回喝出了"蝴蝶夫人"式的悲剧的味道。

冥冥之中，她觉得有些恍惚，从窗台上拿来蜡烛，想要点燃，却发现自己连伸出胳膊的力气都没有。于是攥着一只打火机，在掌中翻来翻去，玩着玩着，眼泪掉了下来……

顾岩与Kitty的事，宋瓷其实一直都知道，却一路自欺欺人，周而复始，骗自己一切都好。这种自欺欺人也没什么可耻的，在她看来，不过是情感世界里一种极为常用的自我保全的手段罢了。

"我讨厌Kitty！讨厌你身边所有的一切的过去的现在的未来的莺莺燕燕！"

她对他向来直言不讳，而这一点正是顾岩所欣赏的。

而这一次，他没有做出任何承诺或丝毫安慰，只是抬手摸摸她的脑袋，撇过头，轻轻说道："毒舌妇不适合你，你应该做回你的可爱多。"

宋瓷从来就是那种敢于怀着一腔孤勇面对全世界的姑娘。时光教会她认清现实，却从未教会她与世俗为伍。

更年轻一些的时候，她乘风破浪。她手握藏着刺刀的蜜糖，走过四海八荒。她的裙底藏着江河湖海，眼中渴望着草原茫茫。她宁愿赤脚也停不下反复奔走，热血在体内暗涌，时刻期待着爱上与被爱上。

她想让所有人遇见她，让见过她的人记住她，描述她。让他们说她不羁，说她轻狂，说她微微蹙眉倾城倾国，说她莽撞起来浑蛋得不像话！

她总习惯在路上，乘坐火车从塞北到南国，登上飞机横跨大西洋。她在海洋与沙漠之间苟延残喘，在山峰与泥沼之间惴惴不安……

某个一如从前的工作日，顾岩约她在山顶餐厅吃晚餐。

她点了盘沙拉，叉来叉去却发现根本很难下咽。良久，顾岩的目光停止了躲闪。他深深叹了一口，接着张张嘴："我希望你明白，婚姻的目的不是我爱你你爱我，不是相互伤害相互撕扯再抱头痛哭痛心疾首，说着一些感人肺腑的话祈求对方原谅，不是成王败寇的战役，而是相处和谐，琴瑟和鸣。"

她忍了好几个月，听他这么一说，当场崩盘："那我呢？你去和她平安喜乐，我的真心呢？"

"漫漫人生面前，那些所谓的海誓山盟，那些所谓的真心又值几分呢？"

这是一桩家长安排的婚事，他无法违背父母之命。要知道，向来是她伤三分，他痛七分。然而事已至此，他回天乏术，只能冷言道尽让她死心。他不得不承认，自己在爱情的道路上早就已经江郎才尽。

顾岩一席话罢，宋瓷的眼泪掉了下来。她用力将手中的法式蒜蓉包往嘴里塞，喉管却被上涌的热泪堵实。

隔天，宋瓷托朋友搞到一瓶安眠药。突然想通了似的，她一面为顾岩的坦诚拍手叫好，一面又觉得视死如归也是件特别勇敢的事情。

其实宋瓷很久很久之前就预设过自己死亡时的场景。

不是他杀不是疾病，不是在温柔的小床上吞下一整瓶安眠药或者面朝大海纵身一跃，而是一把手枪对准自己的太阳穴，耳边"砰"一声响，来不及喊疼，甚至来不及闭眼，整个空间时间霎时灰飞烟灭。

可遗憾的是，她没有一把能将往事射灭的枪。

宋瓷站在卫生间的水池前面，伸手触摸自己憔悴的脸。可转头想想，一切看似将要发生却又未尝发生，不由打消了某种不良念头。

当然,她对自己的赴死约定并未实施。只因第二天,她收到了他的礼物,一件夏天的连衣裙。她站在镜子前面掉眼泪,默默安慰自己,至少要撑到夏天。

此时此刻的宋瓷终于明白了那句话的含义:"让你感到患得患失的人,迟早有一天是会彻底离开的。"

在此后很长的一段日子里,宋瓷每天出门都像是完成一场仪式,洗澡吹头,描眉画眼。昂首挺胸地出门,转两次地铁到市区广场,中间经过名叫"旧金山"的连锁咖啡店。

好像只有这样,才能稍微体面地活下去。

阴天。宋瓷坐在落地窗边,无所事事看街面上人来人往,渐渐地,她的视线模糊起来了。俯瞰脚下的一切,突然发现眼前的街道比海深,比大漠荒凉。擦肩而过,离得那么近却没有人愿意微笑;紧紧拥抱,贴得那么紧却听不见彼此的心跳。

可谁说不是呢?你所在乎的生死悲叹,不过是时光中的尘埃一瞬。

她清楚地记得最初在一起时他说过的一句话——

"人的欲望是个奇怪的东西。有时候,我们渴望得到,得到后却又很快失去兴致;我们手中明明握着别人羡慕的东西,却又总是将羡慕的目光投向别人的手心。我们向往远方,但远方又是另一些人厌倦的地方。或许,只有历尽世事,才会真正明白,我们眼前拥有的,才是真正应该珍惜的。因为,远处的是风景,近处的才是人生。"

他想表达什么，又想说明什么，她再清楚不过，然而比起懂得，她更善于揣着明白装糊涂。

更晚一些的时候，宋瓷下班回家。她没有开灯，躺在床上看窗外夜色上墙，明暗交织处的光晕令她有些恍惚。她一面好心规劝自己客观评价人生得失，又一面笑自己善于自欺欺人。

客观？现实明目张胆地摆在眼前，还要怎么客观？说好听了，自己不过是这段爱情公路上的亡命之徒……

一番挣扎，她终于睡意全无。干脆坐起来，打开手机上的音乐播放器放了那首百听不厌的 *Desperado*（《亡命之徒》），突然觉得自己好孤独，独自一人每日在各样的霓虹璀璨中穿梭，像一盏摇摇欲坠的街灯，久久漂泊却找不到依靠。

这种时候，她总是咬牙切齿地告诉自己，别停下来，继续往前走，即使赴汤蹈火，穷途末路，马不停蹄的结局终究不会太惨，运气好了指不定就会遇上一处柳暗花明的转折。

过去是喜欢人十分，表现三分。可未来呢，也许是喜欢三分，表现十分。倒也不是为骗别人，恰恰是为了骗自己。但愿演着演着，便能够走心入戏。

8.

回首这段恋情，轰轰烈烈地展开，终以身不由己的惨淡收场。分手的那个月里，宋瓷整日以泪洗面，睡醒了就哭，再哭得睡着。她清清楚楚地知道,那个只属于她的顾岩,再也不会回来了。

然而她的朋友圈可不是这样——

那里晒着歌舞升平的状态,晒着永不落幕的纸醉金迷。她假装自己过得很好,至少要让他知道失去他也没什么大不了的。碍于自尊,她不肯做出一丝一毫挽留。是啊,除了自尊,她早已片甲不留。

宋瓷默默跟自己承诺,未来的每一段恋情都轰轰烈烈地投入,每一位爱人都毫无保留地付出,每一段关系都坦诚不负地对待。

她永远顶着一张少女的脸,仿佛明天对她全无恶意。受过一千次伤,在一千零一次爱情降临的时候,依然会天真地迎上去,告诉全世界她有多爱他。

岁月无法使她枯萎,陈规也丝毫不能减损她的风情。有的女人令人日久生厌,而她,令人永久垂涎……

9.

当回忆偃旗息鼓,所有五味杂陈通通化作过眼云烟,她终于一步一步,勇敢地走到了他们的面前。

宋瓷的来势汹汹令顾岩备感震撼,他以为她来砸场,便将她拉进一处灌木的阴影中,垂头,将嘴唇堵在她的耳边:"我遇见的是你,爱的是你,最真的承诺给了你,但结婚的必须是Kitty。"

她一字不落地听完,扬扬嘴角转身离开。

他有些不明所以，站在她泯灭的背影深处默默相送。与新娘擦肩而过的时候，以为她会秉持表面的善意挤出两弯笑，再送上一两句违心的祝福语，而此时的她却在心里想着要不要扑上去撕掉她的婚纱。

宋瓷头都没抬，一路往出口的方向走，像个事不关己的，走错现场的陌生人。

身后的音乐声渐渐响起，司仪说着一些冠冕堂皇的祝福的话，所有人都在恭贺一对佳人新婚快乐白头偕老。

宋瓷突然停下脚步，留下一句咬牙切齿的"白头到老"。逆行中，她背着所有人，默默掉下了眼泪。

他转过身，轻抚自己微红的眼眶："别再纠缠了好吗，对谁都没好处的。"看似说给她，其实不过是说给自己。

长久的沉默令他不安。

再回首，她已经消失在了人群深处……

10.

"可能故事的结尾，我所面对的你，不再是最初的那个人，但教会我爱的人一定是你。我希望大家都好，不要遗憾，一别两宽，四野茫茫，余生，各自生欢。"

你是我半世未拆的礼物

1.

傍晚七点，阮江河推开家门。靠在沙发一角休息片刻，接着从衣柜挑了干净的衬衫钻进浴室，冲了凉，又对着镜子细细刮净胡茬，路过门廊的时候顺手将一颗炫迈抛至口中。

七点二十五分，他坐在书桌前紧盯手机屏幕，心里默默做着倒计时。

然而这番精心整顿，不过是为了接听一通越洋电话。

不久之前，阮江河很意外地从老同学口中得到了Jojo的消息。是她主动找的他，整个过程算得上离奇。

据Jojo所说，寻人这件事取决于一场寓意丰盛的梦。无数熟悉的人影在眼前重叠，宛如海市蜃楼。最终，这些影像逐渐散去，镜头在一个明暗泯灭的面孔上定格，她不由得心神一晃，猛然想起生命中曾出现过那样的一个人——阮江河。

待到醒时天光已明，梦中乱影早已消逝大半。她在床上躺了好一会儿，抓住梦境的细枝末节决定寻找他。

Jojo在google输入那个久违的名字，浮于眼前的线索寥寥无几，她有些失望却还是将页面从上到下一条条仔细看过，所幸在一篇博客里无意发现了同姓同名。博客写成的时间是十年之前，她将文中的信息整合——二〇〇五年、西安到郑州、学霸、转学生。

她接着给博客作者发了微博私信，用那种亲切而不失礼貌的口吻打听着他的消息。兴许是金色大V标志可靠而显眼，她很快便收到了对方的回复，经过双方确认，好幸运，真是要找的人。

2.

十年之前，Jojo离开故乡。

从飞离国土的那天起，她感到周遭的一切开始以迅雷不及掩耳之势翻新。她不得不学着跟从前的一切告别，故乡渐渐化作一个小小的原点，最终变成一座长存于心底的孤岛。这一路，走散的朋友越来越多，能真正走入心里的人却越来越少。在她离乡的第五年，连曾经并肩走过整个儿懵懂期的闺密也断了联络。

整个儿大学期间，Jojo利用课余在一间波谱艺术馆兼职，做一些周而复始却微不足道的工作。但凡假日，便租上个不出三平方米的摊位在布拉格广场上给游人们画肖像。毕业以后，遵照内心成了一名时尚插画师，转眼从曾经说话带把儿的假小子变成了一个品位独到、可盐可甜的美少女。

至于为什么非得联系上江河，Jojo自己也说不大清。兴许是内疚，也有其他情绪混杂其中。

阮江河是Jojo的同学，三年级那会儿就是了。他长相白净，成绩优异，举手投足散发着不容置疑的学霸气息。彼时，Jojo妈是江河的班主任。为了帮助Jojo提高成绩，一旦有空就带江河到家里，给他辅导作文的同时让江河引导Jojo爱上学习。

Jojo生得好看，聪明却也叛逆。她的眼睛特别迷人，睫毛又长又翘，只看一眼就像一阵清爽的春风吹进心里。虽说算不上高挑，可她身材比例极佳，特别是双腿又直又长，侧身坐在地毯上的时候像极了美人鱼的尾巴。

至于江河喜欢自己这件事，Jojo上到五年级才知道。圣诞节同学们互赠礼物，班草举着一张卡片从楼层西头跑到东头，口中大肆嚷嚷着："阮江河的情书！大家快来看，阮江河给Jojo的情书！"

短短一节课的时间，这件事闹得满城风雨。Jojo觉得很丢脸，她撕碎那张写着"你真好看"的卡片。直到阮江河亲手将一罐薰衣草捧到她眼前，她又二话没说直接往看热闹的同桌怀里一塞："送你了，圣诞快乐！不谢。"

阮江河满眼尬色，Jojo大摇大摆扬长而去。

在接下来的许多年里，Jojo想方设法躲着江河。能不对视就绝不抬眼，能不交流就绝不多说半句。偶尔半道儿遇上，她势必直视前方刻意与之擦肩而过，若实在躲不过干脆白眼一翻转身就走。Jojo跟江河说："你离我远点儿。我知道你是我妈眼里的好学生，哪怕全世界的人都欣赏你喜欢你，可跟我又有什么关系？"

也是在很久很久以后，Jojo妈问Jojo，江河那么优秀，喜欢他的孩子那么多,为什么你的眼光总跟正常人不一样呢?

Jojo撇撇嘴,讲出的答案让妈妈一头雾水——"因为同学们都笑他,说他爱穿秋裤。"

多少年过去,回忆被篡改被替代,或干脆被时光抹了个干净。Jojo坐在沙发上捧着一杯大麦茶,想起曾经的种种,想到儿时的盛气凌人,想到后来的种种伤害,她的神色越发凝重——

3.

"喂?"

"喂。"

久违的声音穿山越岭传至彼此耳畔,往事如同一部高速上升的电梯幕幕重现。千里传音,熟悉又陌生。Jojo按住胸内膨胀到快要溢出的心事,佯装满口带风的愉悦。她跟他聊起天南地北、聊星移斗转。而整整四十分钟,江河始终有些跟不上节奏,他说Jojo你是变聪明了吗?你说话好快,我真的都有点儿跟不上了。有那么几次,他不禁发出类似于"好神奇""难以置信"的感叹。Jojo甚至能够想象到他在电话一端瞠目结舌的傻样。

失联十年,短短寒暄便挂了电话。然而就在结束通话的前一秒,Jojo怯怯问道:"所以阮江河,从今天起我可以随时打给你吗?"

江河犹豫了一下,轻轻点头。他不知道,其实Jojo真正想说的话,一个字儿都还没来得及说出口。

当晚，Jojo听着一首粤语歌，彻夜难眠。要说粤语歌，她从初中那会儿就开始听了，听陈奕迅、容祖儿、张学友。这首歌早先也听过无数次，可从未像今夜一样如此沉醉其中。因为这是她人生中第一次设身处地去领悟歌词中的含义。

她本以为人这一辈子最最难以忘却的是那些受过的伤以及那些伤害过自己的人。殊不知事实正好与之相反，难以释怀的恰恰是那些被我们所伤害过的人。特别是多年以后，突如其来的内疚如刀剜心。

而挂掉电话的阮江河不禁徜徉在往事的余烬里。他盘坐在沙发上，鬼使神差般打开软件，将陈奕迅的歌一首接一首听过。

Eason，Jojo学生时期唯一追过的星，也是他喜欢过的歌手。后来他当然也喜欢过别人，将小号吹成蜜糖的Chris Botti（克里斯·波提）、一呼一吸颤动人心的张宇、吉卜赛女郎Zaz（法国创作歌手伊莎贝尔·格夫罗伊Isabelle Geffroy的昵称）……然而最常用的工作背景音还是陈奕迅。毕竟在心里放了十几年，听的不是老歌，而是往昔。

而Jojo又何尝不是如此呢？《白色球鞋》，她听"到一定年纪总算明白美好的事物，好像大部分都在青春时候发生"；《于心有愧》，她听"自细做过多少美梦，慈悲的伟论，连乞丐喊穷心也痛，竟怕放怀拥抱你让你露欢容，追悔无用转眼发现你失踪"；《一丝不挂》，她听"分手时内疚的你一转脸，为日后不想有什么牵连，当我工作睡觉祷告娱乐那么刻意过好每天，谁料你见松绑了又愿见面。"

相识多少年，他就默默喜欢了她多少年。也曾苦苦思索：Jojo啊Jojo，你为什么总对别人笑靥如花，却偏偏留给我一张让人求而不得的侧脸？

就这样，他们靠着微信开始联络。中欧六小时时差，Jojo吃午饭的时候阮江河正好结束一天的工作。江河习惯窝在阳台上跟她打电话，脚下有一搭没一搭地画着八字，不知不觉就聊过几小时。

所谓心动，真的就是暧昧的时候最强烈。从重拾联络的那天起，无论是车窗外一闪而过的人群，还是图书馆里的侧影，还是手机里一首久违的老歌，都能让她在不经意间突然想到他。

要说待在欧洲的这些年，Jojo也谈过几次稀里糊涂的恋爱，却都因为种种原因不得善终。前男友们为了远离她，一个去了美国留学，明明是学渣愣是考到了常青藤名校；一个去了芬兰发展模特事业，没想长得跟猴精似的他也能掳获一大批北欧少女的芳心。

可拥有的爱越多，Jojo越发觉得自己渣女本质暴露无遗。辗转于各色人等之间，却从不轻易付出。人家袒露内心她便理所应当地走进去，晃晃悠悠一大圈，从不交换出自己的秘密。渐渐地，她开始习惯迟到，不专一，人前表现讨喜，人后冷到天际。这些人性中的灰暗特质曾是她最厌恶的，而今却通通成了自己的一部分。

感到厌倦，却无法自拔。

只身漂泊，在生活对她这只小猫咪动过无数次手之后Jojo终于弄清楚了一个致命真理：所谓"秘密"，无论你怎么说、给谁说，在你开口的刹那就已经不是秘密了。于是，她活成了陌生人前的样子——平和、不急不躁，无论功与过、成与败，绝对不显山不露水。她甚至不敢轻易流露情绪,担心出言不慎落为他人的笑柄,因此活得不动声色,活得小心翼翼。

因此,当上帝向她敞开"江河"这扇门,她想都没想便抬脚闯了进去。

十年之前的Jojo绝对没有想象过,逃避多年,终有一日甲乙丙丁换了角色,反倒是自己迎面走上前。

她从冰箱里拿出啤酒,抠开拉环,泡沫四溢伴随着嗞嗞的声响。她仰头大灌一口,历历往事涌上心头,从来没有哪个时刻如当下这般清醒过。至于当初说过什么话,具体她也想不起来只言片语,只是一旦想到曾经的愚蠢、无知、刻薄、傲娇、欺人太甚,就想抡圆胳膊扇自己耳光。

她是想要诉说的,可到底有多久没能向任何人敞开过心扉了?不动声色甚至封闭自我,很安全,也很疲惫。

犹豫良久,她画着圈的手指还是拨了那个号码。

三声等待音,电话被接了起来。

没等到对方出声她便迫不及待地说道:"其实……我这么着急找到你,是想说句对不起。"

"……"

"我曾经很锋利,说了很多不该说的话,伤过你的身也伤过你的心,这让我觉得自己很失败,很自私,很无情……"

Jojo难得卸掉一身骄傲动情动理讲了一堆,终了,换来一句——"所以你大费周章联络到我,仅仅……仅仅是想跟我道歉而已?"

Jojo一怔，猛地闭了嘴。她显然从江河自嘲式的口吻中听出了话外音，这并非他想要的答案，他明明心怀着更多的期待。倘若点头承认，自己无异于握着一把镶有华丽宝石的漂亮刺刀，说着一口冠冕堂皇的善良鬼话，带着一脸四月春风般的明媚微笑，照准人家心脏再正正补上一刀。因此即便事实如此，Jojo还是手忙脚乱地矢口否认掉了。

可再怎么掩盖，事实终归为事实。Jojo的内疚绝非搭线的借口或者空穴来风，这还要追溯到刚刚出国那会儿。

高中毕业，Jojo高考失利被父母"遣送"出国。彼时的她眉清目秀，正跟比自己大好几岁的神秘男打得火热。那时候流行柏拉图，两人是网友，都喜欢大道寺跟金原崇。

不料刚落脚欧洲短短几周，阮江河就在QQ上申请加她好友。那是他们失联的第五年整，自从江河转学到郑州，他们就基本没再联系过。他向她咨询捷克语教材相关的问题，在Jojo的百般追问下才亮明自己的真正目的。

他说Jojo，咱们都是成年人了，我有权利追求你。我准备自学语言，考过就去布拉格找你。

Jojo一听当即慌了神，他阮江河哪天若真是大腿一拍临空而降，她又该做何反击？为了要他彻底死心，她即刻表明立场甚至说了很多出口成伤的话。至于具体说了些什么，事到如今实在想不起来了，她只记得自己字句凶险、语气凉薄。

然而阮江河似乎并未被她的决绝吓倒，他纠结了一阵子，发出了二次进攻。

五次三番，Jojo狠话说尽也于事无补，以至于后来她只能将他拉黑。可拉黑又意味着什么呢？无非是不敢面对，暂别联系而已。

阮江河咬住下唇静静听她把整个经过回忆完，微微颤动的双眸明明昭示着什么，却还是淡然道："我们之间真的发生过这种事吗？过太久，我真是有些想不起来。"

真的想不起来？说这话的时候江河不自觉摸了摸耳朵。当年她说出"你会找到更好的"的时候，他用尽毕生修养，秉持一脸真诚点头说好，然而心里却想着："我可去你的吧，还有谁会比你更好？"

说到底，这世界人性本善，哪有那么多大奸大恶大苦大恨？大多矛盾来源于误会，有时只需敞开心扉把话说完，不用解释就能换取彼此之间的冰释前嫌。万语千言，终究抵不过一个诚恳的眼神。

可Jojo最受不了他这般退让跟宽容，他的做法对她来讲怎么看都是一种嘲讽。

"对不起。"——"没关系。"

若是这种对话也就罢了。可当她讲出对不起，他偏偏要摆出救世主的姿态挥挥衣袖笑容淡定地来上一句："没什么。我都忘了。"这令她觉得自己有些卑鄙又有些自作多情。

想到这里，Jojo有些不甘，张口就问："阮江河，你知道我为什么从小就很讨厌你吗？"

"讨厌我？"他一愣，万万没想到自己的云淡风轻竟换得她如此"报复"。可仔细想想，若非如此，她还会是自己心里的那个Jojo吗？随之苦苦垂了垂嘴角，"我以为仅仅是止步于不喜欢而已。"

"不，是讨厌。因为我学习不好，浑身上下哪哪儿都是短板，而你偏偏发展全面。我妈向来拿你做我的目标，目标做久了你自然便成了我所对视的敌人。"

他皱着眉沉默，心想：这又是什么怪理由？

其实Jojo在很小的时候就看清了一条"铁律"——大人眼中的"好孩子"，大多是渴望认同的"讨好体"。

而Jojo有些不同。她是热血少女，喜欢挑战权威，抵触生活，与不合自己心意的一切斗争。不，不是少女！那时候的她还不知道"少女"这个粉嫩嫩的名词。她穿永远大自己一号的校服，留乱蓬蓬的蘑菇头，课间总是跳上双杠仰下头，倒看地平线，想象自己是猫女侠或者Super girl（超级女孩）。

看江河半天不吱声，Jojo接着说："可我还有一个问题不明白。"

"说来听听。"

"明知我这么糟糕，你为什么偏偏不放过我？"

她的直白令江河虎躯一震。他习惯性垂头搅弄手指，话筒里传来一阵细密难懂的电流声。

少顷，江河轻启其口："可能是天性使然，我喜欢不完美的女孩。因为比起咄咄逼人的美好，你们的不完美反倒多出了几分想让人接近的可爱与亲近。再说你从小个性鲜明，就连犯错打死不认的样子在我看来都是光芒四射。"

谁说不是呢？在江河的眼中，Jojo就好比一只不懂安分的小羊。白白的，软软的，咩咩的，只看一眼心就软了。可每每当他意欲将她抱起来，却发现她毛茸茸的，扎脸扎手，却又香又痒。

"曾经的你近在咫尺，起码踮踮脚便唾手可得；可现在的你到了我目光无法企及的地方。曾经想要带你去远方，现在你却变成了我触不可及的远方。"这么矫情的话他吐了吞，吞了吐，实在很难说出口。同时他也知道，与Jojo之间的这层窗户纸薄且脆弱，一旦捅破，便无异于亲手将他们之间失而复得的关系画上句号。

挂断电话，阮江河在沙发上坐了一会儿，突然拿起手机开始编辑消息。

"Jojo，其实我想到很久，想跟你看一次日出，再看一次日落；我想去布拉格找你，跟你做一顿晚餐，散一次步。要你陪我看一部电影，让你抱抱我，然后我们互相删除，再也不见，山高水长。"

短短几句话，他写了改，改了写，最终在理智的迫使下删了个一干二净。然而江河不知道，彼时的Jojo正守在手机另一头。她紧紧盯着屏幕上方显示的"对方正在输入……"等了很久，却什么都没等到。不知怎么了，她突然有些失落，甚至怀疑江河的这种行为是不是在欲擒故纵。

4.

接下来的一小段日子里，他们开始了"跨时区同步"。约定同时看同一部电影，吃同一种套餐，听同一张专辑……

六月中旬，恰逢世界杯开场。他俩一个喜欢巴萨一个喜欢拜仁，可没有一个是哪支队的铁杆儿球迷。

江河以为格列兹曼是德国球员也就罢了，可Jojo连什么是"越位"都搞不清。

然而这并不妨碍他们约着一起看球赛。江河为此买了好多好吃的，开场之前将菜名挨个儿报给Jojo听。Jojo则咯咯乐得直不起身，她说看来天下伪球迷全都一个样儿，仪式感比赛事本身重要多了。

四分之一赛，法国对乌拉圭。晚上八点半，江河加班到九点然后一口气小跑回公寓，而地球彼端的Jojo早就已经在电视前守好了。

开场前五分钟，他们从苏亚雷斯、格列兹曼聊到了泡馍、凉皮、小龙虾。他不禁感慨，两三年没回家乡了，最想念的不过三秦套餐。

Jojo咯咯直笑："看球看跑偏的，你是我见过的第一人。"

观看比赛的过程中，Jojo简直比现场观众都投入。她的手舞足蹈从来就没停过，号得声嘶力竭、饥肠辘辘。

待比赛结束，她钻进厨房煮晚餐。刚开火手机便叽里呱啦响了起来。江河拨通电话却不说话，在Jojo问到第三遍"怎么了？"他才结结巴巴地说："有一天你会累，会受伤，会厌倦，那时一定要记得……有一个一直原地等待的我，给你疗伤……逗你开心，必要的时候……还能给你做出气筒。"

Jojo当时正别别扭扭地切着一颗洋葱，兴许是气味太冲，她的鼻头一下子就红透了。手头一软，不禁握紧菜刀："你话好多哦！你看你这个人，年纪轻轻怎么就婆婆妈妈起来了？"

是啊，你有多大的魔力，让向来寡言的我变成了一个废话这么多的人!

……

事实上打重新取得联系以来,一个问题始终憋在江河心里——"Jojo,现在的你是不是正好也处于空窗期?是不是也想有人保护?"然而,他迟迟无法问出口。他知道自己向来循规蹈矩,爱情中的怂包都是痴情种。他宁愿活在她单身的想象中。他根本不在乎真相,现在的状态就已经很好了,有所爱也有所期待。所谓的事实,很可能会不拖泥不带水加速将自己一拳打入谷底。

如果说婚姻是算清利弊,那么爱情就是飞蛾扑火不计代价。未来好坏与否又能怎么样呢?最多是用心碎为当初的冲动买单罢了。

比起后悔,他宁愿破碎。

Jojo计划了九月回国探亲,问江河能否在老家见面?江河想都没想一口答应下来。然而Jojo不知道,那段时间他手上摊着三个案子,向公司请假一周就意味着他必须在离开之前加班加点连夜赶工。

可辛苦点又怎么样呢?江河喝着咖啡晃着腿,放眼望向这城市凌晨三点的夜色。她可是自己十几年没实现的梦想啊!

5.

九月中旬,蚊虫渐少,黄昏后已有了寒意。他们约在了高新区试营业的一间咖啡店。

他没变,还是当年那个温柔又明媚的翩翩少年,只是眉眼之间多了些对现世的懈怠跟妥协。

兴许是接触了一段时间,虽然距离上次见面将近十年,可陌生的感觉算不上强烈。

Jojo大方拉开椅子请江河坐下,为掩饰紧张更是笑得没心没肺。没多久,服务生前来点餐。江河要了美式,一并为Jojo要了双份糖浆的冰拿铁。Jojo不禁愣了一下神:难道是巧合?不然他怎么深谙自己的喜好?

"我知道,你这么些年一直在从事插画工作,先锋画册也出了好几本,在业内算是小有名气。"

Jojo不好意思地摆摆手,要说"名气"也不过是在同学朋友之中广泛流传,江河他想必也是从中有所耳闻。

"你呢?近况如何?"——Jojo一转话锋。

阮江河前面二十多年的真实身份是"学霸",幼儿园是"小红花承包户",小学是"三好学生承包户",中学时因为父母工作的原因从家乡转学到郑州,一路披荆斩棘,本科读理论物理,发现自己实在不怎么适合搞研究,研究生干脆换了专业到中山大学读偏向应用科学的学科。因为成绩优异发展全面,毕业后顺利被厦门一间"AI(人工智能)"产业相关的公司录用。工作两年后,他辞职进入一间专利律师事务所。

旁人笑他太疯癫,他笑自己看得穿。每当大家投来质疑的目光,他便唇齿带笑地解释说:"职业发展就好比股市,一只股票之所以值得投资,人们看好它的并非眼前,而是未来的发展趋势。"

不知不觉地,他跟Jojo聊到了这里。

"你知道……我是怎样跨山跨水跨行跨业走到今天这一步的吗？"

Jojo秉持一脸蒙昧，将脑袋摇成了扭扭蛋。

江河的气息有些慌乱，于是不得不迫使自己沉静下来。他深深低下头，没一会儿又猛地扬起来，跟着迫不及待地说道："因为你的一句话。"

"我？"Jojo很是惊讶。

"几年前你在微博上写过一句话——无论身处何时何地，都要保持衣着考究举止优雅。认真着装体现了一个人的精神面貌，更体现了个人专业程度以及职场素养。衣品与'一见钟情'类似，而以貌取人是经济学上最节省成本的判断方式。"

Jojo仔细想，自己好像的确写过这么一段话。

"你知道吗，就在我入职的第一年，周围全是跟我一样平凡到尘埃里的程序员。他们大都短裤T恤，背黑色双肩包，神色萎靡。我一心要跟他们一样，觉得那样才合群，直到不经意读到你写的话才忽然之间醍醐灌顶。后来我每日西装革履，以部门总监的行为准则要求自己，结果的确意外得到了不少机会。比如，总监临时接到展会通告自己去不了，便要我替他前往。再比如，出门谈客户，他更愿意让注重细节的我作为公司的门面。后来我审时度势决定换个行业。你也知道，做律师这行最好有贵人领进门，而我的贵人就来自一次酒会。那天全公司只有我一人穿得正式，老板下班后直接带我过去现场。取香槟的时候跟一间公司的销售经理聊了起来，聊到工作，他说他正好有朋友可以介绍……"

事实上，对于Jojo找到自己这件事江河着实吃惊，而对她的近况却无一感到意外。Jojo不知道，这十多年来，江河从来没有间断过对她的关注。她出版的画册他全都看过，设计的周边商品他也买过一些，她最喜欢喝的东西他通通了然于心，她的喜恶习惯他更是全面掌握。他是她微博平台十几万粉丝中的一员，像颗安安静静躺在角落里的糖豆，却从不奢望被她发现并拾起来。

"我是个纯粹的唯物主义者，从小认定人定胜天，相信没有任何事情是无法通过自身努力而改变的。可偏偏是在与你有关的事情上，我备感命运弄人。"

"怎么说？"Jojo歪着脑袋嘬吸管，顽皮的样子暴露无遗。

"就从十年前说起。当初，你留在家乡我前往省城，看似是我挥挥衣袖跟你告别，可之后呢？你跨出国门，我留在国内；你用捷克语考上哲学院了，我英语四级还没过；为了你我自学捷克语并拿到了B2证书，你却早已经能用德语跟当地人聊日常了。你跟那个神秘的男人分分合合两年多，我没恋爱；你交了新男友了，我还守在原地等待……"

"你在怪我？"她扬了扬下巴，故意斜眼看他。

"不不不，我从来没有怪过你，只是不明白自己到底哪里出了错？为什么我拼尽全力却永远追不上你的脚步？"

"……"

聊天过程中，Jojo偶尔低头看手机，手指一番拨动。是在跟男朋友聊天吧？江河看着她的脸，觉得他们真的很幸福。

"真羡慕他能拥有这么好的你，拥有这么好的感情。而我只能看着你的侧脸，还得时刻提防你突然抬头。"然而这话他并未讲出口，仅仅在眼睛里默默转了两圈。他接着低头喝着苦味不浅的咖啡，却尝不出任何滋味。也不记得这是第几次，止步于情感的淤泥之中，虽不甘心，却又畏首畏尾。

在过去接近十年的时间里，他曾不止一次地想象过两人在一起后的情景——帮她剥虾，帮她整理两人一起布置的房间，帮她挑选好看的鞋子跟衣服，替她叠好她懒得叠的衣裤，时刻记得她爱吃什么，在点餐的时候多点一份她最爱的鸡胸肉，对她的父母关怀备至，跟她的宠物和平共处……

他不禁想象起手机那头的那个他，他是方脸还是长脸？是长发还是平头？他会不会像自己一样有着一个跟面部配比不太协调的大大的鼻子？而自己曾期许过的一切，他又为她做了多少？

他深知自己这辈子恐怕都得不到答案了，但他希望他会的。然而，很可惜自己心胸不够开阔，没办法祝他们幸福快乐。

"我觉得——当然，我的感觉也许不那么准确。"他说着便撕去指尖的一小块顽固的死皮，"我觉得从认识你的那一天起，你的心里一直是满的，从来没有多余的一个空位让我搬进去，甚至连短短的借宿也不行。"

Jojo憋着一股笑，不知不觉就憋得红了眼。没回答，在心里默默想着：你真这么觉得吗？其实我的心里太空太荡，动荡到一个安稳的人都留不住。

看她没说话，阮江河追问道："我……真的从未得到过任何进驻的机会，对吗？"

其实要说机会，她并非从未给过他。

很多年前的一年夏天，阮江河独自回家乡探亲访友。江河出现那会儿，正赶上Jojo跟某渣男分道扬镳。有天晚上，江河正在自己家的老房子准备入睡，Jojo隔着窗户轻声唤——"江河，江河。"见他半天没反应，就又丢了一块石头。他向来拿她没辙，敞开大门放她进屋。

Jojo捂着脑袋哭了一会儿，派他去楼下买了几罐啤酒，喝醉后又不管不顾地跳起了海草舞。后半夜，江河在一团黑影的笼罩下睁开眼，只见Jojo脱得只剩内衣内裤站在他的面前。她的酒气明显还未散去，幽幽说着："沙发硬，挤一挤。"他愣了几十秒，接着扯过被子将她小心翼翼地包裹起来。

Jojo一直哭，他便隔着被子搂住她。她哭得越来越凶，他搂得越来越紧。

这些陈年旧事他恐怕早就记不起来了吧，或者刻意抹去了。可即便记得又能怎么样呢？要是真的说出来，估计也只剩下生涩与尴尬。

可是Jojo不知道，她这辈子应该都不可能知道了。那次她离开以后，江河抱住被子，将整个儿脑袋埋在里面势必要榨干她残余的全部气息。

终于，原本稀松的交流被一阵突如其来的缄默打断。Jojo不安地搅弄着手指，阮江河的目光深深陷于她的影子中不能自拔。

良久，Jojo浅浅开口："你恨过我吗？"

"恨。"他一向不擅长撒谎。

"为什么？"似乎料到了这个答案，她的目光和煦又平稳。

"没什么。"他欲言又止地歪过脑袋。

阮江河只是不明白,为什么追求Jojo的男人偏偏围成了铜墙铁壁?为什么他无论何时何地永远逮不到机会乘虚而入?

"对了,我一直都忘了问你,这么多年,你有没有遇到自己心仪的女孩?"

"其实……我之前也谈过一次恋爱,刚入大学的时候,就在你拉黑我那段时间。她是我们院经管系的,很真诚,很温柔,不乖张,办事稳妥,谈吐幽默。"

"哦,是吗?"Jojo干笑着,拼命吸着手里的咖啡。原来两份糖根本不够。

然而下一刻,江河一转话锋:"你看,她的优点我能列举一大堆。要说唯一的缺点,那就是——她不是你。"

6.

午夜之前,他们告别,约好来年再见。

临别的时候,Jojo突然被江河一口叫住了。她以为他终于要对自己开口,满怀期待转过身。然而,他没有,只是从脚边拿出一只半人高的行李箱。

"这是什么?你要带我私奔吗?"她没心没肺地开了句玩笑。

"你还记得咱们学校操场边的那处秘密花园吗?咱们的藏身之地。跟父母吵架的,不开心的学生都在那里待一阵子。"

Jojo翻着白眼仔细回忆,一本正经地点点头。

"有次你没写作业不敢上数学课,老师派我去找你结果反倒被你拉在那儿待了一下午。当时我说我帮你补完作业咱俩一起回去,结果你把写完的作业本递给我。后来你跟我说,其实你不进教室并非因为作业,那天是你的生日,可没有一个人记得,就连你爸爸妈妈都忘记了。Jojo你知道吗,那时候我就在想啊,以后你的每一个生日我都要陪你过,每个生日都要给你准备礼物……"

阮江河说着,将箱子轻轻推到Jojo脚边。

"你看,这些都是给你准备的,每年都买,不小心就存了一大箱。之前一直没机会给你,但我也从来没放弃。因为我知道岁月迢迢,往后的几十年中总有那么一天会见到你。"

"生活向前进,你要大步前行。永远永远不要回头,永远不要为往事懊恼。我今生别无所求,也不知未来会往哪里走。唯一想要对你说,你是我曾经平庸岁月的容纳箱,是我眼里的一粒沙,是我生命中的一丝甜。"他唇齿未动,用脉脉眼光传递着这段话。也不知道Jojo读懂了没有。

7.

走出咖啡馆,江河伸手拦下一辆计程车。一头扎进前座,笑着挥手,看Jojo的身影在后视镜里越发遥远,缩成小小的圆点,最终消失在长街尽头。他听着电台节目,突然莫名走了神。

人们将城市分为一线、二线、三线,但是有没有想过将人分为一、二、三线呢?如果以此划分,现在的自己应该是生活在一线城市的三线人吧?能做的只是近在眼前的踏踏实实的工作,梦想再华丽,现实也支撑不起。

他不得不低头妥协,人生除了昭然若揭的野心,还有太多太多的身不由己。半生学霸又能怎么样呢?现实最擅长躲在暗处,趁你毫无防备的时候给你当头一顿胖揍。

他忍了,也认了。不然,又该如何?

当他无牵无挂的时候,贫穷对他来说只是晚上吃馒头和吃牛排的区别,无损任何快乐。可当他爱上一个姑娘的时候,他才深深地感受到了什么是贫穷所带来的自卑。

8.

最初喜欢你,无须说服无须坚持,十分喜欢都归你;后来喜欢你,我已经不那么自信,三分靠期许,七分靠自欺;然而现在喜欢你,是我除去四分不甘,五分惯性,还有仅存的一分执念;忘掉你,是我曾经追求,以及日复一日的梦想;未来,我只想在心底偷偷为你留下一席之地。

阮江河曾一度深信,距离意味着杳无音信,后来才发现,当她远离时自己却爱她更深。

Jojo回到家,坐在地板上将礼物一件一件拆开来看——小飞象毛绒玩具、多功能榨汁机、星巴克圣诞纪念款随行杯、Bose运动耳机……无一不是她曾有意无意间提及的东西。正要合上箱子，却被一纸小小的牛皮信笺吸引了注意力——

"在清水中放一颗糖，不会太甜；但放一勺醋，就会很酸。捡到钱不会欢呼雀跃，丢了钱却往往懊悔不堪。人不能因为一件喜事高兴一整年，却能因为一个创伤而郁郁终生。痛苦给人的刺激远远大于快乐，因此人们宁可得不到，也不愿再失去，原来不喜不悲才是生命终极的答案。

所以Jojo，我愿你沉淀、执着，愿你在往后的日子里对爱全力以赴又能满载而归！愿你我之间山高水长来日方长！

时间会帮你筛选真正爱的人。而在我的眼中，就如有句话说的那样："你是我这一生等了半世未拆的礼物。"

印

1.

旅游旺季过去，岛上的游客骤然减少。

苏裴塔，克罗地亚南部的一座岛屿，Z先生很早就从同事口中听闻此地，趁着这次年假只身前往。小岛上，岩石裸露的山峦纵横起伏。随处可见的海滩，各种挺拔葱翠的植物，随处都是供人休息的躺椅。

而他此行目的，不过是履行与前任之间的一个约定。而对于这个约定，他表面服从，内心自有一套想法——力挽狂澜，险中求生。

提前预订下的假日酒店很容易让人联想到"布达佩斯大饭店"里的场景。就是那种以装潢精致著称、有着富丽堂皇的前厅、擦得锃亮的大理石墙壁、所有服务人员对你微笑，不仅如此，就连吊灯都定位精准层次分明。训练有素面容年轻的服务生在大厅走道穿梭，不断地将客人们随意放置的杯具、果盘收好。

而那些举止优雅的住客们，反倒失去了作为主体的优越，像是为这奢华建筑量身定制的点缀。

午餐时间，Z先生从三楼客房一路行至餐厅，路过热带温室，路过花园小径跟旋转的烫金楼梯。不得不说，他十分享受沉浸于这种氛围。人们从世界各地会聚于此，即便来自相同的国家，却也来自不同的城市；即便说着同样的语言，却也操着不同的口音。他们举止克制，面带微笑，以满满善意面对全世界。他们压抑着自己，即便偶发争执也会注意言辞及举止的文明。

2.

S小姐似乎并未注意到Z先生究竟是何时出现在自己对面的。只记得饭点的自助餐厅拥挤不堪，他莫名空降，接着彬彬有礼地问道："请问，方便拼桌吗？"

S小姐一愣，跟着便点头答应下来。

用餐间隙，S小姐面对桌角的一小碟山芋莫名有些走神。

S小姐清楚地记得，上次来这种地方是跟闺密一起，在希腊附近的一座日光小岛上。当时她跟男友闹分手，闺密说："何必跟无情者浪费生命？走，跟我去见识大场面，看那些有钱人都是怎么生活的。"

闺密是个伪名媛，没强大的家庭做后盾，全凭一身高超的交际手段混得风生水起。这样的姑娘绝非等闲之辈，在她的人生语录里，随心所欲必自毙——

"就拿用餐来讲，绝对不能想吃什么吃什么，任何有目光直射的地方就算吃自助都是有讲究的！最昂贵的那道菜最多拿一次，绝不能表现出我要吃到划算的感觉。要适可而止，要表现得云淡风轻不屑一顾，万万不可吃到撑。前菜加主菜加餐后甜点，一盘子足矣，再多，就有些自掉身价了。

"不同的人有不同的饮食观。有钱人秉持用餐愉悦点到为止，暴发户要体现'有钱浪费又怎样'式的穷凶极恶。穷人更加简单粗暴，无论吃得完吃不完都要先搂上几大盘，花费三十欧元，起码也要吃回五十欧元的性价比才不算亏！"

闺密讲出这些"上流规矩"的时候，S小姐总是听段子似的听完，然后一边点头称道，一边将一大叉薯条往嘴里塞。

即便刻意模仿，可S小姐跟闺密还是不同。这种不同，是本质的不同。比如，逢男人搭讪的时候，闺密面若桃花，而S小姐面目紧绷。再比如，服务生伸手利落地扭开瓶盖，将气泡水斟入杯中的时候，S小姐手忙脚乱面颊通红，而闺密则绷着一脸悠然，自有一番优雅。在S小姐看来，闺密像个公主，就算众目睽睽之下摔了个四脚朝天，也不会忘记将皇冠扶正……

后来，S小姐嘻嘻哈哈将这些讲给坐在对面的Z先生听。他看着她的脸，眼中突然迸发一种久违的热情来。那是一种仿佛年轻人说，"我要去环游世界"或"我要功成名就，要追上我心爱的女孩"式的热情。而与此同时，他又不得不承认，这的确有些青涩、孤独而自恋。

用过晚餐，他们不约而同走向顶楼带泳池的花园露台。S小姐看了会儿杂志，突然感到一阵百无聊赖。Z先生显然注意到了她毛躁的小情绪，立即从躺椅上起身，怕搅扰她，便用沉默的手势提议说，不如去大厅喝一杯。

S小姐立刻读懂了他的暗示，轻轻点头，随他下楼。

大厅里聚集着各房住客，金发男孩们玩起西洋棋，留着大胡子的岛民在吧台前一边闷烈酒一边算着当日的流水。来自世界各地的人们聊着，笑着，以各种奇怪又好笑的手语诠释着内心的意图。

Z先生要了自制Mojito，吧台极力推荐，说基酒是用岛上教堂自种的白葡萄酿造而成。而S小姐一如既往地要了Pina Colada，它的中文名字很好听，叫"椰林飘香"。S小姐第一次听到这个名字就深深喜欢上了它，以至于后来她只喝这款鸡尾酒。

在大厅逗留片刻，他们从后门出去，往海边的方向走。远眺对岸的灯火，Z先生的目光跟海面恍惚的灯火交相辉映。S小姐看着他安静的侧脸，突然感到一阵难过。

S小姐记得，上一次喝这款酒还是跟闺密一起，就在去年九月，在希尔顿酒店顶楼的旋转餐厅。那次大概是跟前任吵了架，闺密为安慰自己，专门预订了午夜场。凌晨两点，整个儿世界仿佛都已经熄灯，三百六十度旋转落地窗，脚下是蜿蜒曲折的伏尔塔瓦河。

后来，S小姐喝了很多杯，突然没头没脑地问了句："水边的月亮怎么天天都这么圆啊？"没等到闺密的回答，她眼前一黑，倒进了沙发。

想到这里，S小姐不禁笑出了声。Z先生闻声回头，问她怎么了。

S小姐不回答，反问："水边的月亮怎么天天都这么圆啊？"

Z先生笑着伸手轻抚她迷离的眼角，轻言道："不是天天，今天是十五。"

3.

在此之前，S小姐曾无数次地设想过：如果我很有名，或者很有钱，一定不去写那些索然无味的重情节不重情绪的烂东西！我会写一些再简单不过的内心故事，就写前任口中那个满怀失意的年轻男人，在一座人烟稀少的岛上度过一个冬季，开启某种不为外人称道的生活方式。

比如，早上十一点起床，放弃早餐，沐浴更衣，等到午餐时间下楼进食，然后拿着杯鸡尾酒或香气宜人的"苏门答腊"逛去海边拍照或画画。到了下午四五点，开着辆租来的旧皮卡去岛上的别处晃晃，累了就靠在树下读书，睡前找人做爱，或者完成一场孤独的自我爱抚。假期结束之际回归世俗生活，重新做回那个压抑的委曲求全的衣冠禽兽……

要知道，S小姐从大学起便开始了"动荡"的生活。可她一切创作的灵感，却偏偏来自动荡所带来的感知与自由。

高中毕业后，她通过一个政府的联合项目去古巴学习西语，两年后辗转西班牙。又过了两年，她凭借满腔到"浪漫之都"走一遭的热情来到了法国，在塞纳河边租了个屁股大的阁楼，一边上语言学校一边做着三份兼职，每日披星戴月，却还是对西班牙念念不忘。再后来，她认识了一个年轻的法国男孩，一同在葡萄牙生活了两年。再回到西班牙已经是多年以后了。接着她认识了前任，坠入爱河，被整个儿世界温柔接纳。

无脚鸟般的生活她早已经习惯，虽然时常在凌晨四点醒来，蜷在被子中的她，听着他的呼吸，感到一切就都好起来了。

想到曾经的那个他，S小姐总是难免伤感。他们是以陌生人开始的，一面之缘，便以迅雷之势惺惺相惜。那是两三年前，他来西班牙出差，而她刚回到西班牙落脚，跟他在一个法国朋友的告别派对上相遇。作为在场仅有的两个中国人，他们很容易便聊了起来。见对方不善言谈，S小姐只好拼命说话。

半年后，他申请工作调动彻底搬来了西班牙。再次见面的时候，他并没提前透露是因为她，只说喜欢这里的万种风情。

他们租住在一间别墅的顶层，他继续着朝九晚五的忙碌，而她潜心创作，其间在大陆市场出版了两本小说，虽然挣得不多，却将日子过得自在到就要飞起来。

S小姐喜欢做菜，特别是为他制作便当。将几样简单的小菜搭配摆入小小的空间，用三层木质小盒装好，清晨拎着上班，中午放入办公室的微波炉轻轻一叮，只要三分钟，满屋子爱的味道。

"这是来自自由职业者的爱，是值得花时间等待的。"S小姐说出这句话的时候，对方盯着手机不停看，急切的目光口中喃喃，唯恐又要迟到。

其实他时常因为要等待S小姐为自己做便当而晚出门，只好打车上班，这样一来，原本简单的便当瞬间价值翻倍。

他虽然明白价格、价值与感情附加值的相对性，可还是常常为此唏嘘。可S小姐总笑眯眯地安慰他说："爱情中履行的价值标准是与功利性的社会完全不同的。"

S小姐把他视为最知心的好友，对任何人都不会说的话都会对他说。可她终究带有一点点创作者特有的神经质，有时候整整两天嘟着嘴不发一言，有时候从他进门换鞋开始就讲个没完没了。

情人、亲人、朋友，这些角色不断重叠。

兴许他们都忘记了，越是亲密的关系，就越是容易萌生厌倦的念头。S小姐天马行空，而他过于务实。一开始，他们被彼此特别的人格所吸引，可时间长了，情感的阻力与日俱增。S小姐嫌他不能抽出时间陪自己去看艺术展，他说S小姐应该脚踏实地先有能力将自己的肚子填饱。

每日做不同的便当也无法克服厌倦，再多的安慰跟开导说多了反倒成了怨尤。他们为此走过一些弯路，也曾互相埋怨，频频产生的不安全感一次又一次将对方推得更远。直到有一天，在一场稀松平常的争执过后，S小姐赌气说："我觉得你跟不上我的步调了。我在月亮上漫步，而你却在尘世间踌躇。"

他感到一阵不可思议，立马反唇相讥："你知道你为什么能一直生活在月亮上吗？那是因为我，是我始终卑躬屈膝地低头捡着六便士！"

渐渐地，他们虽然在同一个世界中旋转，却成了两颗不同的小行星。

4.

位于小岛中部隔海的山坳里，隐藏着很多座毫不起眼的日光小村。

一日，Z先生经S小姐提议，按照地图指引，驱车去海岛的另一面的渔港。怎料汽车刚开出一条不见天日的狭窄隧道，眼前的道路竟变成了单行道。看样子再也没法往前走了，他们便在路边的一座村子里停下。

Z先生率先下车，放了两只橘子在兜里。趁S小姐眺望风景的时候，又悄悄在路边采了一朵色彩明艳的野花轻轻插进她的发梢。

他们带着初来乍到的愉悦与期待挺进村子深处，这才发现村庄几近废弃，古老的房屋只剩下断壁残垣，巨大的树贯穿整座房子，从顶部冲出。

行至村子中部，天空竟下起了雨，他们只好在一处废弃的房屋里等待雨停。可进屋不过三秒，还没等Z先生反应过来，S小姐贸然冲进雨里，一边旋转一边大声喊着："如果我不被困于世俗，我应该是个很伟大的人。我会去冒险，或者在我的故事里冒险。主人公劈波斩浪勇往直前，冲破一切阻力朝着目标迈进。只是，很可惜我不是那样的人，也永远成不了那样的人。我甚至不敢与自己的生活抗争！很可惜……可惜生而为人，我很懦弱。"

Z先生有些手足无措，却还是跟着冲入雨幕。他脱下唯一一件衬衫撑在她的头顶，隔着雨帘大声喊着："别这么说，你可是我见过的最勇敢的人！"接着，他试图将S小姐拖进房子，却被S小姐一个反手紧紧抱住,那个突如其来的瞬间,整个儿世界戛然而止,唯有雨水将彼此包裹。后来,她放开他,一边往前走一边聊了起来,声音大到近乎声嘶力竭。

走着走着,前方转弯处一株长枝突然倒下,如刀刃般划过路面。接着是第二枝、第三枝、第四枝……他们叫着跳着向前跃进,逃也似的返回车里。车窗紧闭,隔绝掉了外部的所有声音,只见更多的枝干坠落地面。

"这是台风吗?"S小姐小声问道,"我第一次见这么大的风,我们今天会不会被困在这里?"Z先生摇摇头,紧紧搂住她,"别担心,我跟你在一起。"

当天傍晚回到酒店,S小姐发起了低烧。Z先生去镇上买药回来,S小姐昏昏沉沉,却硬要拉着他。

他们一直断断续续地说着话,而她有的时候叽叽喳喳,有的时候又不发一言。还记得刚见面的时候,他们都不怎么健谈,他一直听她说,再慢慢地回应。他喝茶,她喝咖啡,聊着聊着就聊起了天南地北。在听到为难的问题时,他总习惯抿嘴。

彼时,他看着她的侧脸,就那样静静看着,唇齿紧闭,心潮暗涌。

我该拿她怎么办呢?

他不知道自己究竟是怎么想的,之前拿她毫无办法,此时依旧束手无策。每每想要更进一步,却总有理由在抬脚的一刻命自己打住,仿佛生怕一不小心再次打破些什么。

究竟害怕打破些什么呢?他不止一次地扪心自问。

兴许,是想象吧!每当他以此时的这种姿态看着她的脸,他宁愿相信,她对自己是在乎的。每每看到她跟别人在一起,他便立地发誓要将她留在自己身边;可每当夜深人静,月光映出自己清冷的身影,他又心虚地想着,像我这样的庸人,真的配得到她的爱吗?

睡到半夜,金属屋面传来规律而节制的嘀嗒声。她悄悄起身,穿着睡裙赤脚跑去窗边。举目四望,夜空竟下起了淅淅沥沥的雨来。

这是S小姐头一次看海岛落雨。她兴奋极了,光着脚,在露台浅浅的水滩里跳来跳去。Z先生佯装熟睡,眯起眼角看她愉快的身影,唇边划过一丝不易察觉的笑,她没变,一点都没变。

世故不沾,风尘不染。

过了一会儿,Z先生轻轻起身,走上露台,将她打横抱起。S小姐突然备感轻盈,她无意瞥向玻璃窗上的倒影,发现自己浑身上下竟闪着耀眼的光……

5.

岛上这几日,Z先生早已习惯了这种规律。早上十一点醒来,沐浴更衣,去吃午餐,然后背着整套画具去海边绘画。将近五点的时候开车去隔壁的村镇晃晃,读书,睡前做爱,或在明快的弗朗明戈的节奏中完成一场盛大而又孤独的自我爱抚。期限到来之际,回归世俗,做个压抑的委曲求全的衣冠禽兽。

第四日的清晨，S小姐的状况有所好转。吃过丰盛的早餐，她整个儿人就又变得生龙活虎起来了。于是，Z先生邀请她去海边散步。

S小姐在前面走，Z先生在后面端着广角镜头拍照。可无论拍一朵浪还是一粒沙，她都会毫无悬念地落入他的镜头。

这令他感到心安。

某个突如其来的时刻，海水的腥咸直灌鼻腔，他皱眉掩鼻，不自禁地撇过头。

可当他回首观察她的举动，她竟欢呼雀跃起来了！她看他嫌弃的表情，突然笑出了声，说："你知道吗，没有腥咸就不是海洋，没有干燥就不是沙漠！就好比没有磨难点缀，就不是真正的人生！"

这话令Z先生不自觉地放慢了脚步。

此前的一段时间，Z先生与前任之间的确闹了点儿不愉快。他亲切地唤她作"小山芋"。毕业以后，她想要继续创作，而身为银行经理的他，再也受不了那种忙碌一天回到家没有热饭，只看她面对键盘敲敲打打，想聊天时没人讲话的生活。

终于，在一个阴雨绵绵的傍晚，他对她说："我累了，我看不懂你那些所谓矫揉造作又虚无缥缈的对生活的表达。我想要的极其简单，不过是一屋两人三餐四季。我期待一个更好的另一半，如果你不同意的话，咱们只能——"

于是，在他的强烈要求下，她向生活缴械投降。

那是段相当昏暗的日子，她无法入睡又不想吃安眠药物，只好一集一集地看肥皂剧，看到睁不开眼，这才稀里糊涂地睡去，再睁开眼睛往往已经是第二天下午。

为了防止自己的创作欲望在短时间之内死灰复燃，她并未将书房上锁，而是将家具挪入地下室直接改成了他的画室，他闲暇之余喜欢素描。据他说，特别是当笔尖井然有序划过纸面的时候，整个儿世界都是空灵而悄然的。

她趁他不在的时候，叹了很多气也流了很多泪。她常常坐在露台的躺椅上眼睁睁地看这个世界成了一幅调子偏灰的静物画。在这个棕色调的画面中，一股浓浓木质家具的气息扑面而来，呛得人喘不过气。桌面上的报纸被风刮到地面，她不厌其烦地捡起。接着，画面切换到那扇有光透进来的落地窗前，硕大的雨滴敲打着窗外的绿植。她会任雨水冲刷进室内，还是拿起抹布把落在窗台上的雨水擦干？

想到这儿，她再也坐不住了，穿上外套落荒而逃。

终于，他们交汇的地方只剩下一个点，就是那个即将支离破碎的"家"。

有天晚上，他们吃了Lasagna（意大利千层面）。她站在水池边洗碗的时候，一句沉吟似的"我不想放弃"，令坐在餐桌旁读报的他慢下了节奏。尽管她的声音很小，却还是被他听到了。

他一愣，翻着纸页的手陡然悬空："什么？"

她不应声，继续在海绵上揉着泡沫。

他收回视线，佯装不动声色，心里却早已波澜四起。记得不久前在某部电影里看到过类似的片段，彼时的他手头正忙着一份季度报表,当镜头在女主忧郁而布满阴影的侧脸上落定,他由衷感叹着,这细节处理得可真好啊!

但此时此刻,他心里一酸,眼睛跟着就红了。

Z先生抬眼望向平静如斯的海面,看下坠的夕阳将水天一色的蓝染成淡淡的肉粉色。在恍若乔治·莫兰迪所营造的场景里,S小姐的背影宛如余晖下的亚得里亚海,明亮,晃眼,波光粼粼,直至……直至随夜色化作一道饱和度极低的光斑。

纵然从一场空前的盛大,坠入一场无可救药的暗淡。

他记得她站在黄昏的河岸边手足无措的样子。记得她望向水面那哀怜的眼神,记得她赤足所留下的每一个深深的脚印,记得她落在自己胸前的炙热的吻,以及灵魂深处的再也不可泯灭的烙印。

然而此时此刻,他觉得身子越发沉重,沉重到……就快要垮掉了。

难道就……就这样了吗?

他突然感到惶恐。不,明明还有回头的余地的!

6.

其实Z先生也不知道自己是否真的想通了。只是一种直觉,强光一般贯穿于灵魂之间:兴许这世间从来就不存在什么更好的伴侣。反倒是自己,说到底,先要克服自身对生活的厌倦、不安和依赖。

是时候了，是时候放弃对"更好的另一半"这个浪漫谎言的追逐。

想到这儿，他不禁昂起胸膛，向着海潮汹涌的方向追去，没等S小姐反应便一把将她圈入怀中。

"我无法再继续作为你的过去式，也根本无法承受未来没有你的日子。经过这几天的相处，我从你的眼中看出来了，你也不是真的甘心成为我的过去。"

S小姐目光闪烁，紧抿双唇似乎有意克制着些什么："可是……我们约好了度假以后说分手。况且，规则难道不是你制定的？"

"不能改变吗？"

她片刻沉吟："我不想放弃我的梦想。"

Z先生的表情变得复杂又坚毅，他继续上前一步，将她搂紧："其实我从来都没有资格迫使你放弃，是我的自私跟顽固成了我们之间的绊脚石。爱一个人，就是应该包容他的一切！我真傻，现在才真的懂得。"

S小姐有些吃惊："你愿意挽回我的梦想？"

"是你救赎了我的人生。"

明晃晃的日光从湛蓝的海面上空倾泻而下，空气中飘着海盐腥咸的味道，眼前的世界清澈得有些不同寻常。

青春的热病总会随时间不治而愈，而两个独立的个体，总会慢慢学会彼此包容，共同成长。